Verena Bachmann

Song for Song

Liebe im Duett

im.press

© privat

Verena Bachmann, geb.1987 in Aschaffenburg, lebt mit Hund und Katzen in einem kleinen Dorf im schönen Spessart. Nach einem freiwilligen ökologischen Jahr absolvierte sie eine Ausbildung zur Industriekauffrau und arbeitet heute in einem Unternehmen für Modeaccessoires. Die Liebe zu Büchern weckte im Grundschulalter Enid Blyton und inzwischen stapeln sich die vielseitigsten Romane in ihren Regalen. Doch trotz bunter Auswahl reichte lesen allein irgendwann nicht mehr aus und so beschloss sie ihre eigenen Gedanken ebenfalls einmal zu Papier zu bringen.

Für Jasmin, Sonja, Tante Mathilde und meine Mutter Konny
Danke für jeden unserer unvergesslichen
Frauenpower-on-Tour-Ausflüge

&

Für meinen Vater
Niemand kann genau sagen, wohin wir gehen
Aber jenseits aller Schmerzen
Wünsche ich dir nochmal ein Leben,
in dem dir möglich ist,
all deine Wünsche und Träume
zu verwirklichen.

Ein unumstößlicher Wunsch

»Also? Wie sieht es aus? Diesen Freitag?!«

Ich neigte den Kopf zur Seite und musterte den Jungen, mit dem ich bis vor fünf Minuten noch nie auch nur ein Wort gewechselt hatte, von Kopf bis Fuß.

Er war ja durchaus recht niedlich, mit den hellblonden Locken und den warmen dunklen Augen. Auch konnte er wirklich beneidenswert lange und volle Wimpern vorweisen.

Aber etwas in der ganzen hochgewachsenen Statur verriet mir, dass ihm sein gutes Aussehen nur allzu bewusst war.

Außerdem wurde die nett vorgebrachte Einladung dadurch abgemildert, dass er die Frage weniger meinem Gesicht, als vielmehr meinen Brüsten gestellt hatte.

Ich unterdrückte ein Seufzen und zwang mich zu meinem freundlichsten Lächeln.

»Diesen Freitag ist ungünstig. Aber du könntest mich ja am Sonntag in die Kirche begleiten.«

Das selbstsichere Lächeln schwand.

»In die Kirche?«

»Ja. Das ist ein ganz wichtiger Teil meines Lebens, weißt du. Ich nehme das sehr ernst. Auch was solche Dinge wie Sex vor der Ehe betrifft. Ich finde das wird in der heutigen Zeit einfach viel zu locker gesehen. Für mich würde das niemals in Frage kommen.«

Ihm entglitten sämtliche Gesichtszüge, was er allerdings nicht einmal zu bemerken schien.

»Ah ja ... «

Er trat einige Schritte zurück und wirkte ängstlich. Als könnte ich mich in der nächsten Sekunde auf ihn stürzen, um einen Exorzismus an ihm zu vollführen.

» ... also, Sonntag kann ich leider nicht. Wir besuchen meine Großmutter von daher ... also, ich melde mich.«

Damit machte er auf dem Absatz kehrt und mir war, als könne ich noch die Staubwolke in Form seiner Silhouette sehen, dort wo er eben noch gestanden hatte.

»Du wirst darin echt immer besser Sasha-Häschen!«, drang die amüsierte Stimme meines besten Freundes Leo an mein Ohr.

»Habt ihr gelauscht?«, fragte ich leicht genervt und drehte mich um.

Der weibliche Part meiner besten Freunde, meine Freundin Tessa, hatte zumindest den Anstand, schuldbewusst meinem Blick auszuweichen, während Leo ganz gelassen mit einem:

»Natürlich« antwortete.

Ich verzog das Gesicht, woraufhin Leo mit den Schultern zuckte.

»Ach komm. Ihr seid ja nicht nach China ausgewandert. Du bist mit ihm nur um die Ecke gegangen. Das sind nicht mal ganz fünf Meter. Da hätten wir schon taub sein müssen, um nichts mitzubekommen.«

Ich gab ein kurzes Schnauben von mir und ließ es damit bewenden.

»Ich will in so etwas nicht besser werden«, gab ich dann zurück.

»Komm schon, Schätzchen. Ich habe gleich gesagt, du kannst nicht mit jedem Depp ausgehen, der dich um ein Date bittet, nur um keine Gefühle zu verletzen. Die Hälfte legt es ohnehin nur darauf an dich flachzulegen und bei den anderen merkst du doch schon in den ersten Sekunden, dass sie nicht dein Typ sind. Also hab kein schlechtes Gewissen, weil du keinen Bock mehr darauf hast dich durch beschissene Dates zu quälen, wo du schon beim ersten Eindruck wusstest, dass nie etwas laufen wird«, entgegnete Leo.

»Das ist nicht ...«, begann ich, hielt jedoch kurz inne und holte tief Luft, um Leos spöttisch hochgezogenen Augenbrauen mit ruhigerer Stimme zu begegnen.

»Das stimmt so nicht. Ich finde einfach, wenn jemand seinen ganzen Mut zusammennimmt, um mir Gefühle zu gestehen, oder um ein Date zu bitten, dann kann man doch so viel Respekt dafür zeigen, nicht sofort abzulehnen, sondern dieser Person eine Chance geben.«

»Und das hat dir im letzten Jahr wie viele Dates und eingebracht, aus denen nicht das Geringste geworden ist? Von der verschwendeten Lebenszeit ganz zu schweigen!«

Ich verengte meine Augen zu Schlitzen, aber Leo erwiderte ganz ungerührt meinen bösen Blick. Er wusste es ganz genau, wie viele es gewesen waren, erwartete aber dennoch, dass ich antwortete.

»Siebenundfünfzig«, sagte ich leise und widerwillig.

»Und eben alle waren die totale Zeitverschwendung!«, kommentierte er.

»Gar nicht wahr! Es waren auch wirklich ... interessante Dates dabei.«

»Von denen es nie ein zweites gab und du bist noch immer so was von unschuldig ... schau nicht so. Jede Nonne hat mehr Erfahrung als du, mein Herz. Jedenfalls, so interessant können die Dates nicht gewesen sein.«

Ich ließ Leos Worte unkommentiert. Es brachte nichts mit ihm zu diskutieren. Wenn er etwas konnte, dann reden bis einem die Ohren bluteten. Er fand zu allem, was man vorbrachte ein Gegenargument. Und wenn er tatsächlich mal kein plausibles Gegenargument hatte, dachte er sich eben eines aus. So oder so, man konnte nicht gewinnen.

Das war etwas an ihm, was ich als unfassbar anstrengend und

nervig empfand. Dennoch liebte ich Leo wie einen Bruder. Andere Gefühle in Bezug auf ihn konnte ich mir auch nicht vorstellen. Er, Tessa und ich waren seit Kindergartenzeit miteinander befreundet und wenn man einen Jungen erst einmal in seiner Spider-Man-Unterhose gesehen hatte, fiel es schwer, über irgendwelche romantischen Szenarien mit ihm zu fantasieren. Abgesehen davon stand Leo auch auf Jungs.

Wir warteten zwar immer noch auf sein offizielles Coming-out, aber er hatte auch nicht widersprochen als Tessa und ich ihn vor etwas mehr als einem Jahr subtil darauf angesprochen hatten.

Ich richtete meine Aufmerksamkeit wieder auf Tessa.

»Du wolltest etwas erzählen, bevor wir unterbrochen wurden?«, nahm ich unser vorheriges Gespräch wieder auf.

»Ach ja, genau. Das diesjährige Musical findet jetzt doch statt und es wurde jetzt auch bekanntgegeben welches!«

Sie machte eine bedeutungsschwere Pause und blickte mich herausfordernd an.

Ich hob fragend die Augenbrauen und gab ihr mit einer Geste zu verstehen fortzufahren.

»Es wird dieses Jahr *Elisabeth!*«

Ich spürte sofort ein freudiges Kribbeln in mir aufsteigen, versuchte es mir aber nicht allzu sehr anmerken zu lassen. Aber meinen Freunden entging meine Reaktion natürlich nicht.

»Tja, wenn ich dieses verhaltene Grinsen richtig deute, wirst du dieses Jahr also am Vorsingen teilnehmen?«, fragte Leo.

Ich antwortete nichtssagend mit einem Schulterzucken.

Um unsere Privatschule, die *Jupiter*, zu besuchen, mussten die Eltern keine berühmten Filmstars oder so etwas sein, aber doch in irgendeiner Form das nötige Kleingeld besitzen, um die Schulgebühr bezahlen zu können. Dafür konnten ihre Kinder allerdings direkt vom Kindergarten bis zur Uni eine vielseitige Ausbildung genießen. Neben dem normalen Lehrplan legte unsere Schule viel

Wert auf weitere Förderung ihrer Schüler im künstlerischen und sportlichen Bereich. Hier gab es Sportmannschaften für gefühlt jede Sportart, die auf diesem Planeten existierte ... es hatte mich ehrlich überrascht das Bowling als Sport durchging ... Arbeitsgemeinschaften mit den verschiedensten Schwerpunkten und viele allgemeine Schulfeste mit künstlerischen Einlagen, zu denen die Familien der Schüler und andere Interessenten eingeladen waren. Diese Feste begannen meist im Mai mit dem *Tanz in den Frühling* und zogen sich über das Jahr bis etwa Mitte Dezember. Richtig große Veranstaltungen, also bei denen mehr als eine Klasse in einem Projekt mitwirkten, gab es allerdings nur vier: Der *Tanz in den Frühling*, unser *Sommer-Musical*, die *Symphonie im Herbst* und das *Winter-Festspiel*. Diese vier Feste dauerten immer eine komplette Woche. Wobei beim *Tanz in den Frühling* tatsächlich nur am ersten Abend der Eröffnung getanzt wurde. Die restliche Woche beschränkte sich dann eher darauf, das Gelände der *Jupiter* in eine Art Jahrmarkt zu verwandeln, auf dem man die unterschiedlichsten Buden der verschiedenen Klassen besuchen konnte.

Anders sah es bei dem Festspiel, Musical und der Symphonie aus. Bei letzterem gab es eine Woche lang jeden Abend ein Konzert. Meist nur musikalische Stücke, aber teilweise gab es auch gesangliche Einlagen unserer Schulmusiker. Bei dem Festspiel wurde jährlich ein Theaterstück aufwendig ausgearbeitet und bei dem Musical handelte es sich eigentlich um dasselbe in Grün, nur eben zusätzlich mit Gesang.

Letzten Sommer hatte unsere Schule *Tanz der Vampire* gespielt. Richtig gut inszeniert mit Kostümen, tollem Bühnenbild und wirklich beeindruckenden Gesangsstimmen. Ich kannte das Original und war dennoch wirklich beeindruckt gewesen. Vor allem wenn man bedachte, dass es sich bei den Schülern allesamt um Laien und nicht um professionelle Musicaldarsteller handelte, hatten die mitwirkenden Klassen eine beeindruckende Leistung abgeliefert. Die

Erinnerung daran versetzte mich in Hochstimmung, die noch dadurch gesteigert wurde, dass dieses Jahr also, wie Tessa gerade eröffnet hatte, mein absolutes Lieblingsmusical an die Reihe kam: *Elisabeth*! Und ich machte mir fast keine Sorgen, dass unsere Schule es versauen könnte.

Ich liebte Musicals ja ganz im Allgemeinen, aber dieses rangierte nun mal auf Platz eins, noch vor *Wicked* und *Tanz der Vampire*.

Ich hatte es in den vergangenen Jahren sieben Mal angesehen und würde es jederzeit wieder tun.

Das Musical erzählte die Geschichte der Kaiserin Elisabeth von Österreich. Den meisten wohl eher unter *Sissi* bekannt. Doch im Gegensatz zu den Verfilmungen mit *Romy Schneider* verzichtete das Musical auf den Kitsch.

Es beginnt vielmehr schon ziemlich düster mit einem Blick in das Reich der Toten und Träumer.

Dort muss sich Nacht für Nacht der Attentäter Luigi Lucheni, welcher die Kaiserin Elisabeth seiner Zeit mit einer spitzen Feile ins Herz stach und somit umbrachte, vor einem unsichtbaren Richter für seine Tat rechtfertigen.

Die Lebensgeschichte der Elisabeth wird als Totentanz geschildert und so verweist Luigi Lucheni zu seiner Verteidigung auf den Tod selbst als Anstifter zum Mord und nennt als Grund Liebe.

Der Tod symbolisiert in dem Stück zum einen den großen Freiheitsdrang der Kaiserin, verkörpert aber auch gleichzeitig Elisabeths Liebhaber, da er durch eine reale Person dargestellt wird.

Bei vereinzelten Darstellern in dieser Rolle hatte ich sinnbildlich mit Herzchen in den Augen im Publikum gesessen und mir gedacht: *Wenn das der Tod ist, gehe ich freiwillig über den Jordan.*

In einigen Inszenierungen hatte diese Rolle etwas unheimlich Anziehendes, was für mich mitunter den großen Reiz des Musicals ausmachte.

Zu seiner weiteren Verteidigung beschwört Luigi Lucheni die

Welt des Habsburger Reiches herauf und führt, meist mittels sarkastischer Kommentare, durch die Geschichte.

Die zu Anfang fünfzehnjährige Prinzessin Elisabeth stürzt lebensbedrohlich und trifft dabei zum ersten Mal auf den Tod, aber er holt sie nicht, obwohl beide eine starke gegenseitige Faszination und Anziehungskraft verspüren.

Vielmehr bleibt er fortan ein ständiger Begleiter der Elisabeth.

Wie man es auch aus den Filmen kennt, begleitet Elisabeth danach ihre Schwester Helene und ihre Mutter Ludovika nach Bad Ischl, wo sie auf ihren Cousin Franz-Josef trifft, den damaligen Kaiser von Österreich.

Nach dem Willen seiner Mutter, der Erzherzogin Sophie, soll er seine Cousine Helene heiraten, verliebt sich jedoch in Elisabeth und entscheidet sich für sie.

Wie gesagt, der Kitsch fällt im Musical weg. Denn es wird recht deutlich gemacht, dass hier zwei Personen heiraten, die eigentlich gar nicht zueinander passen und die Ehe entwickelt sich schon kurz nach der Hochzeit für Elisabeth zur Hölle, besonders auch dadurch, dass sie von ihrer Schwiegermutter Sofie ständig überwacht, dressiert und erzogen wird. Sie verliert ihre Freiheit und auch ihre Kinder, deren Erziehung sie nicht übernehmen darf.

Ihr Ehemann steht ihr in keiner Weise bei, sondern befindet sich total unter der Fuchtel seiner Mutter.

Elisabeth stellt ihren Mann letztlich vor ein Ultimatum: Seine Mutter oder sie, und gewinnt.

Der Tod bleibt währenddessen an ihrer Seite und holt erst ihre zweijährige Tochter, welche an Typhus stirbt, und Jahre später ihren Sohn, Kornprinz Rudolf, der mittels Kopfschuss Suizid begeht.

Auch macht der Tod ihr während des Stücks immer wieder klar, dass Elisabeth, trotz jedes Befreiungsschlags und Triumphs, immer eine Gefangene des Hofs sein wird und letztlich nur er sie befreien kann.

Die Kaiserin wehrt sich jedoch weiterhin gegen den Tod. Sie

nutzt eine Intrige ihrer Schwiegermutter, bei der diese für ihren Sohn eine Prostituierte engagieren lässt, ein Seitensprung, der nicht ohne Folgen bleibt, um sich letztlich selbst von ihrem Mann und den Zwängen des Habsburger Hofs zu befreien.

Sie reist fortan in der Welt umher und entfremdet sich immer weiter von ihrem Mann, wie auch ihren Kindern.

Als es dann zu dem Suizid ihres Sohnes kommt, plagen sie schwere Schuldgefühle.

Diese sind letztlich der Auslöser dafür, mit ihrem eigenen Leben abzuschließen und sich wieder dem Tod zuzuwenden.

Nach dem erfolgreichen Attentat durch Lucheni bekommt der Tod endlich, was er die ganze Zeit wollte. Elisabeth gehört ihm für die Ewigkeit und das Musical endet mit seinem Kuss des Todes.

»Ist es überhaupt das *Elisabeth*?«, fragte ich Tessa, bevor ich begann, mich zu sehr in die Vorfreude rein zu steigern.

Nachdem ich das Musical gedanklich nochmal im Schnelldurchlauf abgespielt hatte, kam es mir eigentlich etwas zu düster vor für unsere Schule.

Es gab nämlich zwei mit diesem Namen. *Elisabeth – Legende einer Heiligen* und *Elisabeth – die wahre Geschichte der Sissi*. Letzteres war das, welches ich so vergötterte.

»Es ist das, in dem es um die Kaiserin geht. Ich habe schon aufgepasst«, antwortete Tessa und warf mir mit ihren mausgrauen Augen einen ihrer *Also-bitte*-Blicke, zu.

»Was ist? Singst du vor?«, hakte Leo erneut nach, während wir durch einen der Seiteneingänge die Schule betraten.

»Sind sie dieses Jahr nicht eigentlich zu spät dran mit dem Musical?«, fragte ich, um der direkten Antwort auszuweichen.

Normalerweise begann die Planung des Musicals ein Jahr im Voraus. Spätestens wenn sich der Vorhang der letzten Aufführung schloss wurde festgesetzt, welches Musical im kommenden Jahr dran war.

Woraufhin unser Musiklehrer, Herr Linos, und der zuständige Lehrer für die Theater-AG, Herr Morino, mit den Schülern des Schulchors, der Theater-AG und noch vereinzelten Schülern aus den Jahrgängen, die bei dem Projekt mitwirkten, eine Vorstellung des Musicals besuchten.

Doch während der Vorbereitungen zu *Tanz der Vampire* im letzten Jahr war herausgekommen, dass bei Herrn Morino Krebs diagnostiziert worden war.

Was für einer, war nicht gesagt worden. Wir hatten nur gehört, dass es irgendwo im Darm war und er operiert werden musste.

Das war vor einem dreiviertel Jahr gewesen und letzte Woche war er wieder zur Arbeit erschienen. Die OP und die Nachbehandlung waren anscheinend erfolgreich gewesen, aber ihm war deutlich anzusehen, wie sehr es ihn mitgenommen hatte.

Herr Morino war zwar nicht übermäßig dick gewesen, aber doch deutlich beleibter. Jetzt hing ihm die Haut regelrecht von den Knochen, weil er in so kurzer Zeit so viel Gewicht verloren hatte und sein dunkles Haar, welches letztes Jahr noch voll leicht wellig und mit einzelnen weißen Strähnen durchzogen war, bestand inzwischen nur noch aus ganz kurzen und schlohweißen Stoppeln.

Sein Anblick hatte mich wirklich erschreckt.

Jetzt war er zwar wieder da, aber weil das letzte halbe Jahr nichts über eine Planung verlautet worden war, nahmen wir im Allgemeinen an, dass das Musical diesmal ausfallen würde.

»Anscheinend hat Herr Linos nach den Sommerferien ganz normal begonnen, mit dem Chor die Lieder von *Elisabeth* zu üben. Aber weil das mit Herrn Morino noch ziemlich unklar gewesen war, sollten die Mitglieder das noch nicht an die große Glocke hängen, für den Fall, dass das Musical doch nicht stattfände. Im letzten Dezember hat sich dann wohl Frau Griffuni bereiterklärt, Herrn Morino zu vertreten und mit Herrn Linos den größten Teil der Planung zu übernehmen. Aber vorher stand für sie der *Tanz in den Frühling* an, weswegen jetzt erst bekannt wurde, was gespielt werden soll. Und warum auch jetzt erst das Vorsingen für die Hauptrollen stattfindet. Hat mir so zumindest meine Schwester erzählt«, antwortete Tessa und strich sich eine Strähne ihrer dunkelblonden Strähnen genervt hinters Ohr. Sie hatte beschlossen, sich die Haare wieder lang wachsen zu lassen und jetzt hatten sie so eine Zwischenlänge bis zum Kinn, die Tessa unheimlich nervte, weil ihr die Haare immer wieder ins Gesicht fielen.

Ich wiederholte in Gedanken nochmal die Worte meiner Freundin. Tessas kleine Schwester war Mitglied im Schulchor. Also eine recht zuverlässige Quelle.

Der *Tanz in den Frühling* hatte vor zwei Wochen stattgefunden und war wirklich toll, aber auch extrem aufwendig gewesen. Kein Wunder, dass Frau Griffuni sich noch nicht die Mühe gemacht hatte, das Vorsingen vorzubereiten.

Dennoch, die Hauptrollen wurden sonst eigentlich spätestens im Januar festgelegt.

Jetzt blieben für die Vorbereitung des Musicals, beziehungsweise für das Einstudieren der Rollen nicht mal mehr drei volle Monate. Das würde diesmal also richtig knapp werden.

»Das wird eine ziemliche knappe Sache für das Einüben der Rollen«, sprach ich meine Gedanken laut aus.

»Was dich schon mal perfekt für die Rolle der Elisabeth macht. Du kennst doch jedes Lied auswendig«, sagte Leo und gab mir einen spielerischen Schubs gegen die Schulter.

Jedes Lied war übertrieben. Aber jedes Lied, welches von Elisabeth gesungen wurde ... das kam schon hin.

»Ganz zu schweigen von den Haaren«, fügte er noch hinzu und zog einmal kurz an meinen langen dunkelbraunen Haaren, die ich wie üblich zu einem schweren Zopf geflochten hatte.

»Sie werden in diesem Jahr einfach mehr Unterrichtsstunden die

Woche ansetzten und mehr Proben an den Wochenenden«, erklärte Tessa.

Das würde sicher einige Schüler nerven, aber ich käme damit durchaus klar.

Ich wollte wirklich nichts lieber als in diesem Musical mitzuspielen, am liebsten natürlich wirklich in der Rolle der Elisabeth. Aber es stellte schon einen gewaltigen Unterschied dar, ob ich nur für mich, Freunde oder für die Verwandtschaft auf Familienfesten ein Lied zum Besten gab, oder eine ganze Woche vor Hunderten von Menschen sang. Und es würden Hunderte sein. Oder eher über Tausend, wenn man alle sieben Tage rechnete. Die Musicals unserer Schule hatten sich in den letzten Jahren einen gewissen, positiven Ruf verschafft und waren sehr beliebt und daher auch extrem gut besucht.

So öffentlich hatte ich noch niemals gesungen. Ich wusste nicht, ob ich mir das wirklich zutraute.

Aber es war *Elisabeth*! Falls ich jemals einen unumstößlichen Wunsch benennen müsste, dann einmal in meinem Leben diese Rolle zu spielen.

Wenn ich daran dachte, wie es mich damals gefuchst hatte, als mir letztes Jahr die Chance auf *Tanz der Vampire* verwehrt worden war …

Für die Vorbereitungen, beziehungsweise die Planung des Musicals, wurden nicht alle Klassen einbezogen. Es kümmerten sich immer nur die zwei ältesten Jahrgänge unserer Schule, sowie die Mitglieder des Chores und der Theater-AG darum.

Der Grund war recht einfach. Unsere beiden Lehrer hatten schon immer lieber mit den älteren Schülern gearbeitet, und sofern kein Kind in dem jeweiligen Stück vorkam, passte es auch einfach besser, die Rollen mit älteren Jugendlichen zu besetzen.

Nun ja, nicht mit den wirklich Ältesten. Der Abschlussjahrgang fiel aus, weil sich hier die Schüler ausschließlich auf ihre Abschlussprüfungen und ihre Vorbereitungen für die Uni oder ihre anderweitigen Ausbildungen zu konzentrieren hatten. Daher lief die Planung über die beiden Jahrgänge darunter. Es war ihr Jahresprojekt, welches sich durch die verschiedenen Unterrichtsfächer zog. Das Nähen der Kostüme fiel beispielsweise unter Hauswirtschaft, das Fertigen der Bühnenbilder wurde im Werk- und Kunstunterricht übernommen … so in etwa verteilte sich das Ganze.

Und wie schon erwähnt, wurde die Besetzung der verschiedenen Rollen ebenfalls auf diese beiden Jahrgänge verteilt. Abgesehen von den großen Hauptrollen. Hier durfte am Vorsingen auch noch der Jahrgang darunter teilnehmen.

Was also bedeutete, ICH durfte in diesem Jahr auch vorsingen!

Bei *Tanz der Vampire* war mir das nicht möglich gewesen, weil meine Klasse noch nicht berücksichtigt worden war. Wie mich das letztes Jahr geärgert hatte!

Auch wenn es sehr unsicher gewesen wäre, dass ich überhaupt eine Rolle bekommen hätte. Herr Morino zog bei der Verteilung der Hauptrollen immer die Schüler vor, die im nächsten Jahr in die Abschlussklasse kamen und dann keine Chance mehr hatten, nochmal zu singen oder zu schauspielern, und bei *Tanz der Vampire* hatte es viele starke Stimmen in den oberen Klassen gegeben.

Dennoch, ich hätte bei unserem letztjährigen Musical gerne eine Chance gehabt es zu versuchen.

Wenn ich also jetzt diese Chance für *Elisabeth* verstreichen ließ … allein wenn man bedachte, dass der Großteil der guten Stimmen aus *Tanz der Vampire* jetzt in der Abschlussklasse waren und von denen keiner mehr singen würde … ich kannte mich … es würde mich letztlich ewig verfolgen, wenn ich es nicht zumindest mit dem Vorsingen versuchen würde.

Ich war zwar kein Mitglied des Schulchors, aber ich sang wirklich gerne und, wenn mich mein gesamtes Umfeld nicht anlog, auch noch richtig gut.

Dennoch hatte ich nicht den Wunsch, den Berufsweg einer Sängerin oder Musicaldarstellerin einzuschlagen. Im Gegensatz zu meiner älteren Schwester Toni, genauer Antonia, die in allen drei Jahren, in denen sie konnte, eine der Hauptrollen im Schulmusical gesungen hatte. Zuerst in *Marie-Antoinette*, danach in *der kleine Horrorladen* und zuletzt in *Aida*. Es hatte ihr so viel Spaß gemacht, dass sie sich in ihrem Abschlussjahr dazu entschloss, eine professionelle Ausbildung zur Musicaldarstellerin zu beginnen.

Das war zwar definitiv nicht mein Traum, aber wie sie im Schulmusical mitzuwirken?!

Ja, das konnte ich mir durchaus vorstellen.

Aber was, wenn ich an dem Vorsingen teilnahm und am Ende einfach nicht gut genug war?

Ich konnte mich gerade nicht entscheiden, was schlimmer sein würde:

Wenn ich es gar nicht erst probierte oder doch den Versuch wagte und scheiterte.

»Ich weiß nicht … «, murmelte ich leise, woraufhin Leo einen undefinierbaren Laut von sich gab. Ich musste nicht einmal aufsehen, um zu wissen, dass er mit den Augen rollte.

»Stell dich nicht immer so an Schätzchen. Wenn du so Schiss hast, werden wir dich halt zum Vorsingen begleiten«, entgegnete er entschieden.

»Ihr dürft nur zum Vorsingen, wenn ihr auch vorhabt zu singen«, antwortete ich.

So wurde verhindert, dass Schüler zum Vorsingen kamen, um über die Sänger zu lachen oder ähnliches.

Leo zuckte zur Antwort nur gelangweilt mit den Schultern.

»Dann singen wir eben auch vor.«

»WIR? Was heißt hier WIR? Wieso Mehrzahl?!«, fragte Tessa entsetzt.

»Klar wir. Als ihre Freunde unterstützen wir Sasha natürlich beim Vorsingen und ziehen das gemeinsam durch.«

»Oh ... irgendwie fühle ich mich gerade, als hättet ihr beschlossen von einer Brücke zu springen und ich muss mit in die Tiefe«, murmelte Tessa und zupfte an ihren leicht gewellten Haaren, wie sie es immer tat, wenn sie nervös wurde.

Tessa hasste jede noch so kleine Form von öffentlichen Auftritten. Ihr Lampenfieber war noch schlimmer als bei mir. Sie starb schon tausend Tode, wenn sie nur etwas vor unserer Klasse vorlesen musste.

Dass sie nicht weiter protestierte, was das Vorsingen betraf, zeigte, dass sie es aus Freundschaft wirklich für mich machen würde und diese Geste verursachte mir regelrecht ein angenehm warmes Gefühl in der Brust.

»In Ordnung! Dann lasst uns vorsingen!«, entgegnete ich nun enthusiastischer, drehte mich um und lief rückwärts weiter, um die beiden Ansehen zu können.

»Nimmst du den Tod?«, fragte ich an Leo gewandt.

Ich betrachtete seine schlanke Gestalt. Leo war mit seinen 1,73 m nicht unbedingt groß für einen Jungen, aber er war süß mit seinen hellbraunen Locken und hatte ein hübsches Gesicht und wahnsinnig schöne grau-grüne Augen.

»Bist du noch ganz dicht?! Der Typ hat das ganze Musical über ausschließlich nur Gesangsstücke. So sehr liebe ich dich jetzt auch wieder nicht, Schätzchen.

Ich dachte an, keine Ahnung, den Priester oder sowas.

Der singt glaube ich nicht viel, wenn überhaupt?!«

Tessa antwortete ihm mit einem Schnauben.

»Oh bitte! Wenn du zum Vorsingen gehst, verwenden sie dich ganz sicher nicht für eine der kleinen Rollen.«

Damit hatte sie recht. Es war alles andere als fair, aber die Jungs an unserer Schule wurden immer bevorzugt, wenn es um das Musical ging. Selbst wenn sie keinen einzigen Ton halten konnten, bekamen sie eine Rolle. Dann wurde lieber das Musical, beziehungsweise dessen Lieder angepasst, damit der Junge singen konnte, anstatt die Rolle einem Mädchen zu geben, das gesanglich viel besser war.

Das mochte schon sexistisch sein, aber es lag einfach daran, dass kaum Jungs an den Musicals teilnahmen. Die Quote war noch schlechter als bei den Theaterstücken. Was eben auch daran lag, dass sowohl der Chor als auch die Theater-AG fast ausschließlich nur aus Mädchen bestanden.

Wenn bei unseren Musicals drei männliche Rollen auch tatsächlich mit Jungen besetzt waren, war das in den letzten Jahren wirklich viel. Oft konnten unsere Aufführungen nur einen einzigen männlichen Darsteller vorweisen. Bei *Tanz der Vampire* hatten ganze sechs Jungs mitgespielt, gut, einer von ihnen hatte nicht gesungen, sondern den Diener Koukol gespielt, aber dennoch, das Musical hielt bei uns von der Männerquote bisher den absoluten Rekord.

Leider waren sämtliche dieser Jungs inzwischen im Abschlussjahr und würden nicht nochmal mitmachen.

Leo würde also in jedem Fall eine der Hauptrollen spielen. Auch weil er durchaus singen konnte, selbst wenn er gern das Gegenteil behauptete.

Er ließ seinen Blick nachdenklich über mich schweifen und antwortete dann mit einem Schulterzucken.

»Was tue ich nicht alles dafür, dich auf der Bühne zu sehen, Schätzchen. Aber ich warne dich, wenn sich kein anderer findet und ich den Tod übernehmen muss, schuldest du mir etwas!«

Ich grinste ihn dankbar an.

»Schwarz wird dir sicher gutstehen, mein Hübscher. Es wird …«

Weiter kam ich nicht, denn plötzlich verlor ich das Gleichgewicht und fiel mit einem überraschten Laut nach hinten.

»Sasha!!«, riefen Tess und Leo erschrocken unisono und versuchten beide nach mir zu greifen, doch es gelang keinem.

Rückwärts zu laufen war eine beschissene Idee gewesen. Während unserer Unterhaltung hatte keiner die Treppe im Blick gehabt, über die ich jetzt nach unten fiel.

Ich presste automatisch die Augen zusammen und erwartete einen schmerzhaften Aufprall, welcher zu meiner Überraschung allerdings ausblieb.

Ich wurde aufgefangen und gegen eine warme Brust gepresst.

Vorsichtig blinzelnd betrachtete ich den Unterarm, um den ich meine Finger gekrallt hatte und der mich seitlich gegen die Brust seines Besitzers drückte und so verhinderte, dass ich wegen meiner eingeknickten Beine komplett zu Boden sank.

»Dan ... ke ...«, murmelte ich langsam und erschrocken, während mein Blick über die silberne Uhr und die Ringe an Daumen und Mittelfinger der Person glitt, die mich hielt.

»Alles klar?«, fragte eine männliche Stimme.

Sie war äußerst melodisch und angenehm, aber ich versteifte mich sofort.

Nicht DER!

Ich drückte mich von seiner Brust weg und bemühte mich wieder einen festen Stand zu bekommen, ehe ich dem Jungen ins Gesicht blickte.

Mir war bewusst, dass andere Mädchen jetzt an meiner Stelle wahrscheinlich vor Freude gequietscht, sich überschwänglich bedankt und versucht hätten, noch möglichst lange in seinen Armen liegen zu bleiben, aber das traf nicht auf mich zu.

Ich konnte gar nicht schnell genug Abstand zwischen mich und Kai bringen. Auch konnte ich nicht verhindern, dass meine Miene einen Ausdruck widerspiegelte, als hätte er mich geschubst, zumindest wenn ich das Stirnrunzeln richtig interpretierte, mit dem er mein Gesicht jetzt betrachtete.

»Sasha! Alles in Ordnung?«, fragte Tessa, während sie und Leo an meine Seiten eilten, aber ich beachtete beide nicht, sondern überlegte wie ich am besten reagieren sollte.

Auch wenn es sehr leise gewesen war, ich hatte mich ja bedankt. Das sollte doch reichen, oder?! Also schob ich mich ohne ein weiteres Wort an Kai und seinen Freunden vorbei.

Ich hörte ihn noch »Was zum ... «, murmeln, aber dem schenkte ich ebenfalls keine Beachtung.

»Wow, du bist bei dem Typ wirklich extrem nachtragend. Dabei hätte das echt schiefgehen können, wenn er dich nicht aufgefangen hätte«, meinte Leo amüsiert und warf einen Blick zurück über die Schulter während wir zu unserem Klassenzimmer gingen.

Dem konnte ich leider nicht widersprechen. Ich wusste, dass ich mich unhöflich verhielt, aber da es sich um Kai handelte, war mir das auch egal. Dieser Junge war selbstverliebt, oberflächlich und allgemein der arroganteste Arsch, der an unserer Schule rumlief.

Okay, meine Meinung war nicht unbedingt objektiv, aber auch nicht weit von der Wahrheit entfernt. Auch wenn meine Freunde meinten, ich würde übertreiben.

Vor ungefähr vier Jahren hatte mich eine Klassenkameradin, mit der ich damals richtig gut befreundet gewesen war gebeten, Kai einen Liebesbrief von ihr zu übergeben. Weil sie sich nicht traute es selbst zu tun. Im Nachhinein betrachtet war es schon sehr oldschool gewesen, aber wir waren zwölf und ich hatte es wirklich noch als sehr romantisch empfunden, dass sie ihm einen richtigen Liebesbrief geschrieben hatte. Auch noch ganz klassisch mit: Willst du mit mir gehen? Und dem Ja, Nein und Vielleicht zum Ankreuzen am Ende.

Ich fand es süß von ihr, und weil ich die Bitten meiner Freunde noch nie wirklich ablehnen konnte, hatte ich ihr den Gefallen getan.

Es war ja schließlich nicht mein Brief gewesen. Ich war nur die Überbringerin und daran hatte ich nichts Schlimmes empfunden. Zumindest bis ich herausfinden musste, was für ein Arsch Kai war. Mit gerade einmal vierzehn! Er hatte mich nicht einmal richtig zu Wort kommen lassen, um mich zu erklären. Er hatte nur den Brief mit den glitzernden Herzchen in meiner Hand gesehen, spöttisch gegrinst, den Blick einmal abschätzig an mir auf und ab gleiten lassen und dann so laut, dass wirklich alle um uns herum es hören konnten, verkündet: »Nein, danke. Definitiv nicht. Und sofern du nicht vorhast, irgendwelche operativen Verbesserungen vorzunehmen, nicht mal in einer Millionen Jahren!«

Das war das erste und einzige Mal gewesen, dass ich von einer ganzen Reihe von Leuten ausgelacht worden war. Ich hatte nie vergessen, wie demütigend sich das angefühlt hatte und auch niemals den abwertenden Blick, mit dem mich Kai an diesem Tag betrachtet hatte.

Zu diesem Zeitpunkt war er zu einer *Persona non grata* für mich geworden und daran hatte sich bis heute nichts geändert.

Das Mädchen, welches ihm mit dem Brief eigentlich wirklich ihre Liebe hatte gestehen wollen, hatte ihre Schwärmerei für Kai danach sehr schnell aufgegeben und zwei Jahre später einen richtigen festen Freund gefunden. Ich hatte mich für sie gefreut, aber diese Beziehung hatte uns letztlich auch entzweit, weil sie keinerlei Zeit mehr für mich oder genauer für uns, Tessa und Leo eingeschlossen, gehabt hatte.

Das Wegfallen einer Verehrerin fiel bei Kai natürlich nicht ins Gewicht. Er hatte auch jetzt noch einen ganzen Fanclub von Mädchen, die ihn anhimmelten, und nachdem der größte Mädchenschwarm unserer Schule, Arthur, seit ein paar Wochen ganz offiziell eine Freundin hatte, war seine Beliebtheit kein bisschen weniger geworden. Kai befand sich auf dem besten Weg, die Nummer Eins zu werden.

Ich hätte gern behauptet, dass ich überhaupt nicht verstehen konnte wieso, aber ganz so ignorant war ich natürlich auch nicht.

Kai und auch seine drei besten Freunde, Lucas, Louis und Teddy, eigentlich Theodor, aber ich glaube so wurde er von niemandem genannt, sahen auch gut aus. Wirklich gut. Außerdem hatten sie zusammen eine Schulband mit dem Namen *Night and Day* gegründet, und auch wenn sie meiner Meinung nach niemals an die *Alchemy*, eine sehr beliebte Mädchenband unserer Schule, heranreichen würden, waren ihre Lieder trotzdem wirklich gut und daher konnten die Jungs auch noch echtes musikalisches Talent vorweisen.

»Ich bin mir momentan nicht sicher, was schlimmer gewesen wäre. Aufgefangen werden von ihm, oder die Treppe runterfallen und mir alle Knochen brechen ... «, murmelte ich leise, was Leo zum Lachen brachte.

»Jetzt komm. So schlimm ist Kai nun wirklich nicht. Also zumindest nicht mehr so schlimm wie früher.«

»Ist mir egal«, antwortete ich und meinte es auch so.

Bei mir war der Zug für Kai schon lange abgefahren und ich würde meine Meinung über ihn auch nicht ändern, nur weil er einmal etwas Nettes getan hatte. Wobei er wahrscheinlich ohnehin nur reflexartig gehandelt hatte, um zu verhindern, dass ich ihn und seine Freunde umrollte wie Bowlingpins.

»Also, wie sieht es aus? Melden wir uns zum Vorsingen?«, fragte ich, um das Thema zu wechseln und hielt abrupt vor dem Sekretariat.

Leo warf Tessa einen vielsagenden Blick zu, dem sie mit einem resignierten Schulterzucken antwortete.

»Na schön. Springen wir von der Brücke! Ihr habt ja so einen schlechten Einfluss auf mich.«

***

»Das wird schon«, beruhigte ich Tessa während unserer Frühstückspause. Wir hatten morgen nach Unterrichtsschluss einen Termin zum Vorsingen bekommen und Tessa hatte mit jeder Minute, seit wir das Sekretariat verlassen hatten, mehr und mehr Panik.

»Es ist nur ein Lied, was vorgesungen werden muss. Und wir

müssen den Text nicht mal auswendig können. Also keine Sorge. Wir üben heute Nachmittag zusammen eines der Lieder ein und dann wird das ein Klacks. Glaub mir, das wird Spaß machen!«, sprach ich ihr weiter Mut zu.

Tessa wirkte nicht überzeugt und zu beobachten, wie nervös sie allein der Gedanke ans Vorsingen machte, tat mir schon leid. Daher setzte ich gerade an, ihr zu sagen, dass sie für mich nicht mitmachen musste, wenn ihr das so auf den Magen schlug, als ich jäh von Leo unterbrochen wurde.

»Nein. Tessa wird es ebenfalls guttun, mal aus ihrem Schneckenhaus zu kommen! Außerdem haben wir beide dieses Musical inzwischen sooft mit dir angesehen, wir können die Lieder ja ebenfalls schon auswendig!«

Damit griff er über den Tisch, um von Tessa einen Apfel zu stibitzen, was ihm einen bösen Blick von ihr einbrachte. Eventuell galt dieser aber auch seinen Worten.

»Ich habe nie gesagt, dass ich aussteigen will. Ich habe zugestimmt, also ziehe ich das auch durch!«, antwortete Tessa mit fester Stimme.

Das mochte ich so an ihr, Tessa stand zu ihrem Wort, auch wenn sie dafür etwas tun musste, was sie überhaupt nicht wollte.

Ich warf ihr ein dankbares Lächeln zu, aber sie erwiderte meinen Blick schon gar nicht mehr, sondern spähte über meine Schulter. Ihr Blick war so fasziniert, dass ich mich ebenfalls umsah.

Am Tisch hinter uns saßen Kai, samt Bandmitgliedern und ein paar Mädels. Bei Letzteren handelte es sich wohl um Groupies, denn meines Wissens hatte keiner der vier Jungs aktuell eine feste Freundin.

Louis schon mal überhaupt nicht, denn dieser war einer der wenigen Schüler unserer Schule, der, im Gegensatz zu Leo, vollkommen offen zu seiner Homosexualität stand. Auch konnte man ihn sich echt schwer neben einem Mädchen als Partner vorstellen, da er selbst sehr viele weibliche Züge besaß. Er war etwa so groß wie ich, also etwas um die 1,65m, hatte ein auffallend hübsches, androgyn wirkendes Gesicht, schulterlange dunkelbraune Haare und große hellbraune Augen mit ebenso beneidenswert vollen Wimpern wie der Junge heute Morgen. Er war schlank und für einen Jungen von eher schmächtiger Statur. Aber es stand ihm und ... was wirklich deprimierend war, er sah im Rock unserer Schuluniform besser aus als viele der Mädchen. Er trug ihn zwar nicht täglich, aber seit Louis es durchgesetzt hatte, ebenfalls Rock tragen zu dürfen, den Mädchen unserer Schule war schließlich auch gestattet worden Hosen zu tragen, wenn sie das bevorzugten, trug er ihn ab und zu. Überraschenderweise ohne groß hämische Kommentare zu ernten. Das lag aber mitunter auch daran, dass an der *Jupiter* kein Mobbing toleriert wurde, was von unserer Schulsprecherin auch konsequent durchgesetzt worden war, und weil Louis Freunde geschlossen hinter ihm standen und es keiner wirklich wagte, sich mit Kai und den anderen anzulegen. Mein Blick glitt von Louis und dem Rest der Gruppe zu einer bildhübschen zierlichen Japanerin, die auf ihren Tisch zuhielt. Vor ein paar Wochen war ihr kinnlanges schwarzes Haar noch mit violetten Strähnen durchzogen gewesen, inzwischen war sie dazu übergegangen, eine komplette Haarhälfte leuchtend Türkis einzufärben. Es war schon sehr auffällig, aber ich fand es stand ihr sehr gut. Aber auch ohne die ungewöhnliche Haarfarbe hätte ich gewusst, wer das Mädchen war, obwohl unsere Schule nicht gerade wenig Schüler hatte. Ihr Name war Kanade und sie war die Sängerin der Band *Alchemy*.

Kanade stoppte vor dem Tisch der Jungs und ihre Miene wirkte alles andere als erfreut.

»Jungs! Ich habe echt so die Schnauze voll! Es gibt eine beschissene Regel. Den Probenraum so sauber zu hinterlassen, wie ihr ihn vorfindet. Aber jedes Mal, wenn wir nach euch dort proben, sieht es aus wie Sau und wir dürfen eure Tonnen an Müll beseitigen!«, wetterte sie los.

Ich zuckte bei dem ungewohnten, scharfen Tonfall zusammen, aber Kai hob lediglich eine Augenbraue und hatte diese arrogante Miene aufgesetzt, die ich so verabscheute.

»Wir räumen immer auf«, entgegnete er gelassen.

»Oh, glaube ich euch sogar. Aber eure Groupies offensichtlich nicht!«, antwortete Kanade scharf und warf den Mädchen am Tisch einen verächtlichen Blick zu, woraufhin Kai nur mit den Schultern zuckte.

»Das ist ja dann wohl nicht unser Problem, die sind alt genug.«

»Es ist sehr wohl euer Problem! Ihr wollt sie ja immer bei euren Proben dabeihaben. Also habt ihr auch dafür zu sorgen, dass wir nicht ihren Dreck wegmachen müssen! Ich meine es ernst Kai, Veronica hat gestern einen benutzen Kaugummi unter dem Keyboard wegmachen müssen!«, sagte Kanade und warf einem der Mädchen, das bis zu diesem Moment genüsslich Kaugummi gekaut hatte, einen bedeutungsschweren Blick zu, der es dazu veranlasse den Kaugummi runterzuschlucken und ertappt Kanades Blick auszuweichen.

»Was die Mädels machen ist nicht unser Problem«, widerholte Kai unnachgiebig und erntete dafür mehrere überraschte Blicke seiner Bandkollegen.

»Kai?«, fragte Lucas argwöhnisch. Ihm entging wohl ebenfalls nicht, dass sein Freund heute verdammt schlechte Laune hatte.

Doch Kai reagierte nicht auf ihn, sondern warf Kanade einen genervten und gleichzeitig auffällig herausfordernden Blick zu.

»Du willst dich nicht wirklich mit mir anlegen, Kai«, antwortete Kanade warnend.

»Was willst du schon tun?«, fragte Kai gelangweilt, worauf sich Kanades Augen zu Schlitzen verengten.

»Na schön! Du hast es nicht anders gewollt!«

Damit riss Kanade ihren Arm nach oben und fing an auffällig zu winken.

»Hayne!! Komm mal bitte!«

Es war durchaus komisch anzusehen, wie Kai und seinen Freunden plötzlich die Gesichtszüge entglitten.

»Oh wie gemein. Das ist wirklich gemein«, warf Kai leise Kanade vor, die ihm jetzt ihrerseits einen unbeeindruckten Blick zuwarf.

Das Mädchen, welches jetzt auf den Tisch zukam und den Jungs ganz offensichtlich Bauchschmerzen bereitete, wirkte auf den ersten Blick eigentlich alles andere als furchteinflößend. Sie sah eher aus als wäre sie Grimms Märchen »Schneewittchen« entstiegen. Vielleicht hatte ich die Assoziation aber auch nur im Kopf, weil sie vor ein paar Jahren genau diese Rolle in einem Theaterstück der Schule gespielt hatte. Aber sie passte eben auch perfekt dafür. Auffallend blasser Teint, tiefschwarzes langes Haar, weiblich schlanke Figur und hellblaue Augen, die einen interessanten lilafarbenen Schimmer hatten, sodass sie eher fliederfarben wirkten.

Unsere Schulsprecherin erschien auf den ersten Blick einfach nur wie ein hübsches Mädchen.

Wie gesagt ... auf den ersten Blick. Beim zweiten fiel einem dann schon das selbstbewusste und unnachgiebige Auftreten auf. Ich wusste nicht, wie sie das anstellte, aber Hayne hatte so eine Art an sich, die einem Respekt einflößte. Selbst Jungs, die fast doppelt so groß und breit waren wie sie, bekamen regelrecht Angst, wenn sie es mit ihr zu tun hatten.

Leo nannte es gerne den Big-Mama-Effekt. Weil selbst die größten Gangster es oft nicht wagten, sich gegen ihre Mutter aufzulehnen, und er war der Meinung, dass Hayne genau dieses Gefühl bei den Schülern unserer Schule auslöste.

Dass sie auch noch in der Lage war, gegebenenfalls ihren Worten körperlichen Nachdruck zu verleihen, soweit ich wusste, beherrschte sie sogar irgendeine Art Kampfsport, tat natürlich ein Übriges.

»Was gibt es?«, fragte sie gut gelaunt, als sie bei Kanade angelangt war.

»Nichts?«, piepste Teddy, der regelrecht das Genick eingezogen hatte und noch viel nervöser wirkte als die anderen am Tisch.

Das brachte ihm einen überraschten Blick von Hayne ein.

»Es geht um meine Beschwerde wegen der wiederholten Sauerei im Probenraum der Bands«, erklärte Kanade.

»Ja? Konntet ihr das klären?!«, fragte Hayne und blickte erwartungsvoll in die Runde.

»Nicht ganz. Kai hier meint es wäre nicht sein, beziehungsweise das Problem der Band!«, antwortete Kanade und warf Kai einen sehr deutlichen *Du-hast-es-nicht-anders-gewollt*-Blick zu. Es war wirklich erstaunlich, wie schnell Haynes gut gelaunte Miene sich zu, *jetzt gibt es Ärger*, wandelte. Selbst ich, die hier nur stille Beobachterin war, zog unwillkürlich das Genick ein.

»Ach, ist es das, ja?«, fragte sie scharf und ihre Augen bohrten sich förmlich in die von Kai. Dessen Miene spiegelte eine Mischung aus Unbehagen und Trotz wider, aber den genervt-gelangweilten Tonfall behielt er bei.

»Ist es. Ich hab keines der Mädels eingeladen und ob sie bei den Proben zuhören oder nicht, ist mir vollkommen egal. Ich bin nicht ihr Babysitter. Also muss ich mich auch nicht darum kümmern, wo sie ihren Müll liegenlassen!«

Damit erhob er sich und überragte Hayne um mehr als einen Kopf. Doch obwohl diese den Kopf in den Nacken legen musste, wirkte sie in keiner Weise eingeschüchtert.

»Ihr nutzt den Probenraum und die Instrumente, damit fällt es sehr wohl in eure Verantwortung, was in dieser Zeit darin passiert. Wenn ihr dem nicht nachkommt, wird euch die Nutzung nicht mehr erlaubt sein! Das ist kein Witz, Kai. Das ist jetzt schon mehrmals vorgefallen und nochmal verwarne ich euch nicht«, erklärte Hayne.

»Jetzt habe ich aber Angst«, antwortete er spöttisch und überraschte damit nicht nur Hayne. Das hatte er jetzt nicht wirklich gesagt, oder?!

Doch. Und nicht nur das. Er wandte sich daraufhin zum Gehen und ließ Hayne und Kanade einfach stehen. Nicht nur die beiden starrten ihm perplex nach. Seine Freunde taten es ebenso, ehe sie sich eilig erhoben, um ihm zu folgen.

»Es tut mir leid«, wandte sich Lucas an die Schulsprecherin.

So direkt nebeneinander fiel mir erstmals auf, dass die beiden eine gewisse Ähnlichkeit hatten. Das gleiche tiefschwarze Haar, die blasse Haut und ein auffallend hübsches Gesicht. Nur waren Lucas` Augen, hinter dünnen Brillengläsern, von einem tiefen Dunkelgrün.

Von allen Mitgliedern der Band hatte er mir bisher immer am besten gefallen. Seine hohe schlanke Gestalt vermittelte eine ganz eigene Attraktivität. Vielleicht lag es aber auch an der Brille, die ihm zusätzlich noch etwas Intellektuelles verlieh, was einfach irgendwie sexy wirkte.

»Ich werde mich darum kümmern und ... ich sorge dafür, dass es keine Probleme mehr mit dem Probenraum geben wird.«

Den letzten Satz richtete er an Kanade, dann folgte er seinen Freunden ebenfalls.

»Lässt du Kai das durchgehen?«, fragte diese dann an Hayne gewandt, als die Jungs schon ein Stück entfernt waren.

Haynes Miene wirkte immer noch perplex, als sie sich an Kanade wandte.

»Wirke ich als wäre ich weich geworden?!«, fragte sie, regelrecht erschrocken darüber, einfach stehen gelassen worden zu sein.

Ich konnte sie durchaus verstehen. Mir fiel keine einzige Situation ein, wann das jemals vorgekommen war. Hayne war zwar mitunter tatsächlich gefürchtet, aber dennoch eine beliebte Schulsprecherin. Sie war streng, aber fair und wir Schüler hörten auf sie.

Kanade blieb die Antwort schuldig, als zwei Arme die Taille der

Schulsprecherin umfingen und sie an den dazugehörigen Körper pressten.

»Nein. Soweit ich mitbekommen habe, verbreitest du auch weiterhin Angst und Schrecken«, antwortete der blonde Junge statt Kanade.

Ich hörte Tessa neben mir leise seufzen und musste mir ein Grinsen verkneifen. Auch wenn Arthur inzwischen offiziell vom Markt war, ließ sein Anblick doch unwillkürlich die Herzen sämtlicher Mädchen höherschlagen. Er mochte ein wandelndes Klischee auf zwei Beinen sein, aber das war vollkommen egal. Er war attraktiv, nett, zuvorkommend und unser heimlicher Prinz der Schule. Und was ihn noch anziehender wirken ließ, auch wenn es einen bitteren Beigeschmack mitbrachte, war, wir hingebungsvoll er mit seiner Freundin umging. Jeder Blick aus diesen schönen türkisfarbenen Augen offenbarte, wie vernarrt er in unsere Schulsprecherin war. Es war beneidenswert.

Dennoch beobachtete ich die beiden recht gerne zusammen. Sie waren süß. Auch jetzt wieder, als Arthur einen Kuss in ihr schwarzes Haar drückte, was Hayne verlegen den Blick zu Boden senken ließ. Sie wirkte nicht, als wären ihr diese Zärtlichkeiten unangenehm, sondern eher ungewohnt. Als wäre das neu und sie wüsste nicht, wie sie damit umgehen sollte. Was wiederrum seltsam erschien. Immerhin waren die beiden jetzt schon mehrere Wochen ein Paar.

»Ich verbreite nicht Angst und Schrecken!«, protestierte Hayne, was Arthur ein Lächeln entlockte. Sie drehte sich in seinen Armen, sah dabei aber Kanade an.

»Und nein, ich werde das nicht durchgehen lassen! Wir haben Regeln an dieser Schule und die haben eingehalten zu werden!«

»Ach, ich steh drauf, wenn du so herrisch bist«, antwortete Arthur lachend, aber Hayne überging ihn. Dennoch entging mir nicht das Zucken ihres Mundwinkels.

Sie verkniff sich ein Lächeln.

»Oh, das klingt als hättest du schon einen Plan«, antwortete Kanade.

»Mmh ... keinen Plan. Eher eine Idee«, entgegnete Hayne langsam.

Oha. Ich an Kais Stelle hätte es spätestens jetzt mit der Angst zu tun bekommen, bei der Miene, die unsere Schulsprecherin jetzt aufgesetzt hatte.

***

Der restliche Unterrichtstag verlief weitestgehend ereignislos und nachdem ich mit Leo und Tessa ausgemacht hatte, wann wir uns heute zum Proben treffen wollten, befand ich mich im Bus auf dem Weg nach Hause. Wie üblich war der überfüllt und auf einen Sitzplatz musste ich leider verzichten. Mit einem genervten Seufzen hielt ich mich an einer der Schlaufen über meinem Kopf fest und zog mein Vokabelheft aus der Tasche meines Blazers. Ich nutze die Heimfahrt immer, um ein wenig zu lernen.

»Reg dich ab Luc, was soll sie schon groß machen?! Sie ist nur die Schulsprecherin. Keine Lehrerin!«, hörte ich eine vertraute Stimme hinter mir.

Ich wandte den Kopf und erblickte Kais hochgewachsene Gestalt gar nicht weit von mir.

Was machte der hier? Der fuhr doch nie mit dieser Buslinie.

»Einen Scheiß muss ich! Warum entschuldigen?! Ich habe im Moment echt anderes im Kopf als mir Gedanken zu machen, was Hayne tun könnte. Was soll da überhaupt großartig kommen?!«, sprach er genervt in sein Handy.

Unsere Schulsprecherin hatte vor ein paar Wochen der kompletten Baseball-AG ihr Training gestrichen, als diese sich nicht an die Regeln gehalten hatten und dadurch eine Schülerin zu Schaden gekommen war. Und keiner der Lehrer, nicht einmal der Direktor, hatte gegen ihr Verbot etwas unternommen. Meiner Meinung nach konnte also einiges durch unsere Schulsprecherin kommen, wenn man gedachte sich mit ihr anzulegen.

Keine Ahnung, ob sein Gegenüber noch etwas sagte, aber Kai legte auf und stopfte sein Handy zurück in die Jackentasche.

Er wirkte wirklich stark angespannt und schien für nichts um ihn herum einen Blick zu haben. Dabei entgingen ihm auch die interessierten Blicke zweiter hübscher Mädchen auf den Sitzen ihm schräg gegenüber. Ich konnte es beiden nicht verdenken, dass sie ihn interessiert musterten. Er war ja echt ein hübscher Anblick.

Sein Haar war nicht wirklich lang, aber auch nicht kurz. Es fiel ihm eher in wild aussehenden Strähnen in Gesicht und Nacken und hatte eine sehr eigenwillige Farbe. Als könne es sich nicht entscheiden, ob es nun blond oder doch eher hellbraun sein wollte. Ähnlich eigenwillig sah es auch bei seiner Augenfarbe aus. Seine Iris hatte einen sehr ungewöhnlichen Braunton, nicht wirklich karamellfarben, eher wie dickes, flüssiges Gold. Es war auffallend und lockte einen, ihm in die Augen sehen zu wollen.

Seine Gesichtszüge waren attraktiv und auch unter der Schuluniform konnte man einen muskulösen Körper erahnen.

Kai drehte abrupt seinen Kopf und unsere Blicke kreuzten sich, worauf ich eilig das Gesicht abwandte.

Nein! Verdammt! Wenn ich etwas absolut nicht wollte, dann für eines der Mädchen gehalten zu werden, die wie Idioten dastanden und sabbernd sein hübsches Gesicht anstarrten.

Ich senkte meinen Blick wieder auf mein Vokabelheft, als etwas über meinen Hintern strich.

Ich stockte, wartete, vielleicht nur ein Versehen? Nein. Ein paar Sekunden später spürte ich erneut wie eine Hand über meinen Hintern streichelte.

Nicht schon wieder! Immer wieder kam es vor, dass irgendein Perverser den überfüllten Bus dazu nutzte zu grapschen. Dabei hatte ich bereits festgestellt, dass die Typen ganz unterschiedlichen Altersklassen angehörten. Manchmal waren es Opas, ab und an Männer mittleren Alters und viel zu oft Schüler, ungefähr so alt wie ich, die dachten, sie erlaubten sich nur einen Scherz. Vor ein paar Jahren hätte ich mich nur umgedreht, um meinen Hintern gegen eine Bus Wand zu drücken. Ich hätte den Versuch schweigend hingenommen, ohne eine Szene zu machen, weil es mir peinlich war die Aufmerksamkeit aller irgendwie auf mich zu ziehen. Inzwischen jedoch tat ich solchen Typen keinen Gefallen mehr, indem ich schwieg. Es war nicht richtig, was die sich rausnahmen und kein Mann hatte das Recht, mich ohne meine Erlaubnis anzufassen.

Ich drehte den Kopf und warf dem Mann schräg hinter mir einen drohenden Blick zu. Vom Alter her hätte er mein Vater sein können und das versetzte mich zusätzlich in Wut. Was dachte sich der Typ?!

»Hey! Wenn Sie ihre Hand mit nach Hause nehmen wollen, nehmen Sie sie von meinem Hintern!«, fauchte ich sehr deutlich. Einige Köpfe drehten sich in unsere Richtung und die Gesichtsfarbe des Grapschers wechselte auffallend schnell von Weiß zu Rot.

»Ich habe nicht …«, stammelte er peinlich berührt und warf mir einen erschrockenen und gleichzeitig gekränkten Blick zu. Als würde ich ihn für etwas beschuldigen, was er nicht getan hatte. Dagegen sprachen aber seine Hand, die sich sehr rasch von meinem Hintern entfernte und die Tatsache, dass er es plötzlich sehr eilig hatte bei der nächsten Haltestelle auszusteigen. Ich war ziemlich sicher, dass es sich nicht um seine Station handelte.

Normalerweise gehörten solche Typen angezeigt, aber ich hatte nun mal nicht die körperliche Verfassung einen erwachsenen Mann niederzuringen und zur nächsten Polizeistation zu schleifen. Also beschränkte ich mich wieder auf das Durchgehen meiner Vokabeln, auch wenn ich mich so genervt fühlte, dass ich mich kaum darauf konzentrieren konnte. Der Bus hielt erneut, die Fahrgäste wechselten und wir fuhren wieder an.

Die weitere Fahrt verlief ruhig, bis ein leises Klicken und eine plötzliche Bewegung mich zusammenzucken ließ. Erschrocken drehte ich mich um und starrte in die geschockten Gesichter von zwei etwa zwölfjährigen Jungs. Eine Sekunde später erkannte ich, was sie so erschreckt hatte. Kais Finger umklammerten das schmale Handgelenk von einem der Jungen, in dessen Hand ein Smartphone lag. Die Position und Höhe ihrer Hände verursachten in mir den Verdacht, dass sich das Handy gerade noch unterhalb meines Rocks befunden hatte.

Kai entwand dem Jungen sein Telefon und wischte über das Display.

»Blau gestreift, wie nett«, murmelte er leise und verursachte ein erschrockenes, wie auch zorniges Gefühl in mir. Betrachtete er gerade meinen Slip?! Und das mit so gelangweilter Miene?! Und was noch schlimmer war ... hatten diese Rotzlöffel gerade heimlich meine Unterwäsche fotografiert??! Ich war mir gerade nicht sicher, gegen wen ich meinen Zorn als Erstes richten sollte. Was war nur los? Hatten sämtliche Perverslinge dieser Stadt heute Freigang oder was?! Kai tippte erneut auf das Display und ich erkannte das Geräusch, wenn Inhalte gelöscht wurden. Im nächsten Moment warf er das Telefon aus dem schmalen gekippten Fenster des Busses, worauf wüste und zornige Ausrufe des Jungen folgten.

»Sei froh, dass ich mich damit begnüge«, erwiderte er auf die Aussage des Kleineren, ob er nicht mehr ganz dicht wäre. Der Verlust seines Telefons trieb dem Jungen Zornestränen in die Augen, aber weder ihm noch seinem Freund entging, dass Kai beinah doppelt so groß war wie sie. Also begnügten sich beide mit zornig gemurmelten Beschimpfungen, ehe sie sich zur Tür durchquetschten, um den Halteknopf zu drücken und bei der nächsten Station auszusteigen. Ich war unentschlossen in meiner Reaktion, also ließ ich beide ohne ein weiteres Wort verschwinden. Außerdem stand

Kai jetzt direkt vor mir und aufgrund dieser ungewohnten Nähe fühlte ich mich irgendwie nervös.

»Ich ... das hätte ich auch allein hinbekommen«, murmelte ich leise und war mir bewusst, wie bockig ich klang. Aber ich konnte nichts dagegen tun.

Der Typ lockte ohne Probleme die Zicke aus mir heraus.

Unbeeindruckt zog er wieder eine Augenbraue in die Höhe. Wie er das so tat, erinnerte er mich immer ein bisschen an Jack Nicholson.

»Du hast es nicht mal bemerkt«, erwiderte er gelassen.

Damit hatte er leider recht und das nervte mich extrem. Daher wich ich seinem Blick aus und starrte aus dem Fenster.

»Du bist nicht wirklich gut darin Danke zu sagen, oder?«, fragte er einen Moment später. Ich biss mir auf die Lippe und hielt meinen Blick konsequent abgewandt.

Das stimmte so nicht. Ich legte selbst eigentlich sehr viel Wert auf solche Dinge wie Bitte und Danke. Das war das Minimum an Höflichkeit, was man von jedem erwarten konnte. Dass ich mich selbst jetzt nicht daranhielt, zeigte nur, wie tief meine Aggression gegen diesen Jungen eigentlich saß.

Kai suchte kein weiteres Gespräch und starrte über meinen Kopf hinweg nun ebenfalls aus dem Fenster. Das gab mir die Möglichkeit, meinen Blick wieder auf ihn zu richten und erneut über seine Statur huschen zu lassen. Interessiert registrierte ich die beiden schmalen Ringe, die durch sein linkes Ohrläppchen gingen. Hatte er die Ohrringe schon länger? Ich war mir nicht sicher.

Ich blickte erneut zur Seite bis mir zwei Dinge auffielen. Kai stand inzwischen so nah, dass sein mir sein Duft in die Nase stieg und er roch ... gut. Keine Ahnung, welches Shampoo oder Duschgel er benutze, aber eines davon beinhaltete Cocos. Das war nämlich der einzige Duft, den ich ganz zweifelsfrei identifizieren konnte.

Das andere, was mir auffiel, war die Art, wie er vor mir stand. Es wirkte zwar vollkommen normal und unauffällig, mit der einen Hand hielt er sich ebenfalls an einer der Laschen über unseren Köpfen fest, die andere ruhte in seiner Hosentasche, aber er hatte den Körper so gedreht, dass er mich regelrecht abzuschirmen schien.

Diese Geste wirkte ... beschützend. Aber das bildete ich mir sicher nur ein.

Wenn ich etwas niemals mit Kai in Verbindung bringen würde, dann den Typ des Beschützers. Dennoch, jede weitere Belästigung blieb aus.

Trotzdem fühlte ich meinen beschleunigten Herzschlag. Er stand so nahe, ich müsste nur ein wenig die Hand heben, um ihn berühren zu können. Nicht, dass ich das wollte, aber allein, dass ich es könnte, verursachte mir Herzklopfen. Wie seltsam.

Das Halten des Busses riss mich aus meinen Gedanken.

»Meine Haltestelle!«, entfuhr es mir erschrocken. Ich schob mich an Kai und den anderen Fahrgästen vorbei und stieg aus. Keine Sekunde zu früh, denn schon schlossen sich die Türen und der Bus fuhr weiter.

»Dumm. Das war eine Haltestelle zu weit«, sagte Kai direkt neben mir und erschreckte mich.

Ich hatte nicht bemerkt, dass er mit mir ausgestiegen war. Außerdem, was hieß das? Hätte er eigentlich eine Station vor mir aussteigen müssen? Warum war er dann im Bus geblieben?

»Weißt du, ob ich von hier aus auch zum Klinikum komme oder muss ich erst eine Station zurückfahren?«

Zum Klinikum? Das konnte er auch von hier aus über ein paar Seitenstraßen zu Fuß erreichen.

Obwohl an dieser Auskunft nichts Schlimmes war, bekam ich die Lippen nicht auseinander, als Kai mich abwartend ansah. Ich hielt seinem Blick noch eine Sekunde lang stand, dann wandte ich mein Gesicht ab. Es war albern, aber etwas tief in mir wollte wirklich nicht mit ihm reden oder ihm helfen. Diese tiefsitzende Abneigung überraschte mich selbst.

»Hast du mich gehört?«, fragte er überflüssigerweise. Natürlich hatte ich ihn gehört. Ich hatte ihm ja direkt ins Gesicht gesehen. Ich spürte seinen Blick auf mir, aber ich schaffte es nicht die Zähe auseinander zu bekommen. Und was beinah noch schlimmer war, der noch irgendwo vorhandene höfliche Teil in mir schaffte es nicht, ihn einfach stehen zu lassen und zu gehen. Also stand ich jetzt wie festgewurzelt, den Blick auf den Boden gesenkt, an der Bushaltestelle.

»Hör auf mich zu ignorieren. Ich mag das nicht!«, herrschte er mich an und ich zuckte aufgrund der schnellen Bewegung seiner Hand zusammen. Seine Finger griffen nach meinem Zopf und er zwang mit einem leichten Zug meinen Kopf wieder in seine Richtung. Dabei löste sich das Haarband und die geflochtenen Strähnen fielen auseinander.

Er hatte mir nicht wehgetan, aber die ruppige Geste hatte mich kurz so erschreckt, dass ich wieder keinen Ton rausbrachte und ihn nur aus großen Augen überrascht anstarren konnte. Seltsamerweise wich seiner verärgerten Miene nun ebenfalls ein überraschter Ausdruck, den ich nicht einordnen konnte. Kai trat wieder einen Schritt zurück und löste seine Hand. Allerdings sehr langsam und er ließ die Strähnen meiner Haare durch seine Finger gleiten, als ob ihm das Gefühl gefiel. Aber dieser Geste war er sich anscheinend gar nicht bewusst.

Er blickte mir noch ein paar Sekunden abwartend ins Gesicht, ehe er sich genervt abwandte, sein Telefon aus der Tasche zog und in die falsche Richtung davon ging.

Ich konnte ihm seinen letzten Blick auf mich nicht verdenken. Ich benahm mich wirklich unmöglich. Das war doch nicht meine Art. Auch wenn Kai ein Sonderfall war, weil ich sonst niemanden kannte, gegen den ich eine so starke Abneigung empfand, hatte er mir heute doch bereits zweimal in gewisser Weise wirklich geholfen. Und zum Dank zickte ich und war bockig. Ich kannte das Gefühl, das ich gerade empfand, ich mochte mich selbst so überhaupt nicht und das behagte mir in keinesfalls.

Ich lief mit eiligen Schritten hinter Kai her und klopfe ihm kurz auf den Rücken, als ich ihn erreicht hatte.

»Du musst da entlang«, sagte ich, ohne ihm ins Gesicht zu sehen, und deutete mit dem Daumen über die Schulter.

Keine Ahnung wer von uns letztlich überraschter war, aber zehn Minuten später trennten sich unsere Wege vor dem Klinikum, zu dem ich Kai letztlich direkt hingeführt hatte.

Wahrscheinlich hielt er mich jetzt für irgendeine Art von *Rain Man*, aber es war zumindest der beste Weg gewesen, nicht weiter mit ihm reden zu müssen.

***

Ich ließ die Haustür hinter mir ins Schloss fallen, als ich beinahe von einer Tonne herabstürzender Kleider erschlagen wurde. Verwundert hob ich den Blick von dem Kleiderhaufen vor meinen Füßen und ließ ihn über die Treppe zum Flur des oberen Stockwerks bis zum entsetzten Gesicht meiner Schwester Maxim gleiten.

»Sag mal, hast du sie nicht mehr alle??!!«, rief sie wütend, aber nicht an mich gerichtet. Ihre Worte galten ihrer Freundin Cansu, welche bereits mit einem zweiten großen Kleiderstapel aus Max` Zimmer gestürzt kam. Ihre langen schwarzen Haare wehten wie eine Flagge im Wind hinter ihr, als sie eilig zum Geländer ging und den nächsten Schwung Kleider in den Eingangsbereich unseres Hauses warf.

»Wenn du nicht mit mir zusammenleben willst, brauche ich auch keine Schublade bei dir!«, fauchte Cansu wütend in Max` Richtung.

»Aber das sind meine Klamotten, die du hier durch die Gegend wirfst!!«

Ich machte mir nicht die Mühe, die beiden auf mich aufmerksam zu machen, sondern wandte mich direkt nach links, steuerte unsere Küche an und warf ein kurzes »Hallo«, in die Runde, die aus meiner Schwester Antonia und unserer Großmutter bestand.

»Was haben Sodom und Gomorrha denn heute für ein Problem? Müsste das Surfen auf der roten Welle nicht erst nächste Woche anstehen?«, fragte ich, während ich mich Toni gegenüber an den Esstisch sinken ließ.

Meine Wortwahl klang vielleicht etwas platt, aber die Frage war durchaus berechtigt. Seit Max mit Cansu zusammen war, also seit etwa eineinhalb Jahren, hatten wir in diesem Haus die schlimmsten Streite erlebt. Vornehmlich fanden diese statt, wenn beide ihre Tage hatten, was zum Glück inzwischen meist nur einmal im Monat vorkam, weil die Zyklen inzwischen fast gleich abliefen. Um uns darauf vorzubereiten, hatten wir irgendwann tatsächlich angefangen einen Kalender zu führen um im Blick zu behalten, wann es wieder soweit sein würde.

Tonis braune Augen, die einige Nuancen heller waren als meine eigenen, blickten von ihrem Tablet auf und mit einem kurzen Schulterzucken ließ sie sich auf ihrem Stuhl nach hinten sinken.

»Ich glaube, Cansu hat wiedermal das Thema Zusammenziehen angesprochen und Max hat nicht mit der nötigen Begeisterung darauf reagiert.«

Ich griff nach der Wasserflasche auf dem Tisch und einem Glas, während ich mir jeden Kommentar verkniff und mich auf ein Augenrollen beschränkte.

Ich mochte Cansu wirklich gerne, von der einen bestimmten Woche im Monat mal abgesehen, aber sie war eine unfassbare Drama Queen.

Max und Toni, meine älteren Schwestern, waren Zwillinge, sie hatten erst vor kurzem ihr zwanzigstes Lebensjahr erreicht. Cansu mit ihren neunzehn war sogar noch jünger, war aber unfassbar darauf versessen ihrer Beziehung ein *Glücklich bis ans Ende ihrer Tage* zu verpassen. Vor einem Jahr hatte sie sich mit Max bereits verloben wollen und immer öfter lenkte sie das Gespräch auf eine gemeinsame Wohnung.

Dass meine Schwester als Vollzeitstudentin noch gar nicht über die finanziellen Mittel verfügte, etwas für die Miete beisteuern zu können und Cansu mit ihrem Ausbildungsgehalt einer Zahnarzthelferin dies ebenfalls nicht vermochte, überging diese dabei immer geflissentlich.

Sie versteifte sich dann viel lieber darauf, Max vorzuwerfen, dass diese sie ja gar nicht wirklich liebte und keine gemeinsame Zukunft mit ihr wollte und was ihr nicht sonst noch alles so einfiel. Dabei konnte man durchaus schon davon sprechen, dass beide zusammenlebten. Cansu verbrachte bei uns um einiges mehr Zeit als bei sich zu Hause.

Was mitunter daran lag, dass ihre Ausbildungsstelle von uns aus besser und schneller zu erreichen war, aber auch daran, dass Cansus Großeltern, ihres Zeichens beide gebürtige Mazedonier, nicht so gut damit klarkamen, dass ihre Enkelin lesbisch war. Während Cansus Eltern noch recht gefasst damit umgingen, machten ihre Großeltern, die im selben Haus wohnten, jedes Mal Stress, wenn Cansu mit Max dort auftauchte.

»Lasst sie doch. Nachdem diese Verbrecher meine Soap abgesetzt haben, brauche ich jede Art von Unterhaltung, die ich bekommen kann. Und die beiden sind äußerst unterhaltsam«, sagte unsere Großmutter, während sie hinter der Kücheninsel werkelte, um das Mittagsessen zuzubereiten.

Es war immer wieder niedlich ihr dabei zuzusehen. Großmutter Estelle maß gerade einmal 1,49m und hatte überall in unserer Küche kleine Tritthocker aufgestellt, um an die Regale und Schränke zu gelangen.

»Unterhaltsam?«, fragte ich ungläubig und warf einen Blick

zurück in den Eingangsbereich zu dem inzwischen nochmals gewachsenen Kleiderstapel.

»Aber auch nur solange wir ihr Chaos nicht wieder aufräumen müssen.«

»Natürlich nicht! Aber wenn jemals rauskommt, dass die beiden in Wahrheit Geschwister sind, werde ich in der ersten Reihe sitzen!«, scherze Großmutter, was uns alle zum Lachen brachte.

»Was soll's. Max scheint ja irgendwie darauf zu stehen. Von daher ... «, schloss Toni und erhob sich, um Salz aus unserem Vorratsschrank zu holen, welches so hoch gelagert war, dass unsere Großmutter selbst mit den Tritthockern nicht rankam.

Für Toni war das kein Problem. Die Zwillinge schlugen nach unserer Mutter und waren mit ihren 1,80m hochgewachsen und schlank. Früher war es kaum möglich gewesen beide auseinanderzuhalten, doch inzwischen trug Max das hellbraune Haar kurz und bei Toni fiel es in Wellen bis zu den Schulterblättern.

»Danke Liebes«, sagte Großmutter ehe sie sich von Toni abwandte und sich zu mir drehte.

»Wie war eigentlich die Schule, Sasha?«

»Gut. Heute wurde bekannt gegeben, welches Musical dieses Jahr gespielt wird«, antwortete ich.

»Oh, ich dachte es fällt in diesem Jahr ins Wasser. Schön! Was spielen sie denn?«, fragte Toni interessiert.

»*Elisabeth*.«

»Oh, ist das nicht das was du so gerne magst?«, fragte Großmutter Estelle, während sie eine Packung Spaghetti ins kochende Wasser warf.

»Singst du vor?«, fragte Toni im selben Moment.

»Ja und Ja. Aber nicht allein. Leo und Tessa gehen mit mir zusammen zum Vorsingen. Sie kommen nachher vorbei damit, wir ein Lied einüben können«, antwortete ich.

»Soll ich euch helfen?«, fragte Toni.

»Vielleicht … warum nicht?! Kann sicher nicht schaden.«

Meine Antwort wurde von einem lauten Zuknallen der Tür begleitet und müden Schritten, die auf die Küche zuhielten. Mit erschöpfter Miene erschien Max in der Tür.

»Hi, wo ist denn Cansu?«, fragte ich.

Mit einem Seufzen ließ sich Max neben mich auf den Stuhl fallen.

»Sie wollte etwas laufen gehen, damit sich ihre Laune wieder bessert«, seufzte Max.

»Wohin will sie denn dafür auswandern? Timbuktu?«, fragte Toni spöttisch, woraufhin sie einen genervten Blick und den erhobenen Mittelfinger ihres Zwillings erntete.

»Meinetwegen kann sie dafür auch bis nach Neuseeland joggen. Hauptsache sie kommt wieder zurück, um den Kleiderhaufen wegzuräumen«, fügte unsere Großmutter mit scharfem Blick auf Max hinzu.

Max antwortete mit einem tiefen Seufzen.

»Schon verstanden. Ich räume nach dem Essen auf!«

Ach ja, was musste Liebe doch schön sein …

***

»Sortiert deine Schwester ihre Klamotten aus?«, fragte Leo, während meine Zimmertür hinter ihm ins Schloss fiel. Ich spähte an meinem Vokabelheft zur Seite, ehe ich es komplett beiseite legte und mich mittels Schneidersitzes im Bett aufrichtete.

»Nein. Kollateralschaden der letzten Auseinandersetzung zwischen Max und Cansu.«

»Schade. Ich dachte Max will die hässlichen Fetzen endlich verbrennen und mein Angebot annehmen, mit ihr shoppen zu gehen. Das Mädel hat aber auch gar kein Einsehen mit meinen Augen!«, seufzte Leo theatralisch. Max` Mode-Geschmack war ein ständiges Streitthema zwischen Leo und ihr. Auch wenn meine Schwester Modelmaße vorweisen konnte, kleidete sie sich eher maskulin.

Unförmige Jeans und Hemden. Sie liebte es bequem. Für Leo, der für einen Jungen einen ungewöhnlich ausgeprägten Sinn für Mode hatte, war das ein Dorn im Auge und er wünschte sich nichts sehnlicher, als meine Schwester einmal neu einkleiden zu dürfen.

Tessa lugte hinter Leos Rücken hervor und sah sich ängstlich in meinem Zimmer um. Das tat sie immer und auch, wenn es mir irgendwie schon leidtat, empfand ich es dennoch als unheimlich komisch. Denn ihre Angst, etwas könnte sie hier anspringen war nicht unbedingt unbegründet. Auch wenn anspringen nicht unbedingt das richtige Wort war. Mit Ayane, einer Kornnatter, besaß ich nicht gerade ein übliches Haustier. Die meiste Zeit ruhte sie in ihrem Terrarium, welches sich über die Wand entlang gegenüber meinem Bett erstreckte, aber wenn ich eine der Glasschiebetüren geöffnet ließ, bewegte sie sich frei in meinem Zimmer. Zum Leidwesen von Tessa, die Schlangen überhaupt nicht mochte. Sie hatte zwar keine Angst, ekelte sich aber vor deren Art sich zu bewegen.

»Wo ist sie?«, fragte Tessa und sah sich wild in meinem Zimmer um.

Mit einem Grinsen deutete ich zu meinem Bücherregal neben dem Terrarium, wo es sich Ayane zwischen zwei Büchern bequem gemacht hatte.

Tessas Augen verengten sich zu Schlitzen, während sie Ayane anstarrte. Es war ihr üblicher *Bleib-da-und-beweg-dich-nicht*-Blick.

Jeder andere musste sich darüber auch gar keine Gedanken machen. Ayane bewegte sich tagsüber extrem selten, wenn sie einen Platz gefunden hatte, der ihr gefiel.

Alle außer Tessa. Denn meine Schlange hatte ein scheinbar diabolisches Vergnügen daran, sich an Tessa anzuschleichen und sich dann aus dem Nichts entweder auf ihrem Kopf niederzulassen oder sich um ihren Hals oder unter ihr T-Shirt zu schlängeln.

Tessa schrie dabei jedes Mal aus voller Kehle und wenn ich es nicht besser wüsste, würde ich behaupten, dass Ayane genau darauf abzielte.

***

Zum Üben, beziehungsweise für das Vorsingen morgen, hatten sich meine Freunde für das kurze Duett zwischen Herzog Max, dem Vater der Elisabeth und Erzherzogin Sophie, der Mutter des Kaisers Franz-Josef entschieden.

Leo war der Meinung, dass dies ausreichte, da es ihnen ja ohnehin nur darum ginge, dass ich vorsingen würde und Tessa war dankbar für den wenigen Text.

Das Lied *Sie passt nicht* eröffnet die Szene nach der Hochzeit und soll deutlich machen, dass Herzog Max die Heirat seiner Tochter Elisabeth mit Franz-Josef für einen Fehler hält und wie unzufrieden Sophie mit der Wahl ihres Sohnes in Bezug auf ihre Schweigertochter ist. Ich lehnte mich auf meinem Bett zurück und lauschte Leo, welcher den Part von Herzog Max sang:

♫♪♫♪♫♪♫♪♫♪♫♪♫♪

Liebe macht dumm!
Sissi gibt für ihn
auf, was das Leben verschönt.
Wien bringt sie um.
Sie sollte fliehn,
ehe sie sich dran gewöhnt.

♫♪♫♪♫♪♫♪♫♪♫♪♫♪

Tessa starrte so konzentriert auf ihr Textblatt, dass sie beinah ihren Einsatz verpasste, um die Strophen von Sophie zu singen, als Leo geendet hatte:

♫♪♫♪♫♪♫♪♫♪♫♪♫♪

Liebe macht blind!

Franz weiß nicht, was er tut.

Er hat auf mich nicht gehört.

♫♪♫♪♫♪♫♪♫♪♫♪♫♪

Ich fand die beiden stellten ihr Licht viel zu sehr unter den Scheffel. Sowohl Tessa als auch Leo hatten eine schöne Gesangsstimme. Mit etwas Übung würden beide richtig gute Sänger für unser Musical abgeben.

»Ein bisschen lauter, Tessa«, unterbrach Toni die beiden. Sie stoppte die Musik, wodurch Tessa von ihrem Textblatt aufsah.

»Du hast eine wirklich schöne Stimme, Tessa, die musst du nicht verstecken«, erklärte Toni.

Damit schaltete sie die Musik wieder an und gab den beiden ein Zeichen fortzufahren.

♫♪♫♪♫♪♫♪♫♪♫♪♫♪

Warum musste es der sein?

♫♪♫♪♫♪♫♪♫♪♫♪♫♪

führte Leo das Zwiegespräch mit Tessa fort, die, wenn auch kaum merklich, versuchte lauter zu singen:

♫♪♫♪♫♪♫♪♫♪♫♪♫♪

Seh ich das Kind,

packt mich die Wut.

Sie hat meine Pläne zerstört.

Der Kleinen fehlt fast alles ...

Dem Kaiser fehlt fast alles ...

... was eine Kaiserin braucht.

... was meine Sissi braucht.
♫♪♫♪♫♪♫♪♫♪♫♪♫♪

»Du bleibst bei *Ich gehör nur mir?*«, flüsterte Toni leise, was ich mit einem Nicken beantwortete.

»Ja. Oder meinst du, ich soll etwas anderes singen?«

Toni schüttelte den Kopf.

»Nein. Dieses Lied liegt dir und du kannst jede Silbe auswendig. Außerdem ist es kein einfaches Lied, also kannst du gleich zeigen, was du draufhast.«

Leo und Tessa sangen *Sie passt nicht* zu Ende und ich klatschte wie meine Schwester kurz Beifall.

»Sehr gut. Das war schon besser. Aber du musst wirklich noch etwas lauter werden, Tessa!«

»AAAHHHHHHHHHHHH!!!!«

»Genau so!«, kommentierte Toni Tessas Schrei mit einem Stirnrunzeln.

Ich erhob mich rasch vom Bett, da ich im Gegensatz zu meiner Schwester eine genaue Ahnung hatte, was Tessas Stimme so entfesselt hatte.

Ich griff in ihren Nacken und zog Ayane aus ihrem T-Shirt. Ich hatte überhaupt nicht bemerkt, dass sich die Schlange vom Regal gestohlen hatte.

Tessa rieb sich über den Nacken und warf Ayane einen bösen Blick zu, während diese sich um meinen Unterarm schlängelte.

»Das macht das Mistvieh mit Absicht, Sasha!«

»Unsinn«, widersprach ich, wobei ich mir nicht sicher war, ob Tessa nicht vielleicht doch recht hatte.

Eventuell hatte meine Schlange ja wirklich eine gemeine Art von Humor.

***

»DIE WILL MICH DOCH VERARSCHEN!!!«

Das Brüllen hallte so laut durch die Gänge, dass ich vor Schreck ins Stolpern geriet und mich nur durch einen beherzten Griff am Geländer davor bewahrte, die Treppe nach unten zu fallen.

»Was war das denn?«, fragte ich über die Schulter an Leo gewandt, der ebenso erschrocken nach hinten blickte. Auch einige der anderen Schüler folgten unserer Blickrichtung.

»Das war Kai, oder?«, fragte er unsicher.

Tessa eilte um die nächste Kurve und das Grinsen, das ihren Mund umspielte, ließ sich nur schwer einschätzen. Es wirkte ungewohnt ... war Tessa ... schadenfroh?!

»Was ist denn los?«, fragte ich, während Tessa zu uns auf die Treppe eilte.

Währenddessen setzten sich auch langsam die anderen Schüler wieder in Bewegung.

»Kai und die anderen Jungs müssen am Vorsingen teilnehmen!«, antwortete Tessa eilig.

»Was?«, fragten Leo und ich unisono.

Leo klang dabei überrascht, ich entsetzt und ich spürte wie mir die Gesichtszüge entglitten.

Allein weil sie männlich waren, hatten sie schon hohe Chancen besetzt zu werden, aber diese Jungs konnten bewiesenermaßen auch noch singen. Herr Morino würde sie ganz sicher bei dem Musical miteinbeziehen, wenn sie vorsangen und der Gedanke gefiel mir nicht. Also eigentlich nur der Gedanke, dass ich eventuell mit Kai spielen musste. Die anderen wären nicht so schlimm.

Ich atmete kurz durch und drückte die aufkeimende Panik nach unten.

Erst einmal musste ich ja überhaupt besetzt werden. Die Probe gestern bei mir zuhause war so gut gelaufen, dass ich mich heute schon zu dummen Höhenflügen verleitet fühlte.

»Wieso?«, wollte Leo wissen, was mich ebenfalls interessierte.

»Anweisung von Hayne. Sie hat durchgesetzt, dass die Jungs zum Vorsingen müssen, wenn sie weiterhin den Probenraum für ihre Bandproben benutzen wollen.«

»Das ist aber eine ungewöhnliche Art der Bestrafung für sie«, murmelte Leo überrascht.

Konnte ich ihm nur zustimmen. Sonst handelte unsere Schulsprecherin mehr oder minder recht rabiat. Das hatte schon eher etwas von amüsanter Gemeinheit und ich musste unwillkürlich daran denken, wie Kai gestern noch so großspurig am Telefon verkündet hatte, was Hayne schon groß machen könnte.

»Das geht wirklich durch?«, fragte ich.

»Klar!«, antwortete Tessa amüsiert.

»Bei dem Männermangel, der bei unseren Musicals herrscht, hat Frau Griffuni diesen Vorschlag sicher mehr als begrüßt.«

Na ja, wie hieß es so schön, des einen Freud ...

***

»Ihr müsst heute vorsingen?«, fragte Leo und starrte ebenso überrascht auf die vier Gestalten vor Herrn Morinos Klassenzimmer wie Tessa und ich.

Da saßen sie alle. Kai, Lucas, Teddy und Louis, direkt gegenüber der Klassenzimmertür auf einer Bank und es war kaum abzuschätzen, wer von den Vier gelangweilter oder genervter aussah. Lucas hatte sich mit verschränkten Armen nach hinten gelehnt und öffnete die Augen nur einen kurzen Moment, um uns zu mustern, ehe er fortfuhr vor sich hin zu dösen. Louis tippte auf dem Display seines Telefons, ohne auch nur einmal aufzusehen, während Teddy auf einem Strohhalm herumkaute und einfach nur ins Nichts zu starren schien.

Einzig Kai starrte angespannt auf das Display seines Telefons und schien sogar eher konzentriert statt genervt. Mein Blick huschte kurz über die Kopfhörer in seinen Ohren. Anscheinend hörte er sich etwas Interessantes an.

Kai ließ seine Augen einen kurzen Moment über uns schweifen.

»Wir dachten, wir bringen es einfach gleich hinter uns«, murmelte er leise, ehe er wieder zurück auf den Bildschirm starrte.

Ärgerlich biss ich mir auf die Lippe und ließ mich dann zwischen Leo und Tessa ebenfalls auf der Bank nieder. Es hinter sich bringen! Es gab viele Schülerinnen, mich eingeschlossen, die gerne in diesem Musical mitsingen würden, aber schon aufgrund der Tatsache, dass die Vier nur vorsangen, nun geringere Chancen hatten.

Und die Vier würdigten nicht mal den Vorteil, den allein ihr Geschlecht ihnen einbrachte.

Nachdenklich betrachtete ich meine Fingernägel. Ob es überhaupt noch etwas brachte vorzusingen?! Wenn die vier Jungs, beziehungsweise fünf, mit Leo eingerechnet, für das Musical besetzt wurden, wären zur Abwechslung wirklich mal nur noch die weiblichen Rollen offen. Wenn sich auch in diesem Jahr so viele Mädchen bewarben wie in den Jahren zuvor ... vielleicht war es dann besser, wenn ich mir gar nicht erst die Mühe machte ...

»Es wird nicht gekniffen!«, flüsterte Leo und ich zuckte erschreckt zusammen.

»Was ... ich ... «

»Doch. Du hast schon wieder diesen Gesichtsausdruck drauf. Diesen *Lieber gar nicht erst probieren, aus Angst zu versagen*. Von daher, ich wiederhole: Es wird nicht gekniffen! Dir wird das genauso guttun wie Tessa!«

Ich war mit Leo seit dem Kindergarten befreundet und er war wie ein Bruder für mich. Dennoch erschreckte es mich manchmal, wie gut er mich tatsächlich zu kennen schien. Er hatte recht. Tessas Problem war, dass ihr alles Neue Angst machte und sie sich deshalb nie traute etwas auszuprobieren. Bei mir war es keine Angst vor dem Neuen, sondern vielmehr vorm Versagen. Wenn ich nicht 100 % sicher war, dass mir etwas gelang, drückte ich mich gerne davor.

Aber vielleicht hatte Leo ja recht. Vielleicht würde es mir guttun, selbst wenn ich nicht genommen wurde. Tessa würde das Vorsingen auf jeden Fall nicht schaden. Sie war gestern regelrecht aufgeblüht, nachdem wir ihr versichert hatten, dass sie eine wirklich schöne Stimme besaß. Das hatte ihr das Selbstvertrauen gegeben, was ihr sonst so oft fehlte. Sie musste wirklich einfach häufiger über ihren Schatten springen und ich ebenso.

In *Elisabeth* mitzusingen war mein unumstößlicher Wunsch. Ich sollte ihn mir nicht durch meine Zweifel kaputt machen lassen.

Ich würde das jetzt durchziehen und selbst, wenn es nicht klappen sollte, könnte ich zumindest behaupten es versucht zu haben.

Minuten des Schweigens vergingen, ehe Leo sich mit einem Räuspern erhob.

»Ich hol mir was zu trinken. Will noch jemand auch was?«

»Ja«, erwiderten Tessa und ich und zu unserer Überraschung die anderen Vier auch.

Leo wandte sich mit einem Stirnrunzeln an die Jungs, die ihn erwartungsvoll ansahen, ehe Louis sich mit einem Grinsen ebenfalls erhob.

»Ich komm mit und helfe dir tragen.«

Während ich meinen Blick von den Rücken der beiden löste, glitten meine Augen über das Display von Kais Handy. Der Anblick lies mich überrascht blinzeln und unbewusst beugte ich mich etwas mehr in seine Richtung, um besser sehen zu können.

Über das Display floss ein Text und während ich ein paar Zeilen mitlas ...

Konnte das wirklich sein? Ich hob die Hand und entzog Kai einen seiner Ohrstöpsel, um zu hören, was er sich anhörte.

»Hey ... «, begann er protestierend, aber ich beachtete ihn gar nicht, sondern lauschte der Musik.

Das war *Kein Kommen ohne gehen* aus *Elisabeth*. Er hörte sich Lieder des Musicals an!

Ich drehte mein Gesicht in seine Richtung und begegnete einem ebenso überraschten Ausdruck, wie er sich wohl auch auf meinem Gesicht widerspiegelte. Dadurch wurde mir auch bewusst, was ich getan hatte, und eilig zog ich den Kopfhörer aus meinem Ohr.

»Das ist ... das Musical«, murmelte ich überflüssigerweise.

»Ich weiß!«, erwiderte Kai in einem Tonfall, der keinen Zweifel ließ, dass er mich gerade für sehr bescheuert hielt.

»Ich dachte nur ... ihr wollt gar nicht wirklich vorsingen.«

Daraufhin erklang ein leises, melodisches Lachen von Lucas.

Er war auch diese Art von Kerl, die einem Gänsehaut verursachten. Auf die gute Art und Weise. In der Band spielte er Keyboard, aber daneben war er auch ein begnadeter Konzertpianist. Er hatte schon als Kind einige Preise eingeheimst und auch jetzt nutze ihn die Schule gerne mal als Aushängeschild um die Förderung der künstlerischen Bereiche noch weiter auszubauen.

»Wollen wir auch nicht. Aber du musst wissen, Kai ist tief in seinem Inneren ein ehrgeiziger kleiner Streber. Auch wenn er eigentlich keinen Bock hat, bei diesem Musical mitzusingen, lässt es sein Ego aber nicht zu, dass er nicht trotzdem versucht der Beste zu sein.«

»Klappe, Luc!«, murrte Kai und warf seinem Kumpel einen warnenden Blick zu, den dieser mit einem weiteren Lachen quittierte.

Leo und Louis kehrten beladen mit mehreren Flaschen aus dem Getränkeautomaten zurück und ersparten mir eine Reaktion. Mir wäre ohnehin nichts eingefallen, was ich hätte sagen können. Ich hätte nie erwartet, dass Kai vorhatte sich Mühe zu geben und konnte mich gerade auch nicht entscheiden, ob mir das gefiel oder nicht.

Was ist schon ein Kuss?

»Ah schön. Ihr seid schon alle da. Dann lasst uns anfangen!«

Damit winkte uns Herr Morino ins Klassenzimmer. Frau Griffuni saß hinter dem Schreibtisch und schrieb irgendwelche Notizen in ein dünnes Ringbuch und Herr Linos saß vor seinem Keyboard und ordnete Notenblätter.

Während Herr Morino, trotz des kränklichen Aussehens bester Laune wirkte, sahen die anderen beiden etwas fahrig aus.

Frau Griffuni, welche sonst immer top gestylt, mit grundsätzlich perfekt farblich abgepassten Kostümen und einer Spur zu viel Make-Up in der Schule erschien, hingen lose Strähnen aus ihrer festen Hochsteckfrisur und ihre Smokey Eyes waren so verschmiert, dass sie etwas an einen Pandabären erinnerte.

Dagegen wirkte Herr Linos doch eher nur erschöpft. Hemd und Hose, welche die knapp 1,70m kleine Gestalt umhüllten, wirkten etwas knittrig, aber sonst in Ordnung. Das lichter werdende, dunkle Haar trug er schon seit geraumer Zeit sehr kurz rasiert, sodass es gar nicht unordentlich wirken konnte. Einzig die kleine Brille mit den kreisrunden Gläsern war von Fingerabdrücken so betatscht, dass ich mich fragte, ob er überhaupt noch etwas dadurch erkennen konnte.

Die meisten Tische waren an die Wand geschoben, um Platz in der Mitte des Zimmers zu schaffen, und nur ein paar vereinzelte Stühle standen herum und bildeten einen unordentlichen Halbkreis.

Herr Morino ging zu einem der Stühle, griff nach der Gitarre, welche daneben lehnte, und blickte uns nacheinander erwartungsvoll an.

»Also, wer möchte anfangen?«, fragte er aufmunternd.

Dass keiner reagierte schien ihn etwas aus dem Konzept zu bringen, denn er warf seinen Kollegen einen fragenden Blick zu.

»Ich hoffe, es ist für euch in Ordnung, dass wir eure Termine zusammengelegt haben? Wir haben dieses Jahr nicht so viel Zeit wie sonst für die Vorbereitungen, daher muss alles etwas zügiger vonstattengehen«, kam Frau Griffuni zu Hilfe, um die Stille zu unterbrechen.

Wir nickten vereinzelt. Zwar war ich nicht begeistert davon, vor Kai und seinen Freunden zu singen, aber ein wirkliches Problem damit schien einzig nur Tessa zu haben, die seit Betreten des Klassenzimmers etwas blass um die Nase wirkte.

»Also ... «, begann Herr Morino erneut.

»Passt schon. Ich kann anfangen«, erwiderte Kai und trat vor.

Ich folgte dem Beispiel der anderen und ließ mich auf einen der Stühle nieder.

»Prima! Welches Lied möchtest du vorsingen?«

Kai zog das Handy aus der Tasche und überflog das Display.

»*Kein Kommen ohne Gehen*«, antwortete er.

»Sehr schön, aber ... «, Frau Griffuni überflog ihre Unterlagen.

» ... ist das nicht ein Duett?«, fragte sie unsicher.

»Ich hab mir diese Soloversion rausgesucht«, erklärte er gelassen und ich konnte an der Mimik unserer Lehrerin ablesen, dass sie ihm nicht folgen konnte.

Ich schon und widerwillig war ich beeindruckt. Sofern er nicht doch ein heimlicher Fan des Musicals war, hatte er den Tag genutzt, um sich bei Google verschiedene Versionen anzuhören.

Kein Kommen ohne Gehen war das Duett von Elisabeth und dem Tod, wenn beide das erste Mal aufeinandertreffen. Der Tod trägt

Elisabeth nach ihrem Sturz zum Bett und zögert, sie aus dem Leben fortzuziehen und letztlich mit sich zu nehmen.

Obwohl Elisabeth fasziniert von ihm ist, will er mehr. Er will von ihr geliebt werden und dass sie freiwillig zu ihm kommt.

Das Lied war nicht von Anfang an Bestandteil des Musicals gewesen. Es hatte vielmehr Elisabeths Solo *Rondo-schwarzer Prinz* ersetzt, worüber ich durchaus glücklich war, denn ich mochte es viel lieber.

Vor allem die Soloversion des Liedes, welches bei einer Tour *Die größten Musicalhits aller Zeiten* gesungen worden war. Ich war in einer der Shows gewesen und erinnerte mich noch gut daran, wie ich regelrecht dahingeschmolzen war. Was nicht nur an dem Lied gelegen hatte, sondern vielmehr an dem Sänger.

»In Ordnung. Die Noten haben wir auch?«, fragte Herr Morino an seinen Kollegen gewandt, der das nach kurzem Suchen bestätigte.

»Sehr gut!«

Herr Morino nickte Kai aufmunternd zu, was diesen überhaupt nicht zu interessieren schien. Er stand auffallend entspannt in der Mitte, obwohl alle Augen auf ihn gerichtet waren, und blickte regelrecht gelangweilt auf das Display seines Telefons.

Ich beneidete ihn etwas um diese Gelassenheit. Denn obwohl ich noch nicht an der Reihe war, spürte ich bereits jetzt diese nervöse Anspannung in mir aufsteigen.

Musik erfüllte den Raum und während ich noch überlegte, ob ich Kai je live singen gehört hatte, überzog eine Gänsehaut meine Unterarme und mir stellten sich die Nackenhaare auf, als seine Stimme erklang.

♫♪♫♪♫♪♫♪♫♪♫♪♫♪

Kein Kommen ohne Geh'n,
kein Leuchten ohne Nacht.
Ohne Enttäuschung kein Verstehen.
Schatten die sich dreh'n

– durch unsichtbare Macht.
Ewiges Werden und Vergehen.
♫♪♫♪♫♪♫♪♫♪♫♪♫♪

Okay, Kai war der Leadsinger seiner Band. Natürlich konnte er singen. Ich hatte ja auch ein oder zwei Lieder von ihnen mal gehört. Aber das war ... seine Stimme war wahnsinnig schön und traf Punkte in meinem Inneren, die mich beinahe in Versuchung führten, wie ein albernes kleines Fangirl laut aufzuseufzen.

Ich warf Leo aus dem Augenwinkel einen Blick zu, in der Hoffnung, dass ihm entgangen war, dass ich regelrecht an den Lippen von Kai hing.

Das Grinsen sagte mir recht deutlich, es war ihm nicht entgangen. Dennoch hob Leo nur kurz die Augenbrauen, um mir mit seiner Mimik zu signalisieren, dass er ebenfalls beeindruckt war.

♫♪♫♪♫♪♫♪♫♪♫♪♫♪
Aber seit dem Augenblick
als dein Blick mich verstand,
ist in der Sehnsucht plötzlich Klarheit.

In dem einen Augenblick
als dein Gefühl mich fand,
wurde aus Ahnung plötzlich Wahrheit.

Statt dich zu führen
und dich zu überwinden,
will ich geliebt sein
und deine Hoffnung an mich binden.

Denn ich will,
dass du mich willst

und dich zu mir bekennst,
um deinen Traum
in mir zu finden.
♫♪♫♪♫♪♫♪♫♪♫♪♫♪

Es war durchaus beeindruckend Kai dabei zu beobachten, wie er das Lied vortrug. Während er sich wegen des Textes weiterhin am Display seines Telefons orientierte, war seine Miene noch immer absolut gelangweilt. Als studiere er das Wetter für die kommende Woche.

Wie er jedoch das Lied sang, stand im extremen Gegensatz dazu. Er legte unendlich viel Gefühl und Sexappeal in die Stimme. Würde er das dann noch mit der passenden Mimik und Gestik verbinden ... wir würden uns vor Ohnmachtsanfällen nicht mehr retten können während der Aufführung.

Ich schloss die Augen, um auszublenden, dass diese wundervolle Stimme zu Kai gehörte, und genoss einfach nur die weiteren Strophen des Lieds.

Er machte das wirklich gut, das musste ich neidlos anerkennen und je länger ich ihm lauschte, desto besser konnte ich ihn mir in dieser Rolle vorstellen.

Bevor ich jedoch komplett in irgendwelche Fantasien abzudriften drohte, öffnete ich wieder meine Lider und kreuzte direkt Kais Blick, der im gleichen Moment sein Gesicht hob. Das Gefühl, was mich bei unserem Augenkontakt überkam ließ mein Herz schneller schlagen, aber ich konnte es nicht wirklich einordnen. Ich fühlte mich seltsam ... erschrocken. Als wäre ich aus einem Sekundenschlaf hochgeschreckt.

Aber ich hatte nicht geschlafen, da war ich mir absolut sicher.

♫♪♫♪♫♪♫♪♫♪♫♪♫♪
Ich will dich erst,

wenn du mich willst,
erst wenn du mich erkennst.
Soll deine Seele mich … berühren.
♫♪♫♪♫♪♫♪♫♪♫♪♫♪

Nicht dass Kai diese Bestätigung bei seinem Ego noch nötig gehabt hatte, aber ich stimmte in den Applaus der anderen ein. Er war wirklich gut gewesen und das erkannte ich an.

Sofern keiner der anderen Jungs noch etwas Besseres abliefern würde, war es sehr unwahrscheinlich, dass er nicht soeben die männliche Hauptrolle ergattert hatte.

Herr Morino wäre auch mehr als dumm, wenn er sie Kai nicht geben würde. Denn mit ihm hätte er erstmals eine männliche Rolle, die wirklich, wirklich gut, ja fast schon professionell singen konnte.

»Das war … richtig gut«, sagte Herr Linus ehrlich beeindruckt unter dem zustimmenden Nicken seiner Kollegen, während Kai sich auf den Stuhl neben Lucas fallen ließ.

»Streber …«, flüsterte Lucas grinsend, was Kai mit einem Schulterzucken quittierte.

Ach ja, wir waren anscheinend ja zu cool dafür, sich über Lob der Lehrer zu freuen … oder wahrscheinlich war Kai inzwischen schon so daran gewöhnt Bestätigung dafür zu bekommen, wie gut er war, dass es ihn nicht mehr sonderlich interessierte.

Und schon spürte ich die Pluspunkte, die Kai gerade noch gesammelt hatte, wieder dahinschwinden und die übliche Abneigung zurückkehren.

Meine Augen wandten sich erneut zur Mitte, in die sich Louis jetzt stellte und kurz hatte ich das Gefühl, dass Kai in meine Richtung schaute, aber ich drehte nicht das Gesicht, um nachzuschauen, ob es stimmte.

»Also, sehr guter Anfang. Das ist doch schon einmal sehr vielversprechend. Louis, was möchtest du singen?«, fragte Herr Morino.

Louis blätterte stirnrunzelnd die Kopien der Liedertexte durch die neben Herrn Morino auf einem der freien Stühle gelegen hatten.

»Wer knutscht in dem Stück nochmal alles mit dem Tod?«, fragte er, was ihm nicht nur eine überrascht hochgezogene Augenbraue von Herrn Morino einbrachte.

»Dein Ernst?«, fragte Kai, was Louis mit einem breiten Grinsen beantwortete.

»Worauf du dich verlassen kannst, mein Hübscher! Wenn du den Sensenmann spielst, will ich einer der sein, die du knutschen musst! Ich würde auch die Elisabeth spielen, aber ich glaube da wird der Elternbeirat wieder Zicken machen … also wer war der Typ, der auch einen Schmatzer abkriegt?«

»Kronprinz Rudolf … «, antwortete ich, woraufhin sich sämtliche Blicke auf mich richteten. Peinlich berührt senkte ich den Blick auf meine Knie.

Ich hatte überhaupt nicht laut antworten wollen!

»Ah … dachte, das war der Kaiser … was soll's. Also von dem hab ich kein Lied geübt, sondern von dem Franz-Josef. Aber wenn möchte ich diesen Rudolf spielen!«, sagte Louis an Herrn Morino gewandt, der ihn mit etwas überforderter Miene mehrmals hintereinander anblinzelte.

»Ähm … ja. Ich werde es berücksichtigen«, antwortete unser Lehrer dann langsam.

»Ich weiß allerdings nicht … «, unterbrach Frau Griffuni vorsichtig.

» … ob wir das mit den Küssen drin lassen werden. Das ist ja nichts, was wir verlangen … und manche Schüler sehen das auch nicht so locker … «

Oh ja. Ganz legendär zu diesem Thema war die Schneewittchen Aufführung vor ein paar Jahren, in der unsere Schulsprecherin kurzfristig die Hauptrolle übernommen hatte. Frau Griffuni hatte das Stück mit einem *Kuss der wahren Liebe* Moment beenden wollen, aber Hayne hatte sich vehement geweigert sich küssen zu lassen. Frau Griffuni hatte mit Engelszungen auf Hayne eingeredet, aber es hatte nichts gebracht und sie hatte das Ende umschreiben müssen.

Frau Griffuni warf Kai einen unsicheren Blick zu, der zur allgemeinen Überraschung erneut mit einem Schulterzucken reagierte.

»Mir ist das egal.«

Louis Lippen verzogen sich zu einem erneuten Grinsen, was aber eindeutig der verdutzten Miene der Lehrerin galt.

»Sehen Sie?! Kai liebt mich nämlich! Abgöttisch! Er betet quasi den Boden an, auf dem ich wandle! Er kann es nur nicht so richtig zeigen!«

»Sing einfach vor!«, murrte Kai und presste Daumen und Zeigefinger gegen seine Nasenwurzel, als bekäme er Kopfschmerzen.

Louis entschied sich noch immer breit grinsend für den Part Kaiser Franz-Josefs, dem Finale des ersten Akts und es ließen sich sehr schnell zwei Dinge feststellen: Obwohl der Part nicht viel Text beinhaltete und mit seinen ca. 1,5 Minuten auch nicht sonderlich lang war, konnte Louis keine so gute Textsicherheit vorweisen wie Kai. Wobei, wenn man bedachte, wie kurzfristig die Vier ihren Termin zum vorsingen gelegt hatten, war Kai wohl auch kein Maßstab. Er schien eher unverhältnismäßig gut darin zu sein, sich Texte in kurzer Zeit einzuprägen.

Und Louis verhaspelte sich mehrmals trotz Liedtext und traf auch nicht immer die richtige Tonlage. Aber dennoch ließ sich bei ihm heraushören, dass er ebenfalls über eine schöne Singstimme verfügte.

»Sehr gut«, schloss Herr Morino Louis` Beitrag in einem Tonfall, als könne er sein Glück kaum fassen schon zwei männliche Sänger mit guten Stimmen für sein Musical gefunden zu haben.

Er machte sich eifrig Notizen und blickte dann erneut erwartungsvoll in die Runde.

»Wir singen zusammen!«, sagte Leo laut und stand auf, Tessa am Arm mit sich ziehend, bevor die anderen beiden Jungs etwas sagen konnten.

Tessas Miene spiegelte blankes Entsetzen wider und ich konnte es ihr nicht verdenken. Ich war ebenfalls davon ausgegangen, dass wir erst die vier Jungs vorsingen lassen würden, dann abwarteten bis sie wieder verschwunden waren und erst dann sangen, wenn wir wieder unter uns sein würden.

Aber Leo zog Tessa unbarmherzig in die Mitte und nannte den Lehrern ihr Lied.

Ich erwiderte Tessas panisch wirkenden Blick mit der besten *Du-schaffst-das!!*-Miene, die ich draufhatte und hob beide Hände, um ihr zu zeigen, dass ich den beiden die Daumen drückte.

Die Lehrer stimmten ein und meine besten Freunde begangen mit *Sie passt nicht* und Tessa ... verstand man kaum.

Neeeiiinnnn!! Ich hätte Ayane mitbringen sollen. So ein kleiner Schreck würde Tessa sicher helfen. Ich versuchte ihr zu signalisieren, dass sie lauter werden musste, aber Tessa hielt den Blick starr auf das Blatt Papier in ihrer Hand gerichtet.

Ich spähte zu den Jungs, die sich alle überrascht und verwundert unbewusst nach vorne gebeugt hatten.

Das Lied endete und eine Weile sagte keiner ein Wort. Bis Herr Morino sich räusperte.

»Mmh ... «

Mit nachdenklicher Miene blickte er auf seine Gitarre.

»Probieren wir es nochmal«, entschied der Lehrer und ich warf ein warnendes Kopfschütteln in Leos Richtung, der sich gar nicht erst die Mühe machte, das Grinsen zu unterdrücken angesichts von Tessas Miene. Auch wenn ich zugeben musste, dass dieses Entsetzten schon irgendwie witzig wirkte, wusste ich, was es Tessa abverlangte sich hier hinzustellen und vor anderen als ihren Freunden zu singen. Das war ein riesen Schritt, den sie auch noch für mich gemacht hatte. Ich würde nicht erlauben, dass sich irgendjemand darüber amüsierte. Auch Leo nicht! Er erkannte es offensichtlich auch an meinem Gesicht, denn sein Grinsen verschwand schlagartig. Er beugte sich nach vorne und flüsterte Tessa etwas ins Ohr, was ich nicht verstand, aber ihre Schultern schienen sich daraufhin etwas zu entspannen.

Sie wiederholten das Lied und Tessa wurde dabei endlich etwas lauter und schaffte es sogar, mir ein kleines Lächeln zuzuwerfen, das ich enthusiastisch erwiderte. Wahrscheinlich wirkte mein Lächeln zu aufgedreht, aber ich wollte Tessa unbedingt signalisieren, wie begeistert ich von ihr war. Ihre Stimme klang unsicher, aber wirklich nicht schlecht.

Sie konnte das, sie brauchte nur etwas mehr Selbstvertrauen.

Zur allgemeinen Überraschung schien das wohl auch Herr Morino so zu sehen. Denn er beließ es nicht bei dieser einen Wiederholung. Er ließ Tessa und Leo das Lied noch weitere fünf Mal singen und machte sich nach jedem Mal eifrig Notizen.

Als er beide endlich entließ, fiel Tessa mit absolut fertiger Miene neben mir auf den Stuhl.

»Ihr wart ganz toll!«, sagte ich eindringlich, hatte aber nicht unbedingt das Gefühl, dass sie mir zuhörte. Sie wirkte ein wenig, als hätte ihre Seele inzwischen den Körper verlassen.

Das hatte ihr jetzt wohl den Rest gegeben. Also beschränkte ich mich darauf, ihr aufmunternd die Schulter zu tätscheln.

Leo tat es mir gleich.

»Brav gemacht. Ich spendiere dir nachher ein Eis.«

Ich öffnete bereits den Mund, um ihm zu sagen, dass er aufhören sollte sie zu necken, als Tessa mir zuvorkam.

»Ich will einen riesen Eisbecher!«, sagte sie und wirkte als wäre das Leben wieder in sie zurückgekehrt.

»Sehr schön. Wer als nächstes?«, kam es wieder von Herrn Morino, woraufhin Teddy sich erhob.

»Ah. Theodor. Schön, was singst du uns vor?«

»Teddy!«, korrigierte dieser umgehend.

Er wählte dasselbe Lied wie zuvor Louis. Anscheinend hatten die übrigen Jungs sich darauf verständigt den gleichen und kürzesten Song einzuüben, um es sich leichter zu machen. In Teddys Fall musste ich jedoch zugeben, dankbar zu sein für die wenigen Textzeilen.

Teddy schaffte es nicht, auch nur einen einzigen richtigen Ton zu treffen. Es tat wirklich in den Ohren weh ihm zuzuhören und mir war es ein Rätsel, wie ihm jegliches Rhythmusgefühl so abgehen konnte. Immerhin spielte er in der Band Schlagzeug.

Teddy sang zwar unglaublich schief, aber zumindest konnte ihm niemand vorwerfen, dass er es nicht mit Enthusiasmus tat. Das hatte schon wieder etwas ausgesprochen Niedliches.

Allgemein war Teddy in seinem ganzen auftreten niedlich. Er war etwas größer als Louis, aber doch einen guten Kopf kleiner als Lucas und Kai, hatte volle, rotblonde Locken und ein hübsches rundliches Gesicht mit schokoladenbraunen Augen. Im Vergleich zu den anderen war Teddy von der Statur her eher etwas rundlicher. Nicht dick, sondern einfach nur weniger muskulös. Aber die leichten Rundungen sahen gut an ihm aus und weckten irgendwie das Bedürfnis mit ihm kuscheln zu wollen. Er hatte seinen Spitznamen nun einmal nicht ohne Grund.

Herr Morino ließ Teddy das Lied nicht noch einmal singen. Er wirkte, ähnlich wie die anderen, eher erleichtert, als es vorbei war.

»Ähm also ... schön. Dann geht's jetzt weiter ... «

Er sah zu Lucas, der sich daraufhin auch gleich erhob.

»Ich kann ihnen aber gleich versprechen, dass das nicht besser werden wird«, eröffnete Lucas ohne Umschweife und es sollte kein leeres Versprechen bleiben.

Wäre ich nicht selbst Zeugin davon gewesen, ich hätte es nicht geglaubt, aber Lucas sang sogar noch schlechter als Teddy. Es war mir ein Rätsel, wie jemand mit einer so melodischen Stimme, der ja bewiesenermaßen auch musikalisches Talent besaß, so extrem schief singen konnte.

»Ich musste echt gerade überlegen, aber jetzt wird mir auch klar, warum es nur Lieder von euch gibt, welche entweder von dir oder von Louis gesungen werden«, flüsterte Leo leise in Kais Richtung und man sah ihm an, wie schwer es Leo fiel nicht zu lachen.

Überraschenderweise umspielte ebenfalls ein leichtes Grinsen Kais Mundwinkel.

»Wir haben in unserer Band eben eine spezielle Arbeitsteilung«, erwiderte Kai leise.

Lucas endete und deutete eine kleine Verbeugung an. Im Gegensatz zu Teddy war ihm wohl nur allzu bewusst, dass er nicht singen konnte. Aber es schien ihm auch ganz und gar nicht peinlich zu sein.

»Gut ... dann bleibt jetzt noch Sasha?«

Herr Morino warf mir einen unsicheren Blick zu und ich erkannte an seiner Miene, dass er befürchtete nach Teddy und Lucas würde es jetzt noch schlimmer kommen.

Ich versuchte ein Lächeln, aber meine Gesichtszüge fühlten sich förmlich eingefroren an und ich merkte, wie meine Hände anfingen zu zittern.

Wollte ich das jetzt wirklich durchziehen? Das war schon wieder etwas ganz anderes, als auf Omas 70. Geburtstag zu singen. Damals hatten mich alle gelobt ... aber war das nicht ihre biologische Veranlagung als meine Verwandtschaft?! Was, wenn ich jetzt auch total schief sang? Oder mir die Stimme wegbrach? Außerdem, wieso machten Kai und die anderen gar keine Anstalten zu gehen? Die Vier waren doch jetzt fertig. Die Jungs würden doch jetzt nicht bleiben wollen, um mir zuzuhören?

»Sasha?«, fragte Herr Morino vorsichtig.

»Sie fängt schon wieder an zu denken. Ich sage ihr ständig, dass sie das bleiben lassen soll«, antwortete Leo statt meiner.

Ich hörte Stühle rücken und spürte, wie er sich hinter mich begab.

»Keine Sorge. Das ist gleich wieder vorbei«, erklärte Leo und im nächsten Moment umschlangen seine schlanken Finger meine Oberarme und er zog mich vom Stuhl. Ich ließ mich von ihm in die Mitte schieben und bekam panische Angst, dass mir jeden Moment die Beine unter dem Körper wegbrechen würden. Sie fühlten sich plötzlich an wie Wackelpudding.

»Sie singt *Ich gehör nur mir.* Einfach anfangen zu spielen, dann taut sie auf«, erklärte Leo.

Ich versuchte meine Lippen auseinander zu zwingen, um ihm zu sagen, dass er das lassen sollte, ich war schließlich keine komplette Idiotin, die nicht für sich selbst sprechen konnte, aber es gelang mir nicht.

Leo setzte sich und einen Moment später erfüllten tatsächlich die sanften Klänge meines Lieblingsliedes aus dem Musical den Raum.

Es dauerte ein bisschen, aber letztlich schaffte ich es, die Augen zu schließen und meine Umgebung fürs erste auszublenden.

Ich würde einfach singen. Das tat ich gern. Das hier war auch nichts anderes als an Omas Geburtstag. Nichts anderes, als wenn ich es in der Dusche vor mich her sang, während ich mir die Haare einschäumte. Hier war nur ich und ich sang einzig und allein für mich.

Tief durchatmend spürte ich, wie mein Körper sich langsam wieder entspannte.

Ich horchte auf die Musik, wartete auf meinen Einsatz und legte dann einfach mein ganzes Gefühl in dieses eine Lied.

♫♪♫♪♫♪♫♪♫♪♫♪♫♪

Ich will nicht gehorsam,
gezähmt und gezogen sein.
Ich will nicht bescheiden, beliebt und betrogen sein.

Ich bin nicht das Eigentum von dir,
denn ich gehör' nur mir.
♫♪♫♪♫♪♫♪♫♪♫♪♫♪

Ich gehör nur mir, ist eines der Highlights im Musical und wohl das wichtigste Solo, welches von Elisabeth gesungen wird. Es kommt direkt, nachdem ihre Schwiegermutter ihr klar macht, dass sie Elisabeth erziehen und in die Hofetikette zwingen wird.

In ihrer Not wendet sich die Kaiserin an ihren Ehemann, nur um festzustellen, dass er ihr nicht beistehen wird.

Ich sah in Gedanken diese Szene vor Augen.

Elisabeth, die sich ängstlich und verzweifelt an die Arme ihres Mannes krallt und ruft:

»Hilf mir, Franz-Josef, sieh wie deine Mutter mich quält!
Sie quält mich. Sie sperrt mich ein. Hilf mir, lass mich nicht allein!«

Doch alles, was er tut ist beschwichtigend auf sie einzureden:

»Vergiss den Stolz, steh mir zur Seite. Es wäre besser für uns beide, wenn du dem Rat von meiner Mutter folgst.«

Elisabeth ist zu diesem Zeitpunkt sechzehn Jahre alt. Wie ich es jetzt war. Weit weg von ihrer Familie und allein.

Ich versuchte in mir die Verzweiflung und den Widerwillen hervorzurufen, wie ich ihn aus dem Musical kannte.

Sie fühlt sich im Stich gelassen, weigert sie aber einfach aufzugeben. Genau das versuchte ich jetzt mit jeder Strophe auszudrücken, die ich vorsang.

♫♪♫♪♫♪♫♪♫♪♫♪♫♪
Willst du mich belehren,
dann zwingst du mich bloß,
zu flieh'n vor der lästigen Pflicht.
Willst du mich bekehren, dann reiß ich mich los
und flieg wie ein Vogel ins Licht.

Und will ich die Sterne, dann finde ich selbst dorthin.
Ich wachse und lerne und bleibe doch, wie ich bin.
Ich wehr' mich, bevor ich mich verlier.
Denn ich gehör' nur mir.
♫♪♫♪♫♪♫♪♫♪♫♪♫♪

In dieser Szene des Musicals gab es bei der Inszenierung, die ich kannte, kein aufwendiges Bühnenbild. Nichts, was ablenkte oder kaschierte. Es gab nur die Elisabeth-Darstellerin in ihrem weißen Nachthemd.

Daher war mir mehr als bewusst, wie wichtig gerade bei diesem Lied die Stimme der Sängerin war.

Zwar war ich musikalisch sicher noch nicht perfekt, aber ich verstand die Rolle.

♫♪♫♪♫♪♫♪♫♪♫♪♫♪
Ich will nicht mit Fragen und Wünschen belastet sein.
Vom Saum bis zum Kragen von Blicken betastet sein.
Denn ich gehör' nur mir.
♫♪♫♪♫♪♫♪♫♪♫♪♫♪

Wahrscheinlich würde ich auf der Bühne tausend Tode sterben, aber ich wollte *Elisabeth* unbedingt singen. Meiner Finger krallten sich in den Saum meines Rocks und alles um mich herum ausblendend, sang ich jede einzelne Zeile mit so viel Gefühl wie möglich. Ich legte Kraft in meine Stimme und vergaß einfach meine Sorge, dass ich vielleicht nicht jeden einzelnen Ton perfekt traf.

♫♪♫♪♫♪♫♪♫♪♫♪♫♪
Ich warte auf Freunde und suche Geborgenheit.
Ich teile die Freude, ich teile die Traurigkeit.
Doch verlang nicht mein Leben,

das kann ich dir nicht geben.
Denn ich gehör' nur mir.
Nur mir!
♫♪♫♪♫♪♫♪♫♪♫♪♫♪

Leo hatte wohl recht damit, dass ich mir immer zu viele Gedanken machte und mir damit sinnlos Panik verursachte. Aber wenn ich erst einmal alles um mich herum ausblendete, war ich so für mich, dass ich genauso gut in einer anderen Welt sein konnte. Daher riss mich der plötzliche Applaus, als ich endete, regelrecht erschreckt in das Hier und Jetzt zurück.

»Wow. Das klang toll ... Du bist nicht im Chor, Sasha?«, fragte Herr Morino nachdenklich und blätterte in seinen Notizzetteln, die neben ihm lagen.

»Nein. Das ist nichts so meins«, erwiderte ich.

»Schade. Aber das war wirklich toll. Du hast eine wunderschöne Stimme.«

Damit stellte er seine Gitarre zur Seite und blickte gut gelaunt in die Runde.

»Das war ja mal ein richtig vielversprechendes Vorsingen. Ich danke euch alle für eure Mühen. Wir besprechen das jetzt noch und bis Freitag erhaltet ihr dann Rückmeldung.«

Damit packten wir alle unsere Sachen und verließen das Klassenzimmer.

Tessa sah aus, als hätte sie einen heftigen Krieg überlebt, aber alle anderen wirkten gut gelaunt.

»Deine Stimme ist beeindruckend.«

Es dauerte einen Moment bis ich realisierte, dass Kai neben mir gesprochen hatte und diese Worte an mich gerichtet waren.

»Ja, nicht?!«, antwortete Leo an meiner Stelle.

Sein Arm legte sich um meinen Hals, den anderen schlang er um Tessa.

»Bin stolz auf euch, Mädels«, sagte er gut gelaunt und drückte uns kurz an sich.

»Und so schlimm war es doch gar nicht, oder?«, wandte er sich an Tessa, deren Blick so mörderisch wurde, dass Leo und ich automatisch einen Schritt zur Seite machten, um Abstand zwischen uns und sie zu bringen.

»Denk bloß an den Rieseneisbecher!«, flüsterte ich.

***

»Wieso singst du nicht im Schulchor?«

Dass meine Antwort ausblieb, lag nicht unbedingt daran, dass ich gerade einen großen Schluck aus meiner Wasserflasche zu mir genommen hatte, sondern vielmehr an dem Schock darüber, dass Kai nicht nur erneut mit derselben Buslinie fuhr wie ich, sondern sich auch noch ungefragt neben mich gesetzt hatte.

Ich wandte meine zweifellos entsetzt wirkende Miene ab, schluckte und drehte auffallend langsam die Flasche wieder zu.

»Oder irgendwo sonst … «, fuhr Kai fort.

Es war keine rhetorische Frage. Kai sah mich an und erwartete eine Antwort.

Aber ich antwortete nicht. Wollte es auch nicht.

Was Kai wohl nicht entging. Er zog eine Augenbraue leicht in die Höhe und musterte mich intensiver.

»Du magst mich nicht sonderlich, kann das sein?«

»Zu subtil?«, murmelte ich.

»Nein. Ich verstehe es nur nicht. Habe ich dir je was getan?«

Mir glitt die Wasserflasche aus den Fingern und während sie über den Boden bis zur hinteren Bustür rollte, erwiderte ich Kais fragenden Blick mit offenem Mund.

Er meinte diese Frage ganz aufrichtig. Er war sich wirklich keiner Schuld bewusst. Das sollte mich jetzt wirklich nicht überraschen, aber das tat es. Außerdem machte es mich wütend.

Wie er mich damals behandelt hatte, verfolgte mich teilweise immer noch. Und er wusste es nicht einmal mehr! Dieser oberflächliche, arrogante ...

Ich ergriff die horizontale Stange direkt vor mir und schlüpfte, dankbar für die Wahl meines Sitzplatzes, darunter hindurch.

»Sasha? Hey ... das ist doch nicht deine Haltestelle?!«

Ich ignorierte ihn, griff nach der Wasserflasche, zum Glück hatte ich sie wieder zugeschraubt und betätigte die Haltetaste.

Der Bus wurde langsamer und ich stieg aus.

Sieben Haltestellen vor meinem eigentlichen Ausstieg, aber was soll's. Lieber ging ich zu Fuß oder wartete auf den nächsten Bus als wegen Körperverletzung verklagt zu werden, weil ich Kai mit meinem Rucksack eins übergezogen hätte.

Aber was nicht war, konnte ja bekanntlich noch werden, denn Kai stellte sich mir in den Weg.

»Du bist echt seltsam«, sagte er.

»Wieso steigst du dann auch aus?!«, fragte ich.

Kais Blick ging zur Seite und er schien tatsächlich darüber nachzudenken.

»Ehrlich gesagt ... keine Ahnung. Das war irgendwie wie ein Reflex«, antwortete er dann langsam.

»Dein Ernst?!«, fragte ich fassungslos.

»Ich möchte doch nur wissen, warum du mich so wenig leiden kannst?! Selbst jetzt kannst du mir kaum ins Gesicht sehen und wenn doch, komme ich mir bei deinem Blick vor wie eine Kakerlake oder so etwas.«

Ich wich seinem Blick aus, bis ich mir dessen bewusst wurde. Dann gab ich mir alle Mühe, Kai in die Augen zu schauen.

»Was kümmert dich das überhaupt?«, fragte ich.

Ein Schulterzucken war nicht wirklich eine Antwort, mit der ich gerechnet hatte. Seine nächsten Worte allerdings auch nicht.

»Weil du so ja eigentlich recht niedlich bist ... «

Mich hätte in diesem Augenblick ein Vierzigtonner überrollen können, das hätte die Schockstarre trotzdem nicht gelöst.

»Willst du mich verarschen?! Ich glaube, die Millionen Jahre sind noch nicht vorbei und du kannst mir glauben, ich habe auch keine operativen Verbesserungen vornehmen lassen!«, fauchte ich.

»Was?«

Es war mehr als deutlich, dass er mir nicht folgen konnte, aber das war mir egal. Nun ja, nicht ganz. Eigentlich machte es mich wütend, dass er es nicht mehr wusste, aber ich drehte mich dennoch einfach auf dem Absatz um und lief weg.

Diesmal unterließ Kai es mir zu folgen.

***

»Sasha. Frau Griffuni möchte dich sprechen.«

Überrascht hob ich den Blick von meinen Spaghetti, erst zu Leo und Tessa, dann zu unserer Klassenkameradin, welche mich angesprochen hatte.

»Okay, danke«, antwortete ich langsam und wandte mein Gesicht wieder zu meinen Freunden.

»Wieso will mich die Lehrerin sprechen?«, fragte ich misstrauisch.

»Keine Ahnung. Hast du was angestellt?«, fragte Leo.

»Nein! Zumindest nicht, dass ich wüsste … «

Ich dachte ernsthaft darüber nach. Aber das war lächerlich. Ich hatte in meinem ganzen Leben noch nie etwas angestellt.

»Wird dir wohl nichts anderes übrigbleiben, als es herauszufinden«, erwiderte Tessa, woraufhin ich die Lippen zu einem Schmollmund verzog.

»Wann habe ich zuletzt erwähnt, dass ihr beide selten eine Hilfe seid?!«

»Letzte Woche Freitag«, grinste Tessa, schnappte sich ein paar der Trauben, welche ich mir zum Nachtisch geholt hatte und schob sie sich in den Mund.

Ich konnte ihr Feixen nicht erwidern, weil sich in meinem Magen ein nervöser Knoten gebildet hatte.

Ich schaute zurück auf meine halb gegessenen Spaghetti und schob dann den Teller zur Seite.

»Na schön. Am besten bringe ich es gleich hinter mich.«

Damit erhob ich mich und verließ unsere Cafeteria.

Wieso wollte mich Frau Griffuni sprechen? Ich war in meiner gesamten bisherigen Schullaufbahn noch nie zu einem Lehrer zitiert worden.

Während ich mir das Hirn zermarterte, was ich angestellt haben könnte, trugen mich meine Füße wie von selbst bis vor ihr Klassenzimmer.

Einmal tief durchatmend klopfte ich und wartete auf ihr »Herein.«

»Ah Perfekt. Schön, dass ihr beide gleich gekommen seid.«

Wir beide?! Irritiert blieb ich bei den Worten meiner Lehrerin im Türrahmen stehen, bis eine ungewohnte Wärme in meinem Rücken sich anfühlte, als würde sie mich einhüllen.

»Gehst du jetzt rein oder nicht?«

Die Stimme war so nah an meinem Ohr, dass ich einen regelrechten Sprung ins Klassenzimmer machte, um Abstand zwischen mich und Kai zu bringen.

Wann um alles in der Welt war er denn hinter mich getreten?!

»Setzt euch bitte. Es dauert auch nicht lange«, wies uns Frau Griffuni an und deutete auf die erste Sitzreihe vor ihrem Schreibtisch.

Sie verschränkte die Finger und lenkte meine Aufmerksamkeit auf ihre auffallend langen Stiletto Nägel, welche ich persönlich eher gruselig als schön empfand, sodass ihre Worte etwas verspätet bei mir ankamen.

»Ich muss euch ja nicht sagen, dass euer Vorsingen gestern wirklich spitze war. Eure Stimmen sind toll und ich bin mit Herrn Morino und Herrn Linos einig, dass ihr die besten Kandidaten seid für die Rolle der Elisabeth und die des Todes.«

Frau Griffuni pausierte, wahrscheinlich, um uns Zeit zu geben uns angemessen darüber zu freuen, aber diese Reaktion blieb aus.

Kai war wahrscheinlich daran gewöhnt gesagt zu bekommen, wie toll er in etwas war, bei mir war es schlichtweg Unglaube.

Ich war gut genug gewesen?! Gut genug, um meine Lieblingsrolle spielen zu dürfen?! Die Hauptrolle?!!

Der Gedanke festigte sich und ich musste an mich halten nicht vor Freude aufzuspringen.

Was unsere Lehrerin aber eventuell besser gefallen hatte. Denn sie klang ein klein wenig enttäuscht, als sie nun fortfuhr:

»Nun ... na schön. Jedenfalls, Herr Morino legt darauf zwar nur bedingt wert, aber was mir bei den ganzen Aufführungen unserer Schule wichtig ist, ist die Harmonie zwischen den Darstellern. Ein Stück wirkt nicht, wenn die Chemie zwischen den Darstellern nicht passt. Daher würde ich euch beide nochmal um ein gemeinsames Vorsingen bitten, bevor wir die Besetzung endgültig festlegen.«

Das war ... nicht gut. Ganz und gar nicht gut!

»Kriegt ihr beide es bis mor ... na ja, sagen wir übermorgen hin, das Duett ...«

Frau Griffuni hob suchend einige der Unterlagen auf ihrem Schreibtisch in die Höhe, aber ich wusste, was sie suchte.

»Wenn ich tanzen will«, vollendete ich ihren Satz mit monotoner Stimme.

»Genau das! Ich hatte mir hier irgendwo den Text inklusive Noten kopiert ... ah, da sind sie ja.«

Sie erhob sich, ging um ihren Schreibtisch und reichte jedem von uns freudestrahlend ein Blatt Papier.

»Dass eure Stimmen im Einzelnen toll klingen, habt ihr ja bereits bewiesen. Ich möchte euch aber gerne nochmals im Duett hören und was noch besser wäre, wenn ihr gleich versucht die nötige Leidenschaft mitzubringen.«

Bei diesen Worten sah sie uns so durchdringend an, dass sich ihr Blick wie eine stille Drohung anfühlte. Man bekam regelrecht Angst davor, was passierte, falls man nicht versuchte ihren Wünschen Folge zu leisten. Wenn man bedachte, dass Frau Griffuni bekannt dafür war, sofort Feuer und Flamme für die Projekte zu sein, derer sie sich annahm, und keine Toleranz zeigte bei Leuten, die nicht mit demselben Eifer an die Sache rangingen, sollte man vielleicht auch wirklich Angst bekommen.

Sie drehte sich um und stöckelte zurück hinter ihren Schreibtisch.

»Also glaubt ihr beide, ihr bekommt das hin?«

Ich nickte, alles andere als überzeugend. Keine Ahnung wie Kai reagierte, aber unsere Lehrerin wirkte zufrieden.

»Sehr schön. Dann klären wir am besten gleich noch einen anderen Punkt, damit es hier später keine Schwierigkeiten gibt. Louis hat ja schon sehr deutlich gemacht, wie er zu einer Kussszene steht. Aber ich dachte ich frage euch beide lieber nochmal direkt. Drin lassen oder rausnehmen?«

»Mir egal«, antwortete Kai und wirkte, als wäre er mit den Gedanken schon wieder ganz woanders.

Frau Griffuni wandte den Blick mir zu und ich kam mir vor wie ein Reh im Scheinwerferlicht.

Ich war nicht so, dass ich prüde war. Genauso wenig würde es sich um meinen ersten Kuss handeln. Das hatte ich hinter mich gebracht, als Tessa, Leo und ich mit vierzehn beschlossen hatten gemeinsam zu üben. Daher konnte ich in diesem Punkt sogar Erfahrungen mit Mädchen und Jungs vorweisen. Es war nur ... Kai.

Ich würde Kai küssen müssen und dieser Gedanke versetzte mich ganz und gar nicht in Hochstimmung, wie es wohl bei den meisten anderen Mädchen der Fall gewesen wäre.

Und das nicht nur einmal. Sondern eine komplette Woche jeden Abend. Sieben Tage. Sieben Küsse.

Der Gedanke behagte mir nicht. Aber trotzdem wollte ich nicht ablehnen. Ich liebte dieses Musical! Und der Kuss des Todes war meiner Meinung nach kein unwichtiger Faktor darin.

Außerdem mochte ich es nicht, wenn man meine Lieblingsmusicals veränderte.

In Tanz der Vampire hatte unsere Schule damals den Text des Abschlussliedes abgeändert. Einmal aus rechtlichen Gründen, denn man durfte die Musicals nicht 1:1 übernehmen, und weil *Reicht den Mördern die Hand und streut Luzifer Rosen* nicht ganz die Botschaft war, die unsere Schule bei einem Schulmusical hatte rüberbringen wollen.

Die Aufführung war trotzdem spitze gewesen, aber das Finale hatte mir etwas gestunken.

»Ist … in Ordnung. Was ist schon ein Kuss?! Ist ja nichts dabei«, erwiderte ich hastig als nicht nur Frau Griffuni, sondern auch Kai mich abwartend anstarrte.

»Sehr gut. Dann übermorgen nach Schulschluss? Ich bin gespannt, was mich erwartet!«

Das war ich auch.

***

»Ähm … Warte mal«, rief ich Kai hinterher.

Er hatte, noch bevor wir das Klassenzimmer vollends verlassen hatten, sein Handy gezückt und tippte alles um sich herum ignorierend darauf herum, während er vor mir weglief.

»Kai«, rief ich erneut, bekam aber wieder keine Beachtung.

Verdammter …

Am liebsten hätte ich einfach kehrt gemacht und wäre in die andere Richtung abgerauscht, aber ich wollte so gern in diesem Musical singen.

Was mir dazu im Weg stand und gleichzeitig mein Schlüssel

dazu war, lief nur leider gerade konsequent vor mir davon. Fing ja schon mal richtig gut an.

Ich verfiel in einen leichten Laufschritt, um mit Kai mithalten zu können, ergriff seinen Ärmel und zwang ihn damit seine Aufmerksamkeit wieder auf mich zu richten.

»Was soll …«, meinte er verärgert, aber ich unterbrach ihn.

»Wirst du das Duett mit mir einüben?«, fragte ich.

»Jetzt?«

Ich machte mir gar nicht erst die Mühe zu verbergen, für wie dumm ich diese Frage hielt und rollte genervt mit den Augen.

»Nein. Aber definitiv noch vor übermorgen. Ich möchte … na ja, mir ist das Musical … schon wichtig«, gestand ich, obwohl es mir gar nicht gefiel, das ihm gegenüber zuzugeben.

Sein Telefon klingelte erneut und er wandte den Blick eilig ab, um die Nachricht zu lesen.

Meine Güte! Was konnte so wichtig sein, dass er mir nicht einmal dreißig Sekunden seiner Zeit widmen konnte?!

Ich formulierte die Frage neu. Was konnte so wichtig sein, dass er sich ohne eine Antwort abwandte, um wieder auf seinem Handy rum zu tippen und mich einfach stehen ließ?!

»Hallo?!«, rief ich ärgerlich.

Kai blieb stehen und drehte sich mit einem genervten Seufzen nochmal zu mir um.

Ernsthaft? ER war von MIR genervt?!

»Schon gut. Wir treffen uns heute nach der letzten Stunde oben im Kunstraum. Da ist nie jemand mehr.«

Damit ließ er mich stehen.

»Kann ich mich darauf verlassen?!«, rief ich, bekam aber keine Antwort mehr.

Ja, wenn das nicht Harmonie in ihrer reinsten Form war.

***

»Verdammt! Und ausgerechnet heute habe ich Gitarrenunterricht!«, jammerte Leo.

»Was heißt verdammt?«

»Komm, wenn du dich mit Kai triffst, um ein Duett einzuüben ..., da wäre ich echt zu gerne dabei!«

»Du hast da so etwas Bösartiges um deine Lippen«, wies Tessa ihn hin, aber das veranlasste Leo in keiner Weise sein gemeines Grinsen zurückzuschrauben.

»Ich ignoriere jetzt einfach mal deine obligatorische Gehässigkeit«, erklärte ich ihm und beobachtete im Spiegel, wie er mir einen Kussmund zuwarf, während ich mir die Hände wusch.

»Aber was soll ich schon machen? Ich möchte die Rolle spielen und wenn ich Kai dazu brauche ... Bitteschön!«

»Das würde überzeugender wirken, wenn du das Gesicht nicht so verziehen würdest, als wärst du gerade in Hundescheiße getreten«, sagte Tessa und erinnerte mich daran, dass ich zwar zu beiden mit dem Rücken stand, sie aber ohne Probleme mein Spiegelbild sehen konnten.

»Ach, sieh es doch positiv. Kai ist vielleicht ein arroganter Arsch, aber zumindest ist es ein echt heißer Arsch! Und ich beziehe mich wirklich auf sein Hinterteil. Ich habe ihn nach dem Sport schon in den Duschen gesehen. Glaubt mir Ladys, der sieht ohne Hosen noch besser aus«, eröffnete Leo.

»Ja, danke mein Schatz. Das wird mir helfen. Wenn mich wieder alles an Kai ankotzt, konzentriere ich mich einfach auf seinen netten Hintern. Das hilft bestimmt«, erwiderte ich sarkastisch.

»Bei der Ehe meiner Eltern funktioniert es«, verteidigte Leo sich.

Die Tür zur Mädchentoilette öffnete sich weit und eine Schülerin mit Krücken und Gipsbein humpelte herein. Als ihr Blick auf Leo fiel, verzog sie angewidert das Gesicht und meinte bissig:

»Was hast DU hier zu suchen?! Das ist das Mädchenklo!«

»Und was machst DU dann hier?!«, gab Leo ungerührt zurück.

Der Name der Schülerin lautete Franziska.

Und Franziska besaß keinen Funken Humor. Ihre nächsten Worte hallten so laut und schrill durch die Toilette, dass ich die Befürchtung hatte, die Fenster würden jeden Moment zersplittern.

»ICH BIN EIN MÄDCHEN!!«

Leo öffnete bereits den Mund, um ein Gegenargument zu liefern, aber Tessa und ich packten je einen Arm von ihm und schoben ihn mit nach draußen.

Den Ärger mit der Schuldiva war kein Scherz der Welt wert.

Franzi war eine unfassbare Zicke, die sich Wunder was auf sich einbildete, nur weil ihre Mutter eine Schauspielerin war. Wohlgemerkt keine bekannte. Sondern eine, die in einer Serie eine tote Kellnerin gespielt hatte und in einem Film eine tote Prostituierte und so weiter.

Also nichts Herausragendes. Aber für Franzi war das trotzdem Grund genug sich für etwas Besseres zu halten und gleichzeitig war es ihr selbsternannter Freifahrtschein,

um in fast jeder Theateraufführung unserer Schule die Hauptrolle spielen zu können.

Tatsächlich besaß Franzi allerdings schauspielerisches Talent, das musste man ihr lassen. Aber so gut, dass man sie wirklich in jedem Stück für eine der Hauptrollen besetzte, war sie jetzt auch wieder nicht. Ihre Rollenbesetzung erreichte sie meist durch den Druck, den sie machte. Einmal war sie in Hungerstreik getreten, bis sie die Rolle bekam, die sie wollte, und einmal hatte sie wortwörtlich ihre Konkurrentin weggebissen. Ja, sie hatte sie wirklich gebissen! In den Hals. Wie ein Vampir! Mit diesen offensichtlichen Aktionen hatte sie erst aufgehört, nachdem Hayne Schulsprecherin geworden war und ihre Null-Toleranz Haltung gegen Mobbing recht konsequent durchgesetzt hatte.

Aber dann gab es immer mal noch so kleine Sabotageakte, die man Franzi leider nie wirklich nachweisen konnte, aber sie reichten dafür, dass keine Schülerin mehr Lust hatte ihr Konkurrenz zu machen.

Erschreckenderweise ging das eigentliche Zicken aber erst dann los, wenn Franzi die Rolle hatte. Denn dann war sie der Meinung, dass es ihr wegen der Hauptrolle zustand, alle anderen herumzukommandieren und wie Idioten zu behandeln. Mich hatte sie bei einem klassenübergreifenden Projekt einmal zur Seite geschubst mit den Worten:

»Aus dem Weg, hier kommt die Hauptrolle!«

Ein andermal hatte sie mich losgeschickt ihr eine Cola-Light zu besorgen, als wäre ich ihre Assistentin. Dabei hatte ich bei diesem Projekt überhaupt nicht mitgearbeitet. Ich war nur zufällig an ihr vorbeigelaufen.

Ich empfand sie also, wie viele andere auch, als schreckliche Person.

Aber zumindest beschränkten sich Franzis Diva-Allüren auf den Theaterbereich.

Bei den Musicals blieben sie aus, da Franzi keinen einzigen Ton halten konnte. Das hatte sie, trotz der verzerrten Selbstwahrnehmung, irgendwann sogar eingesehen.

»Wirklich schade, dass sie sich nur ein Bein gebrochen hat«, seufzte Tessa.

»So ein Ganzkörpergips hätte ihr sicher auch gutgestanden. Zusammen mit einem Krankenhausbett und einem Hauslehrer ... «

Ich antwortete mit einem Grinsen. Es sagte schon einiges aus, wenn Tessa, einer der liebsten Menschen, die ich kannte, solche Dinge von sich gab.

Aber Franzi war eben wirklich alles andere als beliebt. Vor ein paar Wochen hatte sie sich das Bein gebrochen, was ihr den Eröffnungstanz für den *Tanz in den Frühling* verwehrt hatte und seitdem war sie sogar noch unausstehlicher geworden.

»Also, du bleibst bei Sasha und filmst für mich die Probe?«, meinte Leo zu Tessa, indem er das Thema wechselte.

»Ne, geht nicht. Muss heute Prospekte austragen. Die sind gestern schon gekommen und wenn ich es heute nicht mache, meckert Mama wieder«, antwortete Tessa kopfschüttelnd.

»Schade. Aber besser für dich, Schätzchen. So hast du zumindest keine Zeugen, wenn du ihn doch noch umbringen wirst.«

»Ich bin durchaus in der Lage eine Probe mit Kai durchzustehen, ohne ihm körperliche Gewalt anzutun!«, antwortete ich Leo bissig.

»Ja ... aber es wäre viel lustiger, wenn doch.«

***

Den beißenden Acrylgeruch ignorierend, schlenderte ich durch den Kunstraum und betrachtete einige halbfertige Bilder auf ihren Staffeleien.

Eventuell fehlte mir ja auch einfach nur der Sinn für abstrakte Kunst, aber wenn ich diese vereinzelten Farbklekse betrachtete ... war das ein Apfel? ... fand ich, Leos kleiner Bruder malte hübschere Bilder. Und der war erst vier!

Ich besah mir die restlichen Werke, aber das lenkte mich nicht von der Tatsache ab, dass Kai sich verspätete. Bereits um fünfzehn Minuten!

Ärger kochte in mir hoch, aber ich unterdrückte ihn.

Frau Griffuni wollte Harmonie! Ich wollte Elisabeth spielen!

Ich würde das hinbekommen und wenn es mich umbrachte!

Die Tür öffnete sich, aber meine aufkeimende Hoffnung wurde jäh zerstört als sich Dora, eine der Reinigungskräfte, mit ihrem Putzwagen hereinschob.

Überrascht blinzelte sie mich an.

»Oh, Entschuldigung. Ich dachte das Klassenzimmer wäre leer.«

Sie fuhr sich unsicher durch das kurze ergraute Haar, welches dadurch in alle Richtungen abstand und erschreckend an ein Vogelnest erinnerte.

»Ich kann auch erst woanders weitermachen ... «

»Nein, nein schon gut«, unterbrach ich sie schnell. Ich wusste, dass Dora, wie auch ihre Kolleginnen, enge Zeitvorgaben für die Reinigung der einzelnen Räume hatten. Sie musste ja nicht meinetwegen von ihrem Reinigungsplan abweichen.

»Soll ich Ihnen vielleicht etwas helfen?«, bot ich an.

Ich würde mir sonst blöd dabei vorkommen, hier rumzusitzen und ihr beim Saubermachen zuzuschauen bis Kai kam.

»Oh … nein, das geht doch nicht … «, erwiderte Dora, eindeutig überrascht über mein Angebot. Das verwunderte mich kaum. Wir hatten mehr als genug Schüler hier, die dachten, sie wären etwas Besseres, nur weil ihre Eltern mitunter echt gut bezahlte Jobs hatten. Einige von ihnen machten sich mitunter auch über Dora und die anderen Angestellten lustig, weil sie den Irrglauben hatten, dass Reinigungskräfte oder die Mitarbeiter der Schulkantine irgendwie unter ihnen standen.

Ein Verhalten, das meine Großmutter niemals toleriert und meinen Schwestern und mir schon früh einen respektvollen Umgang mit unseren Mitmenschen beigebracht hatte.

»Ist doch kein Problem. Ich warte hier nur auf jemanden und habe nichts anderes zu tun.«

Dora wirkte nicht überzeugt und auch nicht unbedingt begeistert, aber letztlich reichte sie mir einen Eimer und Handschuhe und ich machte mich daran erst Tische und danach die Fensterbank abzuwischen.

Ich achtete dabei nicht auf die Zeit, die verstrich, aber dass Kai während des gesamten Zeitraums nicht auftauchte, entging mir nicht und mit jeder Sekunde, die verging, wurden meine Bewegungen wütender.

Na schön! Es war ja von vornerein klar gewesen, dass Kai sich nicht für das Musical interessierte. Aber er hatte gesagt, wir würden uns hier treffen und wenn ich etwas absolut nicht leiden konnte, dann dass man sich nicht auf das Wort eines anderen verlassen konnte.

Was mich noch zusätzlich ärgerte war, dass ich Kai gegenüber auch noch zugegeben hatte, dass mir das Musical wichtig war. Nicht dass ich angenommen hatte, dass ihn das interessierte. Es ärgerte mich vielmehr, weil es für mich so eine Art Schwäche darstellte, die ich Kai gegenüber offenbart hatte.

Ich hob den Blick und da war er. Allerdings außerhalb der Schule und nicht allein. Ich starrte etwas fassungslos auf Kai, der, flankiert von zwei Mädchen, zusammen mit Louis über den Schulhof schlenderte. Beide Mädchen warfen den Kopf in den Nacken und lachten lauthals über etwas, das Kai von sich gegeben hatte.

Diese einfache Szenerie peitschte meine Wut in ungeahnte Höhen und setzte kurzzeitig mein normales Denken außer Kraft. Zumindest verteidigte ich so meine nächste Handlung, die darin bestand, das Fenster zu öffnen, den Putzeimer in die Höhe zu heben und dessen Inhalt in hohem Bogen aus dem Fenster zu schütten. Über Kai samt Anhang. Ich hörte Dora in meinem Rücken einen erschrockenen Laut von sich geben, aber das war nichts gegen das ohrenbetäubende Kreischen der beiden Mädchen. Als hätte ich sie mit Säure statt mit Putzwasser übergossen. Vier Gesichter drehten sich fast simultan in meine Richtung. Während die Mimik der Mädchen mörderisch blieb, wurde Kais ärgerlicher Gesichtsausdruck von Überraschung abgelöst. Bei Louis geschah das ebenso.

»Bist du Irre, du Irre?!«, fauchte eines der Mädels.

Der Mascara um ihre blauen Augen war offensichtlich nicht wasserfest und sie starrte zu mir empor wie ein wütender erdbeerblonder Pandabär.

Ich reagierte auf ihre vorwurfsvollen Blicke mit einem »Ups«, und schlug das Fenster zu.

Dann wandte ich mich zurück an Dora, die mit offenem Mund auf das Fenster starrte.

»Das mit dem Warten hat sich erledigt. Kann ich Ihnen noch in anderen Räumen helfen?«, fragte ich und war überrascht, wie ruhig und teilnahmslos meine Stimme klang, obwohl ich innerlich vor Wut kochte.

»NEIN!! NEIN!! Alles gut!«, antwortete Dora beinahe panisch und nahm mir den leeren Eimer ab, als wäre er eine Stange Dynamit.

»Fühlst du dich gut?«, fragte sie, mich mit entsetztem Blick musternd.

»Ja, tatsächlich tue ich das«, antwortete ich nach kurzer Überlegung.

Dem Blick nach zu urteilen, den Dora mir daraufhin zuwarf, konnte ich eine Empfehlung für eine Karriere als Reinigungskraft von ihr wohl vergessen. Sie wirkte eher, als wolle sie mir einen Besuch bei unserem Schulpsychologen nahelegen.

***

Ich konnte leider nicht behaupten, dass sich meine Laune ein paar Stunden später gebessert hatte. Sie war nur umgeschwenkt, von wütend zu deprimiert. Was sich nicht unbedingt besser anfühlte.

Ich machte mir nicht wirklich Sorgen darüber, was für einen Ärger ich durch meine Aktion wohl bekommen würde. Besorgt war ich vielmehr, weil ich mir keine großen Chancen ausrechnete die Rolle singen zu dürfen, wenn Kai nicht mitzog. Wenn wir Frau Griffuni übermorgen nichts vorweisen konnten, würde sie sicher zu dem Schluss kommen, dass die Kombi aus Kai und mir für dieses Musical nicht passte. Und da die Jungs bei unseren Musicals bekanntlich Mangelware waren, würde man wohl lieber weiter nach einer passenden Elisabeth suchen als auf Kai zu verzichten. Egal wie unwichtig das Musical für ihn auch war.

»Sasha! Es hat geklingelt. Gehst du mal an die Tür?! Ich habe mir gerade eine Gesichtsmaske aufgelegt!«, schallte die Stimme meiner Großmutter extrem laut an mein Ohr und ließ mich auf meinem Bett zusammenzucken.

»Oma … das Bad ist direkt nebenan und ich bin nicht taub … «, antwortete ich, während ich aufstand.

»Was hast du gesagt?«

Sie brüllte mir die Frage regelrecht ins Ohr, da sie gerade den Kopf aus dem Badezimmer streckte, als ich daran vorbei ging.

»Ich sagte …«, ich ließ den Satz unvollendet, denn ihr Anblick veranlasste mich einen großen Schritt zurückzuweichen.

»Was hast du, mein Schatz?«

»Nichts. Ich war nur nicht darauf vorbereitet, dass Shrek seinen Kopf aus unserem Badezimmer streckt«, antwortete ich und betrachtete mit einem Anflug von Ekel die giftgrüne Masse auf ihrem Gesicht, die auf mich eher wie etwas hochgradig Krebserregendes wirkte als wie Kosmetik.

»Shrek? Wer soll das sein? Geht er auf deine Schule?«

Ich sparte mir die Erklärung und eilte stattdessen nach unten, als es erneut an der Haustür klingelte.

»Bin ja schon …«, ich ließ auch diesen Satz unvollendet, denn der Anblick von Kai vor meiner Haustür schockte mich noch mehr als das Oger-Gesicht meiner Großmutter.

Ich starrte ihm einige Sekunden ins Gesicht, dann schlug ich ihm die Tür vor der Nase zu. Keine Ahnung warum, aber dies erschien mir just die einzige sinnvolle Reaktion.

Zusätzlich lehnte ich mich mit dem Rücken gegen die Tür, als befürchtete ich, er würde versuchen gewaltsam in mein Zuhause einzudringen.

»Wer war an der Tür?«, fragte Oma und erschien am oberen Treppengeländer.

» … die Zeugen Jehovas!«, erwiderte ich nach kurzer Überlegung das erste, was mir in den Sinn kam.

»So spät? Wir haben doch schon fast halb neun?!«

»Tja … man kann wohl zu jeder Zeit über Gott und die Welt reden!«

Das erneute Klingeln ließ mich zusammenfahren.

»Penetrantes Volk! Soll ich die Gartensprenger anmachen?«, fragte Oma eifrig und ich war versucht zuzustimmen, entschied mich dann aber dagegen.

»Zweimal ist es nicht witzig«, dachte ich laut bei dem Gedanken, Kai erneut Wasser auszusetzen.

»Was?«, fragte Oma und ich nahm an, dass sie die Stirn runzelte, aber unter der Maske ließ sich das nicht gut erkennen.

»Ähm ... nein schon gut. Ich werde die schon los. Geh wieder ins Bad, Oma. Wir wollen nicht, dass du dir schon wieder eine einstweilige Verfügung einhandelst!«

Daraufhin gab Oma ein verächtliches Schweigen von sich.

»Pah. Zwei Monate lang klingeln die mich jeden Samstag aus dem Bett und wenn ich dann mal so penetrant wie sie reagiere und mit wissenschaftlichen Fakten um mich schmeiße, rufen sie die Polizei, weil sie sich belästigt fühlen. Das nenne ich Ironie!«, schimpfte Oma bei dem Gedanken an unsere ehemaligen Nachbarn, ehe sie wieder ins Bad verschwand.

Es war jetzt nicht unbedingt so, dass meine Familie religionsfeindlich eingestellt war. Wir hatten nur ziemlich schlechte Erfahrungen mit Leuten gemacht, die dachten uns ihren Glauben aufzwingen zu müssen. Das waren zum einen unsere ehemaligen Nachbarn, bei denen es sich tatsächlich um Zeugen Jehovas gehandelt hatte, und zum anderen war es die ehemalige Freundin meines Onkels.

Mein Onkel hatte schon immer ein Händchen für Frauen gehabt, aber mit Marie hatte er damals echt den Bock abgeschossen.

Glaube hin oder her. Die Familie des Freundes beim ersten Kennenlernen mit »Hallo, ihr Sünder« zu begrüßen, erschien mir schon etwas übertrieben, aber uns alle sonntags in den Gottesdienst zu zwingen, hatte dem Ganzen die Krone aufgesetzt. Ich zitiere sie: »Denn der Sonntag ist der Tag des Herrn und ich werde nicht zulassen, dass ihr alle in der Hölle landet, wenn Gott über die Ungläubigen und Blasphemisten mit seinem heiligen Zorn kommt!«

Nicht zu vergessen, dass Marie unseren Eltern einen Exorzismus vorgeschlagen hatte, als Max sich geoutet hatte. Und ... was wohl für mich das absolut Schlimmste gewesen war, sie hatte meine Harry-Potter-Sammlung verbrannt. VERBRANNT!!

Weil Hexen und Zauberer Teufelszeug waren.

Ich erinnerte mich nicht, jemals so bitterlich geweint zu haben wie an diesem Tag.

Es sollte also niemanden verwundern, dass meinem Onkel eine Trennung nahegelegt worden war.

Welche er auch vollzogen hatte. Daraufhin war er mit seinen Kumpels nach Las Vegas in den Urlaub gefahren und war danach verheiratet mit Tante Clarice zurückgekommen. Einer ehemaligen Stripperin. Ja, Onkel André hatte echt ein Händchen für Frauen. Wobei die Ehe tatsächlich auch drei Jahre später noch hielt und sie inzwischen ihr erstes Kind erwarteten.

Das ungeduldige Klingeln riss mich aus meinen Gedanken und widerwillig drehte ich mich um und öffnete erneut die Tür.

»Was willst du hier? Woher weißt du überhaupt, wo ich wohne? Wie bist du hierhergekommen und vor allem ... WAS WILLST DU HIER?!«, bombardierte ich ihn, bevor er nur den Mund aufmachen konnte.

»Darf ich erstmal reinkommen?«

Es war eine rhetorische Frage, denn Kai schob sich einfach an mir vorbei, bevor ich ihm erneut die Tür vor der Nase zuschlagen konnte.

»Also, wir haben noch ein Lied einzuüben. Von deinem Kumpel Leo. Mit dem Motorrad. Und Wiederholung von Nummer eins«, antwortete Kai, die Hände tief in den Hosentaschen seiner ausgewaschenen Jeans vergraben und ließ den Blick neugierig durch unseren Eingangsbereich schweifen.

Ich würde Leo umbringen! Aber damit würde ich mich später beschäftigen.

»Wir wollten heute Nachmittag üben. Aber da hattest du ja offensichtlich etwas Besseres zu tun!«, antwortete ich bockig und verschränkte die Arme vor der Brust.

»Ja, ich … musste noch etwas erledigen und habe die Zeit vergessen. Tut mir leid, okay?!«

»Nein, nicht okay. Wenn ich etwas nicht leiden kann, dann wenn man sich nicht auf einen verlassen kann …«

Ich griff hinter mich und öffnete wieder die Tür, aber seine Hand schob sich an mir vorbei und drückte die Tür wieder zu. Dadurch stand er über mich gebeugt und war plötzlich nah. Extrem nah, was mich irritierte.

Unsicher blieb ich zwischen Tür und Kai gefangen und ließ meine Augen über alles schweifen, nur um ihm nicht ins Gesicht schauen zu müssen. Denn dass seine Augen auf mir ruhten, spürte ich gerade überdeutlich.

Er trug ein schwarzes Shirt, welches zwar nicht eng saß, sich jedoch dennoch unter seinen Muskeln spannte. Die schwarze Lederjacke stand ihm auffallend gut, wie ich zugeben musste, und die drei Ringe an seinen Fingern und Daumen gaben einen netten zusätzlichen modischen Touch.

Während ich überlegte, ob ich Kai jemals ohne unsere Schuluniform gesehen hatte, wurde mir gleichzeitig sehr bewusst, wie wenig ich im Gegenzug gerade am Leib trug.

Nämlich außer einem Spaghettiträger-Top und einer kurzen Stoffhose gar nichts.

»Ich kann das auch nicht leiden! Und man kann sich auf das verlassen, was ich sage. Deshalb bin ich hier. Wenn ich sage, ich singe mit dir dieses Duett, dann … da schiebt sich eine Schlange aus deinem Ausschnitt!«

Überrascht starrte Kai auf meine Brüste, aber ich konnte es ihm nicht einmal verübeln. Denn Ayane schlängelte sich gerade dazwischen hervor in Richtung meines Halses und ich nahm an, dass dies nicht bei vielen Mädchen in seiner Gegenwart vorkam.

»Ihr war kalt!«, verteidigte ich. »Schlangen mögen Körperwärme.«

Kai ließ seinen Blick nochmals demonstrativ langsam über mich gleiten und das Grinsen, welches daraufhin seine Lippen umspielte, verursachte einen ungewohnten Schauer bei mir.

»Kann ich verstehen. Mag ich auch.«

Ich spürte, wie meine Wangen aufgrund seines Tonfalls heiß wurden.

Nein! Nein! Nein!

Es mochte zwar sein, dass Kai dieses gewisse Etwas hatte, das Menschen anziehend wirken ließ, das gestand ich ihm auch gerne zu, aber ich wollte nicht zu den Mädchen gehören, die darauf auch noch ansprangen. Davon gab es wahrlich schon genug.

»Es ist schon spät ... «, startete ich erneut den Versuch, ihn loszuwerden, aber Kai tat genau das Gegenteil. Er trat einen Schritt zurück und streifte die Jacke ab.

»Wir werden nicht lange brauchen. Ich benötige nicht viel Zeit, mir Lieder einzuprägen und habe ein ziemlich gutes Textgedächtnis«, antwortete Kai und schaute mich abwartend an.

»Wundervoll ...«, murmelte ich letztlich resigniert und deutete nach oben.

***

Kai war nicht der erste Junge in meinem Zimmer. Leo ging seit Jahren hier ein uns aus. Aber dennoch machte mich Kais Anwesenheit hier nervös. Bei Leo wäre es mir egal gewesen, ob mein BH noch über der Lehne meines Schreibtischstuhls hing, doch als Kai jetzt durch die Tür trat, schob ich mich eilig an ihm vorbei, um mich auf meine Unterwäsche zu stürzen wie auf einen Sack voll Gold. Ich ließ den BH in der nächsten Schublade verschwinden, setzte Ayane zurück in ihr Terrarium und griff nach meiner knielangen Strickweste, die mir am nächsten lag, um mich zumindest ein wenig mehr zu bedecken.

»Bist du allein zuhause?«, fragte Kai, dem die Stille im Haus offensichtlich aufgefallen war, während er den Blick durch mein Zimmer schweifen ließ.

»Meine Großmutter ist hier. Der Rest … nun, meine Schwestern sind mit Freunden unterwegs und meine Eltern arbeiten.«

»Jetzt noch?«, fragte Kai überrascht und seine Aufmerksamkeit richtete sich wieder auf mein Gesicht.

»Sie arbeiten eigentlich immer. Ist wohl so, wenn man seine eigene Anwaltskanzlei führt. Ich weiß nicht. Ich glaube sie sind einfach nicht glücklich, wenn sie nicht arbeiten«, antwortete ich ehrlich.

Unsere Eltern waren Workaholics, wie sie im Buche standen. Sie arbeiteten sechs Tage die Woche, von morgens bis abends, und selbst sonntags verbrachten sie die meiste Zeit an ihren Computern, um E-Mails zu beantworten. Also konnte man eigentlich eher sagen, sie arbeiteten sieben Tage die Woche.

Familienurlaub stand zweimal im Jahr für je eine Woche an, aber auch in dieser Zeit blieben beide für die Kanzlei erreichbar.

Früher hatte mir die Tatsache, dass unsere Eltern offensichtlich lieber Zeit in ihrer Kanzlei verbrachten statt mit der Familie immer einen Stich versetzt.

Aber inzwischen war ich daran gewöhnt. Das war wohl so, wenn man der eigene Chef war und Verantwortung für seine Klienten und Mitarbeiter hatte.

»Stört dich das?«, fragte Kai und ich war überrascht darüber, wie aufrichtig interessiert er klang.

»Nein. Inzwischen nicht mehr. Ich habe meine Großmutter und meine Schwestern … dass unsere Eltern eigentlich nur noch durch

Abwesenheit glänzen ... daran habe ich mich gewöhnt«, antwortete ich ohne groß nachzudenken.

Kai musterte mein Gesicht, als wolle er herausfinden, ob ich log, und das überraschte mich erneut. Wieso interessierte er sich ernsthaft für Privates von mir?! Und warum unterhielt ich mich mit ihm überhaupt darüber?!

»Wow. Du stehst echt auf Musicals ... «, wechselte er das Thema, als sein Blick von mir auf die Wand in meinem Rücken fiel.

Ich folgte unwillkürlich seinem Blick, obwohl ich wusste, was er sah.

Meine Wand war überzogen mit Postern von verschiedensten Musicals. Sie waren meine Andenken an die verschiedenen Shows, die ich im Laufe der Jahre besucht hatte.

»Ja ... ich mag sie sehr gerne«, gab ich zu.

»Wieso? Was gefällt dir daran?«, fragte Kai und als ich mich umwandte, stellte ich irritiert fest, dass er es sich auf meinem Bett gemütlich gemacht hatte.

Warum mein Bett? Ich besaß durchaus auch Stühle!

»Ich ... wieso interessiert dich das?«

»Weil du gesagt hast, dir sei unser Schulmusical wichtig. Und dich mein Fernbleiben anscheinend so sauer gemacht hat, dass du mir heute einen Eimer Putzwasser über den Kopf geschüttet hast.«

»Dafür entschuldige ich mich nicht!«, gab ich bockig zurück, was Kai überraschenderweise wieder zum Lächeln brachte.

»Wäre auch irgendwie langweilig.«

Kai blickte mich weiter unverwandt an und erwartete eine Antwort.

»Ich ... sie sind sowas wie meine Flucht aus der Realität. Als Kind ... oder auch jetzt noch ... fühle ich mich immer wie in ... einen Traum versetzt, wenn ich eines anschaue. Mir ist klar, dass ich nicht wirklich träume, ich bin mir schon bewusst, ob ich wach bin oder nicht, aber ... es fühlt sich eben nicht an wie die Realität. Ich bin einfach für ein paar Stunden irgendwo anders. Wo ich nur glücklich und zufrieden bin. Das ist vielleicht nur eine Traumwelt, aber ich möchte immer wieder gerne dorthin zurück. Es ist so etwas wie ein … Rückzugsort. Irgendwas zwischen Traum und … der Wirklichkeit«, gab ich zu und sah dann peinlich berührt zur Seite. Das hatte ich so gar nicht zugeben wollen. Das fühlte sich viel zu privat an.

Mir war schließlich bewusst, wie albern ich klingen musste.

Aber zumindest lachte Kai nicht. Er musterte mich sogar überraschend interessiert.

»Na ja, ist ja auch unwichtig … «, murmelte ich, als Kai mich nur weiter schweigend anschaute.

Ich fühlte mich unter diesem intensiven Blick unbehaglich.

Er schien es mir anzumerken, denn er erhob sich wieder von meinem Bett und ließ seinen Blick erneut, ziemlich auffällig, durch mein Zimmer schweifen, um mich nicht weiter anzustarren.

»Gut … dann lass uns anfangen«, sagte er, wobei es irgendwie wirkte, als hatte er eigentlich etwas anderes sagen wollen. Doch seine nächsten Worte hatten wieder, wie üblich, diesen gelangweilten und überheblichen Tonfall.

»Brauchst du Text? Musik?«

»Ich kann den Text!«, antwortete ich leicht gereizt und griff nach meinem Handy.

Ich hatte von *Elisabeth* nicht nur die verschiedensten gesanglichen Versionen in meiner Musikbibliothek, sondern so gut wie alle Lieder noch instrumental.

»Verzeihung …«, murmelte Kai, eindeutig ohne es so zu meinen.

» … dann sag mir nur noch, wie du angefasst werden willst und wir können loslegen.«

»Wie ich was will?!«, fragte ich und selbst in meinen Ohren klang meine Stimme schriller als sonst, während ich ruckartig den Kopf wieder in Kais Richtung drehte.

»Der Tod fasst sie doch an? Ich habe mir extra einige Videos zu diesem Lied heute angesehen«, antwortete Kai unschuldig, obwohl sein Grinsen ganz und gar nicht unschuldig wirkte, und hielt zur Verdeutlichung sein Smartphone in die Höhe. Auf diesem spielte er lautlos einen Szenenausschnitt ab, der mir leider nicht unbekannt war.

Der Tod-Darsteller hatte seine Hände auf die der Elisabeth gelegt und führte diese so, dass beide Hände über Busen, Taille, Bauch bis zu ihrem Schoß glitten.

Auch wenn die Darstellerin ihr voluminöses Sissi-Kostüm trug und es genau genommen ihre eigenen Hände waren, die über den Stoff strichen, hatte die Bewegungen etwas ungemein Erotisches.

»Wir üben NUR das Lied ein. Nichts sonst! Du lässt deine Hände schön bei dir!«, entgegnete ich hastig, woraufhin Kai ein tiefes, melodisches Lachen aufgrund meines leicht bebenden Tonfalls von sich gab, während er sein Telefon wieder wegsteckte.

»Schade. Und ich dachte schon, diese Rolle könnte mir durchaus Spaß machen.«

Ich drehte mich zur Seite, um mein Telefon auf dem Schreibtisch abzulegen.

Dann startete ich, *Wenn ich tanzen will* und drehte mich zu Kai, mit dem Gedanken, dass es jetzt ja eigentlich nur besser werden konnte.

***

Wenn ich tanzen will, war mein unangefochtenes Lieblingslied des Musicals. Genau genommen war es auch allgemein mein Favorit von allen Musicals, die ich kannte.

Dabei gefiel mir nicht nur das Lied, sondern die ganze dazugehörige Szenerie:

Der Kaiser hat sich nach dem Ultimatum seiner Frau für die Forderung von Elisabeth und nicht die seiner Mutter entschieden:

Die Kaiserin darf nun selbst über die Erziehung ihrer Kinder bestimmen und feiert wegen der Aussöhnung des Kaisers mit Ungarn ihren größten Triumph.

Hier setzt das Lied an, als der Tod wieder darauf hinweist, dass, egal was Elisabeth auch tut, doch nur er sie letztlich aus ihrem goldenen Käfig befreien kann.

Doch die Kaiserin weist ihn erneut ab. Ich liebte den Aufbau dieser Szene.

Elisabeth in diesem wunderschönen Kleid ... der Tod, wie er nach ihr greift und ihren Körper nach seinem Willen bewegt ... wie er versucht sie zu küssen und wie sie sich gegenseitig immer wieder zurückdrängten.

Es kam bei dieser Szene natürlich extrem auf die Chemie der Darsteller an, aber wenn diese passte, löste das Zuschauen ein angenehmes Kribbeln in mir aus.

♫♪♫♪♫♪♫♪♫♪♫♪♫♪

... so eng sind wir verbunden.

♫♪♫♪♫♪♫♪♫♪♫♪♫♪

»Was ist?«, fragte Kai als ich meinen nächsten Einsatz verpasste.

»Ähm nichts ... sorry«, erwiderte ich knapp.

Wie er seine Stimme klingen ließ, brachte mich aus dem Konzept. Nicht weil es schlecht klang.

Kai sang fast schon zu perfekt. Er legte genau die richtige Arroganz, Leidenschaft und den nötigen Sexappeal in seine Worte.

»Nochmal von Anfang«, sagte ich, startete die Musik neu und eröffnete das Lied, wobei Kai zu Anfang nur meine letzten Worte wiederholte.

♫♪♫♪♫♪♫♪♫♪♫♪♫♪

Was für ein Triumph!

Mein Triumph!

Welch ein Fest!

Mein Fest!

Ich hab die Feinde überwunden.

So änderst du den Lauf der Welt in meinem Sinn.

So eng sind wir verbunden.

Ich tu's nicht für die Welt.

Nicht für die Welt.

Nur für mich.

Für mich.

Jetzt hab ich meinen Weg gefunden.

♫♪♫♪♫♪♫♪♫♪♫♪♫♪

Kai hielt sich daran, mich nicht anzufassen, dennoch fühlte ich mich in keiner Weise entspannter. Seine Stimme hatte einen wirklich einzigartigen Klang und er legte in seine Strophen dieses gewisse Etwas, was mir weiche Knie verursachte.

Würde ich ihn charakterlich nicht so scheiße finden, wäre ich musikalisch wohl einer seiner größten Fans.

Außerdem hatte Kai recht. Wir brauchten wirklich nicht lange zum Einstudieren. Wir sangen das Duett zum vierten Mal und Text sowie Timing saßen.

In meinem Fall war das nicht sonderlich beeindruckend, da ich die Lieder seit Jahren immer wieder rauf und runter hörte und sang.

Kai jedoch hatte erst am Nachmittag angefangen sich das Lied einige Male anzuhören, war aber dennoch genauso textsicher. Er hatte wirklich ein beneidenswertes Textgedächtnis.

Was aber wirklich zählte war, dass wir gesanglich harmonierten.

Es klang in meinen Ohren so gut, dass ich, obwohl noch unschlüssig, ob ich darüber nun erleichtert oder unglücklich sein sollte, neben Beklemmung sogar so etwas wie Spaß dabei empfand, mit Kai zu singen.

Als er jedoch plötzlich einen Schritt nach vorne machte und so nah vor mir stand, dass ich den Kopf in den Nacken legen musste, um ihm ins Gesicht zu sehen, war es mit meiner Textsicherheit dahin. Ich geriet ins Straucheln und verpasste meinen nächsten Einsatz.

»Was soll denn das?«, fragte ich, trat eilig ein paar Schritte zurück und stellte die Musik ab.

»Was? Ich habe nichts gemacht«, erwiderte Kai ungerührt.

»Du bist plötzlich auf mich zugegangen!«

»Wie dramatisch. Ich wollte nur, dass es nicht mehr so steif wirkt.«

»Steif?«

»Oder verkrampft«, antwortete Kai mit einem genervten Augenrollen.

»Stimmlich passt es, aber du achtest so penibel darauf, einen Mindestabstand zu mir zu halten ... Wir sehen wahrscheinlich aus wie ein Kaninchen vor der Schlange.«

»Und wie gedachtest du, lockerst du das Ganze auf?«, fragte ich argwöhnisch, woraufhin sich seine Lippen wieder zu diesem bestimmten Lächeln verzogen.

»Ich hätte mir schon etwas einfallen lassen, wenn du nicht gleich wieder weggerannt wärst.«

»Ich bin nicht ... gerannt«, antwortete ich trotzig, wobei ich das letzte Wort eher flüsterte.

Ich war nicht *gerannt*, ich hatte nur *eilig* Abstand zwischen ihn und mich gebracht.

Das war etwas anderes.

Kais Seufzen hörte sich überraschend resigniert an, während er sich gegen meine Zimmertür lehnte und die Arme vor der Brust verschränkte.

»Ich habe es gestern schon nicht verstanden, also nochmal. Warum kannst du mich eigentlich so gar nicht leiden?«

»Ich ... kann dir doch egal sein!«

»Könnte, ist es mir aber nicht. Denn ich habe mir mal die Mühe gemacht, dich ein bisschen zu beobachten.«

»Dir ist schon bewusst, wie gruselig das klingt?«, unterbrach ich ihn, was er aber einfach überging.

»So eine unausstehliche Zicke bist du gar nicht. Deine Leute scheinen es sogar sehr zu mögen, Zeit mit dir zu verbringen. Du scheinst wirklich nur in meiner Gegenwart zum Biest zu werden und ich wüsste wirklich gern, warum?«

»Du bringst einfach das Schlechteste in mir zum Vorschein?«, erwiderte ich kühl, was mir aber nur ein Stirnrunzeln einbrachte.

Was soll's! Ich drehte mich um, ging zu meinem Schreibtisch und holte mir eines der Fotos, die ich auf einer Pinnwand darüber angebracht hatte.

Dann wandte ich mich wieder um, durchschritt den Raum und hielt Kai das Foto vor die Nase.

Verständnislos betrachtete er die Fotografie und nahm sie mir ab.

Sie zeigte Tessa, Leo und mich an dem zwölften Geburtstag meiner Freundin. Das Motiv war unwichtig, es zählte im Moment nur meine Gestalt darauf.

»Ähm ... was ... «, begann Kai und hatte eindeutig keine Ahnung, was ich ihm damit zeigen wollte.

»Das bin ich. In der Mitte!«, antwortete ich und beobachtete, wie sich seine Augenbrauen überrascht hoben.

»Okay du hast ... dich verändert«, antwortete er vorsichtig.

Ich gab ein Schnauben von mir. Ich wusste selbst, dass ich mich extrem zu meinem Vorteil verändert hatte.

Es waren sogar Kais Worte gewesen, die den ersten Ausschlag gegeben hatten, eine Veränderung anzustreben. Ich hatte mit den Haaren begonnen, die ich bis zu jenem Zeitpunkt immer extrem kurz geschnitten getragen hatte. Ich hatte sie wachsen lassen und inzwischen reichten sie mir fast bis zur Taille. Es war eine Veränderung, die ungemein viel ausgemacht hatte. Denn, bis vor knapp einem Jahr, hatte ich noch keine einzige Rundung vorweisen können. Ich war flach wie ein Brett gewesen.

Keine Taille, keine Hüfte, kein Hintern, dürre Beinchen wie ein Storch und keinerlei Busen.

Ich war so gut wie immer für einen Jungen gehalten worden.

Was ich allerdings erst an dem einem Tag als wirklich schlimm empfunden hatte.

Wir waren auf Klassenfahrt und als ich bei einer Raststätte auf die Toilette wollte, hatte die Frau vom Reinigungspersonal nicht zugelassen, dass ich auf die Toilette der Frauen ging. Sie hatte nicht geglaubt, dass ich ein Mädchen sei und mich aufgefordert es zu beweisen. Ich hatte mich geweigert vor lauter Fremden und den hämischen Blicken vereinzelter Klassenkameraden die Hose runter zu ziehen.

Lieber hatte ich die Beine zusammengepresst und die nächsten Stunden nichts mehr getrunken. Am schlimmsten war damals jedoch eine Frau gewesen, die ihr Kind gewickelt hatte, während ich mit der Toilettenfrau diskutierte.

Sie war an uns vorbeigelaufen und hatte mich dann lautstark als *Perverser* bezeichnet.

Das war fast genauso schlimm gewesen, wie das demütigende Gelächter, das mich wegen Kai ereilt hatte.

Aber nachdem meine Haare etwas länger geworden waren, hatten auch solche Verwechslungen aufgehört und im letzten Jahr hatte mein Körper wahnsinnig aufgeholt. Jetzt hatte ich eine sanduhrförmige Figur und ich liebte jede einzelne meiner Kurven und meine Oberweite, die nicht mehr gänzlich mit einer Hand zu umfassen war.

Wirklich, keine Ahnung, warum manche Mädchen Size Zero anstrebten.

Ich war dankbar nicht so groß und so extrem schlank zu sein wie meine Schwestern.

»Darum geht es nicht. So habe ich ausgesehen, als ich dir einen Brief überreichen wollte. Und du hast mich damals vor allen Schülern, die dabei waren, beleidigt und dich lustig gemacht. *Nicht in einer Millionen Jahre und nicht ohne operative Verbesserungen!*«

Ich sah etwas in seinem Blick aufflackern, während er bei meinen Worten das Foto weiter betrachtete, dennoch entgegnete er nur ein leises:

»Oh.«

Oh? Das war alles? Mehr fiel ihm nicht ein?! Ich wusste zwar selbst nicht, was ich erwartet hatte, aber doch mehr als *Oh*.

Zornig und genervt entriss ich ihm das Foto wieder.

»Es ... also ... tut mir leid, dass ich deine Gefühle verletzt habe ...?«

»Ich war nicht verliebt in dich!«, stellte ich klar und versuchte mich nicht allzu sehr darüber zu ärgern, dass er die Entschuldigung eher wie eine Frage hatte klingen lassen.

»Oh«, erwiderte Kai erneut und ich musste an mich halten nicht irgendetwas nach ihm zu werfen.

»Ja. Tut mir ja furchtbar leid dein Weltbild zu zerstören, aber nicht jede ist scharf auf dich! Der Liebesbrief war von einer Freundin. Ich war nur die Überbringerin. Das hätte ich dir auch gesagt, wenn du mich nicht vorher so blamiert hättest!«

Obwohl es schon einige Jahre zurück lag, spürte ich wieder diesen heißen Zorn in mir hochkochen, wenn ich daran dachte.

An das Lachen der anderen Schüler, das Getuschel, die mitleidigen Blicke ...

Ich griff nach Kais Jacke und drückte sie ihm gegen die Brust.

Es war ein überdeutlicher Wink mit dem Lattenzaun, dass unsere Probe jetzt beendet war und Kai nahm es auch ohne jedes Widerwort hin.

***

»Also, ich habe darüber nachgedacht«, eröffnete Kai und ließ sich am nächsten Tag ungefragt neben mir auf der Bank im Pausenhof nieder. Das Stück Apfel, welches ich mir gerade in den Mund schieben wollte, blieb auf halben Weg in der Luft.

»Getroffener Stolz und so. Daher also. Ich verstehe, warum du nicht gut auf mich zu sprechen bist. Aber ich kann es ja wiedergutmachen.«

Ich sah mich unauffällig um, aber Leo und Tessa waren nirgendwo zu sehen. Wie lange konnte es bitte dauern, etwas zu trinken zu holen?!

Ich wollte nicht allein mit Kai sein. Schon gar nicht, wenn die Frühstückspause gerade eben erst begonnen hatte.

»Wie willst du das denn wiedergutmachen?«, fragte ich dennoch.

Wobei es mich mehr interessierte, warum er es überhaupt wieder gut machen wollte, als das wie. Er zuckte kurz mit den Schultern.

»Sag mir einfach, was du willst. Du hast einen Wunsch frei und ich tue es.«

Ich blinzelte überrascht einige Male hintereinander. War das sein Ernst?

Dem Gesichtsausdruck nach zu schließen, ja. Ich überlegte, öffnete den Mund und schloss ihn dann wieder.

»Na ja, du hast natürlich Bedenkzeit«, antwortete Kai in die Stille hinein und erhob sich. Ich folgte seinem Blick und sah seine Freunde über den Pausenhof auf ihren Stammplatz zusteuern.

»Gib dir Mühe!«, erwiderte ich, noch bevor Kai zwei Schritte gemacht hatte.

Überrascht blickte er auf mich herab.

»Was?«

»Ich möchte, dass du dir Mühe gibst. Bei der Rolle. Egal ob ich die Elisabeth singen darf oder nicht, du wirst ganz sicher den Tod spielen dürfen … «

So ungern ich es auch zugab, unsere Lehrer würden keinen besseren Schüler dafür finden. Ich hatte Kai zwei Lieder singen hören und war von seiner Stimme hin und weg. Das Musical würde durch ihn der Wahnsinn werden.

» ... ich möchte, dass du dir in der Rolle Mühe gibst.«

»Ehrlich? Das ist alles?«, fragte er ungläubig, woraufhin ich nickte.

»Ja, das genügt.«

Er schaute einen langen Moment schweigend in mein Gesicht und ich hätte zu gerne gewusst, was in seinem Kopf vorging, da ich seinen Blick einfach nicht zu deuten vermochte.

Nach einer Ewigkeit, wie es mir vorkam, nickte er.

»Na schön. Einverstanden.«

***

Eventuell hätte ich mir auch einfach wünschen sollen, dass er mir nicht zu sehr auf die Pelle rückte. Zumindest hing dieser Gedanke gerade per Dauerschleife in meinem Kopf, während ich auf seine Brust starrte und versuchte mich bei dem Wackeln des Busses gerade zu halten, um nicht gegen Kai gepresst zu werden.

Warum auch immer, Kai fuhr wieder mit meiner Buslinie und hatte sich erneut so vor mich platziert, dass ich nicht gequetscht oder angegrapscht werden konnte.

Diese Geste hatte etwas seltsam Ritterliches, aber es gefiel mir.

»Worüber denkst du nach?«

Dass du echt gut riechst.

Erschrocken hob ich das Gesicht, aber Kais Miene blieb ganz neutral.

Gut, ich hatte es nicht laut ausgesprochen.

»Über gar nichts«, erwiderte ich knapp.

Ich ließ meinen Blick durch den Bus schweifen und versuchte wirklich alles anzusehen außer Kai, aber ich spürte weiterhin, dass er mich ansah und letzten Endes kehrte ich doch zu seinem Gesicht zurück.

»Worüber denkst du nach?«, fragte ich, weil er einfach nicht aufhörte mir ins Gesicht zu sehen und das ließ mich nervös werden.

»Wie ich es schaffe, dass du mir gegenüber nicht mehr so verkrampft bist«, antwortete er.

»Ich bin überhaupt nicht verkrampft!«

»Es gibt Litfaßsäulen, die entspannter aussehen als du. Und ich stelle es mir momentan sehr schwer vor, ein Liebespaar mit dir zu spielen. So bedacht, wie du gerade bist, bloß keinen Millimeter zu nah an mich ran zu kommen.«

Ich öffnete bereits den Mund, um ihm zu widersprechen, schloss ihn dann aber wieder.

Er hatte ja nicht unrecht.

»Es ist eben nicht gerade leicht, eine jahrelange Abneigung einfach hinter sich zu lassen«, murmelte ich leise.

»Dann ersetzen wir sie einfach durch etwas Besseres«, antwortet Kai und irgendetwas in seinem Tonfall und dem Grinsen sagte mir, dass ich ihn gerade auf eine Idee gebracht hatte. Außerdem vermittelte es mir, dass es mir sicher nicht gefallen würde.

Er beugte sich ein klein wenig zu mir herunter und ich begann durch den Mund zu atmen, um nicht erneut von seinem Duft eingehüllt zu werden. Kai roch wirklich angenehm und irgendwie fiel es mir zunehmend schwerer, klar zu denken, wenn ich seinen Duft in der Nase hatte.

»Ich kann auch lieb sein. Wirklich sehr lieb«, flüsterte er und ich konnte seinen Tonfall nicht sofort einordnen, weil ich ihn vorher noch nie so wahrgenommen hatte.

Er klang … verführerisch? Was zum …?

Es war nicht so, dass plötzlich alles sehr schnell ging. Genau genommen vergingen die nächsten Sekunden wie in Zeitlupe. Ich erkannte, was auf mich zukam, aber vor Überraschung und Schreck vergaß ich einfach komplett in irgendeiner Form zu reagieren.

Kai hob seine Hand zu meinem Gesicht, seine Fingerspitzen

streichelten ganz sanft über meine Wange, bis er die Hand in meinen Nacken legte und mit sanftem Druck meinen Kopf etwas höher zwang.

Der einzige Gedanke, der mir durch den Kopf ging, während er sich zu mir beugte, war:

Das will er doch jetzt nicht wirklich tun …?

Und in diesem Augenblick streiften seine Lippen meine.

Es war nur ganz kurz. Eine kaum merkliche Berührung.

Nicht mehr als der Flügelschlag eines Schmetterlings.

Dennoch hatte ich das Gefühl, mein Herz hätte in dieser Sekunde seine Tätigkeit eingestellt, nur um mit voller Wucht wieder zum Leben zu erwachen, als Kai mich losließ und sich wiederaufrichtete.

»Mist, ich muss raus«, sagte er über meinen Kopf hinweg.

Ich hatte gar nicht bemerkt, dass wir langsamer geworden waren.

»Also, ich komm dann später wieder bei dir vorbei für die Probe«, sagte Kai und klang hektisch, als er versuchte an den anderen Fahrgästen vorbei noch zur Tür zu gelangen, bevor diese sich wieder schloss.

Ich bewegte mich indessen überhaupt nicht. Blinzelte nicht einmal.

Das war doch jetzt nicht wirklich passiert, oder?

Herz und Verstand

Es war nichts passiert! Ich hatte ja kaum etwas gespürt. Es war nichts, was man auch nur annähernd als Kuss bezeichnen konnte. Ergo, es war nichts passiert.

Das hatte ich für mich beschlossen, seit ich eine Station später aus dem Bus ausgestiegen war und daran hielt ich fest.

Mit einem Seufzen ließ ich mich mit dem Rücken auf mein Bett fallen und starte zur Decke.

Zumindest behielt Kai insofern recht, als dass ich kaum noch an die Sache mit dem Brief dachte, da diese Erinnerung jetzt von etwas ganz anderem überlagert wurde.

Ein zögerliches Klopfen an meiner Tür riss mich aus meinen Gedanken.

»Herein«, rief ich, wobei ich wusste, wer vor der Tür stand. Es gab nur eine einzige Person, die so vorsichtig und höflich klopfen würde.

Wie erwartet, streckte Cansu ihren Kopf zur Tür herein.

Meine Schwestern gewährten mir kaum diese Privatsphäre, auf eine Reaktion meinerseits zu warten. Bei beiden konnte ich schon froh sein, wenn sie sich überhaupt die Mühe machten zu klopfen.

»Alles okay bei dir, Sasha? Du sahst so rot aus als du heimkamst. Hast du dich erkältet? Fieber?«

»Ähm nein. Alles in Ordnung«, antwortete ich schnell.

»Gut. Also, das Essen ist fertig.«

»Danke. Bin gleich unten«, antwortete ich und schwang mich vom Bett.

Ich würde jetzt die köstliche Spinat-Lachs-Lasagne meiner Großmutter genießen und einfach jeden weiteren Gedanken an Kai aus meinem Hirn verbannen.

Diesen Vorsatz behielt ich auch bei, bis unsere Großmutter uns während des Essens nach unseren Plänen fragte.

»Schaumbad. Buch. Keiner von euch wird mich nerven!«, antwortete Toni kurz und knapp, worauf niemand weiter einging. Sie hatte manchmal diese Phasen, in denen sie nichts anderes als ihre Ruhe wollte und wir hatten gelernt dies zu respektieren.

»Cansu und ich gehen nachher in den neuen Horrorfilm mit dieser Nonne«, antwortete Max, woraufhin sich Cansus Gesicht missmutig verzog.

»Du magst doch keine Horrorfilme?«, fragte ich Cansu, deren missmutige Miene sich schnell zu einem falschen Lächeln verzog.

»Ja, aber Max möchte so gerne«, antwortete sie.

Ah ja. Zwischen den beiden herrschte also noch immer dicke Luft. Wenn Cansu sich bereit erklärte Max in einen Horrorfilm zu begleiten, versuchte sie wohl wieder etwas Boden gut zu machen. Das war auch kein Thema, auf das wir näher eingingen.

»Was ist mit dir, Sasha?«, fragte meine Großmutter, worauf ich recht widerwillig und leise zwischen zwei Bissen antwortete:

»Einer aus meiner Schule kommt nachher vorbei und wir üben für das Musical.«

Ich hasste es, wie sich simultan alle Köpfe mit überraschter Miene in meine Richtung wandten.

»Wer?«, fragte Max neugierig.

»Kai«, antwortete ich und mein Tonfall klang wirklich belanglos. Aber ich spürte, wie meine Wangen warm wurden. Ich wurde doch jetzt nicht wirklich rot?!

Wenn das künftig die Reaktion meines Körpers blieb, nur wenn ich ihn kurz erwähnte, zog ich doch die Erinnerung mit der Blamage vor ein paar Jahren vor.

Meine Schwestern ließen es natürlich nicht dabei bewenden. Bevor das Mittagessen vorüber war, hatten sie mir sämtliche Infos aus der Nase gezogen, die sie kriegen konnten.

»Soso … «, schloss meine Großmutter amüsiert.

»Dann wünsche ich euch viel Erfolg bei eurer Probe.«

»Ähm … Oma«, begann ich, um ihr und den anderen klar zu machen, dass sie hier nichts reininterpretieren mussten, was es nichts gab.

Und gestern war ich noch so dankbar gewesen, dass sie Kais Anwesenheit nicht wirklich mitbekommen hatte und ich nichts hatte erklären müssen.

»Keine Sorge, mein Schatz. Ich werde euch nicht stören. Ich habe gestern The Walking Dead für mich entdeckt und werde den ganzen Abend damit zubringen zu sehen, wer als nächstes von einem Zombie gefressen wird.«

Es lebe Netflix!

***

»Irgendwie ist das schon seltsam. So ein großes Haus und ich treffe immer nur dich an«, eröffnete Kai, während ich ihn wieder auf mein Zimmer führte.

»Tut mir ja leid, wenn dich das enttäuscht … «

»Habe ich nicht behauptet«, unterbrach er mich direkt.

Er trug noch immer seine Schuluniform. Wo auch immer er gewesen war, nachdem er den Bus verlassen hatte, er schien danach direkt hierhergekommen zu sein.

Wahrscheinlich lag es auf dem Weg.

Ich selbst sollte auch nicht anfangen in irgendetwas zu viel hineinzuinterpretieren.

»Gut … also wollen wir anfangen?«, fragte ich.

»Sicher. Aber lass uns etwas Bewegung reinbringen. Nur einander gegenüberzustehen und uns anzusingen ist nicht das, was Frau Griffuni letztlich sehen will. Wir bringen lieber etwas Feuer in die ganze Sache.«

Ich wollte widersprechen, überlegte es mir aber anders. Ich hatte schließlich von ihm verlangt, dass er sich Mühe geben sollte. Also konnte ich das gleiche von mir verlangen.

***

♫♪♫♪♫♪♫♪♫♪♫♪♫♪

Sie haben über dich gelacht.

Doch jetzt hast du dich durchgesetzt und sie besiegt.

♫♪♫♪♫♪♫♪♫♪♫♪♫♪

Oh, ich fing wirklich an mich zu verlieben!

Nicht in Kai, so bescheuert war ich nun auch wieder nicht. Aber in diese Stimme!

Sie verschaffte mir Gänsehaut und weckte den Wunsch, einfach nur die Augen zu schließen und ihr zu lauschen.

Was allerdings dumm gewesen wäre, weil ich dann meinen nächsten Einsatz verpasst hätte.

♫♪♫♪♫♪♫♪♫♪♫♪♫♪

Sie hielten mich an Drähten fest
als Puppe, die man tanzen lässt.
Doch ich werd' keine Marionette sein!

Wenn ich tanzen will,
dann tanz ich so, wie's mir gefällt.
Ich allein bestimm' die Stunde.
Ich allein wähl die Musik.
Wenn ich tanzen will,

dann tanze ich
auf meine ganz besond're Art.
Am Rand des Abgrunds
oder nur
in deinem Blick.
♫♪♫♪♫♪♫♪♫♪♫♪♫♪

Ich konnte nicht behaupten, dass ich mich wirklich daran gewöhnte, von Kai angefasst zu werden. Nicht, dass es schlimm war. Kai berührte mich nirgendwo, wo seine Hände nichts zu suchen hatten. Es verlief alles wirklich sehr … sittlich. Daher verwunderte mich meine Reaktion darauf. Denn diese war ungewöhnlich.

Ich hatte noch nie solches Herzklopfen verspürt, nur weil jemand über meine Arme strich oder sich so zu mir beugte, dass sein Atem über meinen Nacken streichelte. Und schon gar nicht hatte ich eine Gänsehaut bekommen, nur weil ich Körperwärme im Rücken spürte.

Doch jetzt reagierte ich genau so und das war schon mehr als ungewöhnlich.

Ich hoffte nur während unserer gesamten Probe, dass Kai meine Reaktion auf ihn entging.

***

♫♪♫♪♫♪♫♪♫♪♫♪♫♪
Schwarze Möwe, flieg!
Ich flieg …
Ich allein …
… Allein!
… Will dich durch Nacht und Sturm begleiten.

Ich will nicht mehr begleitet sein,
auch nicht von dir,

ich lass mich nicht leiten.
♫♪♫♪♫♪♫♪♫♪♫♪♫♪

Ich blendete die Lehrer so gut es ging aus, während wir unser Duett vortrugen. Das Singen war eine Sache, aber die Gestik eine ganz andere. Es war mir peinlich, gegen Kais Brust gedrückt zu stehen, während seine Hände auf meinen lagen und er sie über meine Kleidung dirigierte.

Aber ich hatte ja letztlich selbst zugestimmt die Musicalszene so perfekt wie möglich nachzustellen.

Dennoch konnte ich nicht verhindern, dass ich mein Gesicht peinlich berührt zur Seite drehte, als er seine nächste Strophe sang und sein Atem dabei über mein Ohr und meine Wange streichelte.

♫♪♫♪♫♪♫♪♫♪♫♪♫♪
Du hast dich in mich verliebt,
weil's Freiheit ohne mich nicht gibt,
und keiner dich versteh`n kann
außer mir.
♫♪♫♪♫♪♫♪♫♪♫♪♫♪

Ich atmete tiefer als nötig ein, um den Refrain gemeinsam mit ihm zu wiederholen.

♫♪♫♪♫♪♫♪♫♪♫♪♫♪
Wenn ich tanzen will,
dann tanz ich so, wie's mir gefällt …
♫♪♫♪♫♪♫♪♫♪♫♪♫♪

»Ich bin verliebt!«, eröffnete Frau Griffuni, als wir das Lied beendet hatten und ich meinte wirklich einen Augenblick, kleine Herzchen in ihren Augen zu erkennen.

»Ähm ja …«, fügte Herr Morino verhalten hinzu und warf seiner Kollegin einen amüsiert spöttischen Blick zu, ehe er sich mit einem Lächeln wieder an uns wandte.

»Das war wirklich sehr gut. Hat mir gut gefallen!«

Er beugte sich zur Seite und schrieb etwas in sein Notizbuch.

»Also bis morgen haben wir unsere Besetzungsliste fertig. Dann reden wir nochmal.«

Damit waren wir fürs Erste entlassen und ich atmete erleichtert auf, als sich die Tür hinter uns schloss.

»Wir waren wirklich gut«, sprach ich meinen Gedanken laut aus, weil ich darüber selbst überrascht war.

Kais Miene zeigte deutlich, dass ihn das keineswegs überraschte. Was für eine Selbstsicherheit. Sie ließ mich genervt die Augen verdrehen.

»Wie dumm von mir. Als ob du noch zusätzliche Bestätigung brauchst!«

»Du denkst so schlecht von … «, begann Kai, wurde aber durch Louis unterbrochen, der Kai wortwörtlich ansprang und sich an dessen Rücken festkrallte.

»Sag mal, spinnst du?!«, rief Kai erschrocken und stolperte einige Schritte nach vorne, um das Gleichgewicht wiederzufinden.

»Natürlich! Warum fragst du das immer?«, antwortete Louis, während er seine Arme um Kais Hals schlang und sich Huckepack nehmen ließ.

»Aber du wirst mir gleich sehr dankbar sein! Mich selbst interessiert es ja weniger, aber die Mädels aus der Zwölften machen für … ehrlich gesagt keine Ahnung wofür … eine Hundewäsche. In Bikinis! Also sag nicht, ich wäre kein guter Freund! Ich bin extra hergeeilt, damit du das nicht verpasst«,

»Mach dich runter oder du fängst eine!«, erwiderte Kai nicht ganz so enthusiastisch, wie Louis wohl erwartet hätte, denn er verzog beleidigt das Gesicht.

»Du bist so undankbar. Da opfere ich mich auf. Kratze meine letzten Energiereserven zusammen, um zu dir zu eilen und du …«

Mit einem Kopfschütteln ließ ich die beiden allein. Das klang, als würde deren Geplänkel länger dauern.

Ich ging in die Cafeteria und während ich mich überrascht umsah, weil so wenig Leute hier waren, hielt ich auf den Tisch zu, an dem Leo und Tessa gerade aßen.

»Hey, wie ist es gelaufen?«, fragte Tessa als sie den Blick hob.

»Gut. Wirklich gut!«, antwortete ich und ließ mich neben Leo nieder. Da er mich inzwischen gut genug kannte, hielt er mir wortlos seinen Teller mit Pommes entgegen und ich bediente mich mit einem glücklichen Lächeln.

»Also wirst du die Rolle bekommen?«, fragte Tessa, woraufhin ich ihr mit einem Schulterzucken antwortete.

»Ich weiß es nicht. Ich hoffe es.«

»Deine Chancen stehen gut. Soweit ich es mitbekommen habe, bist du ziemlich konkurrenzlos, was die Rolle der Elisabeth betrifft. Also stimmlich gesehen. Neben dir steht nur Annabelle in der engeren Auswahl und wenn Kai die Rolle des Todes spielt, werden die Lehrer nicht sie für die Elisabeth nehmen. Das wäre schon ziemlich merkwürdig«, erwiderte Leo.

Annabelle war Kais jüngere Schwester. Sie war, da demselben Genpool entstiegen, ebenso hübsch und gesanglich talentiert wie ihr Bruder.

Und mir genauso wenig sympathisch.

Obwohl ich nie persönlich ein Problem mit Annabelle gehabt hatte. Sie war nur charakterlich Franziska sehr ähnlich. Ebenso versessen darauf, andere herumzukommandieren und jedem das Gefühl zu geben, sie wäre etwas Besseres.

»Na ja, wir werden sehen«, antwortete ich unverfänglich und nahm mir weitere Pommes von Leo.

***

»Also setzt euch. Fangen wir gleich an«, wies uns Herr Morino am nächsten Tag an und zeigte auf die Stühle vor seinem Schreibtisch. Eine Liste mit der Rollenverteilung, die ausgehängt wurde, gab es an unserer Schule nicht. Herr Morino besprach mit den Schülern immer persönlich welche Rolle er ihnen zugedacht hatte, beziehungsweise warum sie vielleicht die Rolle, für die sie vorgesungen hatten, nicht bekamen.

Da Leo, Tessa und ich uns gemeinsam angemeldet hatten, bekamen wir auch zusammen unsere Auswertung.

»Also, ihr Drei habt das erste Mal am Vorsingen teilgenommen. Ich freue mich sehr, dass ihr euch dazu entschlossen habt, denn mir gefallen eure Stimmen wirklich. Daher, Tessa ...«

Ich fühlte, wie Tessas Körper sich neben mir anspannte.

»Deine Stimme ist schön, aber noch etwas wacklig. Ich war mir deshalb nicht so sicher, ob ich dich bei der Rollenverteilung in diesem Jahr berücksichtigen kann, aber letztlich bin ich zu dem Schluss gekommen, dass wir daraus etwas machen können. Daher möchte ich dich für die Rolle der ... «, er stockte und blätterte wieder in seinen Unterlagen.

»Entschuldigt. Ich kann mir die Namen der Rollen schlecht merken. Also ich möchte, dass du Gräfin Esterhazy übernimmst«, beendete er seinen Satz.

Tessa schielte verunsichert in meine Richtung und lächelnd hielt ich unauffällig zwei Finger hoch um ihr zu signalisieren, wie viele Lieder die Rolle hatte.

Die Gräfin war keine der großen Rollen, aber als Elisabeths Hofdame doch das Musical hindurch recht präsent.

»Kannst du dir das vorstellen?«, fragte Herr Morino vorsichtig, als Tessa nicht reagierte.

»Ähm ... ja. Ja ich denke, das bekomme ich hin«, antwortete Tessa, wobei sie nicht von sich überzeugt klang.

»Sehr gut. Dann Leo. Ich denke, du wirst einen perfekten Lucheni abgeben!«

Ich senkte den Kopf und lies ein paar Haarsträhnen nach vorne fallen, während ich mir auf die Lippen biss und versuchte nicht zu lachen.

Luigi Lucheni war als Elisabeths Mörder und Erzähler, der durch die Geschichte hindurchführte, eine der größten und wichtigsten Hauptrollen in dem Musical. Er hatte viel Text und viele Gesangsstücke, was Leo beides nicht gewollt hatte. Aber da er Tessa und mir ja die letzten Tage ständig vorgehalten hatte, dass wir nicht kneifen sollten und wir es gemeinsam durchziehen würden, hatte er sich jetzt selbst den Weg verbaut, aus dieser Sache wieder raus zu kommen.

»Toll«, antwortete er emotionslos und sah aus, als hätte Herr Morino ihm einen Löffel Lebertran vor die Nase gehalten.

»Perfekt. Dann zu Sasha«, fuhr unser Lehrer fort und schenkte mir ein warmes Lächeln.

»Du kannst es dir sicher schon denken. Ich halte dich perfekt für die Rolle der Elisabeth. Deine Stimme ist wundervoll und nach dem Musical würde ich gerne mal mit dir reden, ob du nicht doch dem Chor beitreten möchtest.«

***

Ich war mir vollkommen bewusst, dass ich grinste wie ein Honigkuchenpferd, als wir das Klassenzimmer wieder verließen, aber ich schaffte es einfach nicht, meine Mundwinkel wieder nach unten zu schrauben. Im ersten Moment hatte ich Panik und Unglaube verspürt, als Herr Morino mir die Hauptrolle gegeben hatte. Jetzt fühlte ich mich einfach nur euphorisch. Ich schwebte so in meinen Gedanken, dass ich beinahe gegen eine breite Männerbrust geknallt wäre.

Ich hob das Gesicht und begegnete Kais amüsierter Miene.

»Na? Hat es geklappt?«, fragte er und auch wenn ich gerne eher unbeteiligt gewirkt hätte, schaffte ich es nicht, mein Lächeln zu unterdrücken und freudig zu nicken.

»Musst du jetzt zu Herrn Morino?«, fragte Leo an Kai gewandt.

Er löste den Blick von mir und sah zu meinem besten Freund.

»Nein, ich war schon heute früh bei ihm.«

»Und?«, fragte ich sofort, woraufhin ich einen eindeutigen *Was-glaubst-du-denn*-Blick erntete.

»Du spielst den Tod«, beantwortete ich mir selbst.

Kai nickte unmerklich mit dem Kopf, als wäre nichts dabei, dass er die Hauptrolle bekommen hatte. War es für ihn vielleicht auch nicht und eigentlich war es ja von vornerein klar gewesen, dass es Kai werden würde.

»Da bist du!«

Wir wandten uns alle Louis Stimme zu, der gefolgt von Lucas und Teddy auf Kai zuhielt.

»Kai! Liebe meines Lebens! Komm knutschen!«

Louis streckte einladend die Arme aus, erntete allerdings nur eine hochgezogene Augenbraue von Kai.

»Bist du betrunken?«, fragte dieser gelassen und rührte sich keinen Zentimeter.

»Nein. Aber ich spiele Kronprinz Rudolf, du weißt schon, den Sohn und da mich daher der Kuss des Todes ereilen wird, dachte ich, wir könnten ja schon mal üben. Also komm her! Gib Bussi!«

Kai gab sich Mühe keine Miene zu verziehen, aber man sah deutlich, dass er ein Lachen unterdrücken musste, als Louis mit ausgestreckten Armen und die Lippen zu einem Kussmund gespitzt auf ihn zukam.

»Du bist so ein Spinner«, entgegnete er amüsiert.

»Apropos«, flüsterte Leo mir ins Ohr.

»Dir ist jetzt schon bewusst, wen du eine gesamte Woche lang jeden Abend vor Publikum küssen darfst? Stell dich schon mal darauf ein, dass die Mädels dich dafür hassen werden!«

Ich wandte mich mit unbeeindruckter Miene Leos amüsiertem Grinsen zu.

»Das gefällt dir wieder, was?«

»Dass du mit einem Typen rumknutschen musst, von dem ich aus deinem Mund noch nie ein gutes Wort gehört habe? Irgendwie schon. Das hat was Ironisches.«

Ich ersparte mir eine Erwiderung. Von der Sache im Bus hatte ich weder Leo noch Tessa erzählt. Einfach, weil ich diesen Sekunden keine Bedeutung einräumen wollte, da ich doch genau wusste, dass es für Kai letztlich auch nur bedeutungslos war.

Er hatte sich einen Spaß oder so erlaubt. Mehr nicht.

»Welche Rollen werdet ihr spielen?«, fragte Tessa indessen an Teddy und Lucas gewandt.

»Zum Glück gar keine«, erwiderte Lucas.

»Herr Linus will unser musikalisches Talent eher darauf beschränken, dass wir im Orchester mitspielen«, erklärte Teddy lächelnd.

»Ach schön, alle auf einem Haufen«, mischte sich eine weitere Stimme ins Geschehen.

Kais Schwester Annabelle trat zu uns und ihre Miene zeigte die übliche Mischung aus genervt und gelangweilt sein.

Sie war um einiges kleiner als ihr Bruder und in ihrer Gestalt so zierlich, dass sie auf den ersten Blick eher wie vierzehn aussah und nicht wie sechzehn. Im Gegensatz zu ihrem Bruder ließ sich ihre Haarfarbe genau definieren. Haselnussbraune lange, glatte Strähnen fielen ihr bis zu den Ellbogen und durch die gerade geschnittenen Stirnfransen sah sie aus wie diese gleichnamige, gruselige Puppe aus dem Horrorfilm.

Ihre grauen Augen hefteten sich auf Tessa und mich und musterten uns abschätzig.

»Na, wer von euch beiden hat jetzt die Hauptrolle bekommen?«, fragte sie schneidend. Ihre Stimme klang so böse, dass ich vorsichtig und eher widerwillig die Hand etwas erhob.

»Aha … na dann«, antwortete sie, als wäre damit alles gesagt und ich hätte nie gedacht, dass ihr Blick noch abschätzender werden könnte.

»Ach, nicht beleidigt sein, Anni«, sagte Louis und legte ihr freundschaftlich den Arm um die Schulter.

»Ich darf die Elisabeth auch nicht spielen. Und dabei wird es keine von euch Ladys schaffen, auch nur halbwegs so gut in dem Kleid auszusehen, wie ich es täte!«

Annabelle verdrehte genervt die Augen und schob seinen Arm von ihrer Schulter.

»Bis zur Aufführung ist nicht so viel Zeit wie in den Jahren zuvor. Wir werden uns alle ranhalten müssen, was das Einstudieren der Rollen angeht. Daher treffen sich alle tragenden Rollen morgen, damit wir uns das Musical gemeinsam auf DVD anschauen können. Wir treffen uns bei Noah. Ich maile euch noch die Adresse«, erklärte Annabelle in ihrem gewohnt herrischen Tonfall.

»Welcher Noah …«, begann ich, aber da hatte Kais Schwester bereits auf dem Absatz kehrtgemacht und ließ uns stehen.

Fragend sah ich zu den anderen, bis mein Blick bei Tessa hängen blieb, die genauso ratlos dreinblickend mit den Schultern zuckte.

»Sie meint Noah … keine Ahnung wie der Nachname ist«, begann Louis wenig hilfreich.

»Der Freund von der Blonden, die immer mit unserer Schulsprecherin rumhängt. Wenn ich es richtig mitbekommen habe, übernimmt er die Rolle vom Kaiser Franz-Josef.«

Jetzt hatte ich ein Bild vor Augen. Das blonde Mädchen, von dem Louis sprach, war Junes. Sie gehörte zum Schülerrat und war eine der Freundinnen von Hayne. Ihren Freund kannte ich nur vom Sehen. Aber er schien nett und sah süß aus, wenn ich ihn noch richtig im Kopf hatte. Leicht wellige dunkelbraune Haare, graue Augen, durchschnittliche Körpergröße und Figur.

»Anni«, rief Kai über die Schulter und seine Schwester blieb stehen und drehte den Kopf in seine Richtung.

»Was ist?«

»Welche Rolle hast du jetzt bekommen?«, fragte Kai seine Schwester.

»Ich werde die Erzherzogin Sofie spielen!«

Wundervoll! Damit erübrigte es sich für mich, die Abneigung zur Schwiegermutter nur zu spielen.

***

»Sasha, komm schon, wie verpassen sonst die Bahn!«, maulte Leo.

»Bin gleich fertig«, erwiderte ich und flocht meine dunkelbraunen Strähnen zu Ende und warf den Zopf dann über die Schulter.

»Hör auf sie zu stressen. Wir haben noch genug Zeit. Du hast ja nur Schiss, dass wir eventuell mal über dein Schneckentempo hinausgehen müssen und du in Gefahr gerätst zu schwitzen«, erwiderte Tessa streng.

»Glaubst du, ich verwende über eine Stunde im Badezimmer, nur um dann total abgehetzt auszusehen?«, fragte Leo und ließ seine Hand vor seinem Körper heruntergleiten, um nochmal zu unterstreichen, wie gut er aussah.

»Über eine Stunde? Was tust du denn da so lange? Ich brauche maximal zwanzig Minuten«, erwiderte ich, während ich mir meine Jeans nach oben zog und den Knopf schloss.

»Ja, das sieht man dir auch an«, antwortete Leo frech.

»Oh, das war gemein«, erwiderte Tessa, aber ein kleines Lächeln umspielte ihre Mundwinkel. Wir kannten Leo inzwischen gut genug, um zu wissen, dass er solche Dinge nicht böswillig meinte.

»Ach, Herzchen. Ihr wisst doch, ich vergöttere euch. Aber jetzt kommt!«

Ich ergriff meine Jacke, denn auch wenn wir Sommer hatten,

kühlte es abends doch noch immer recht stark ab, und ließ mich von Leo aus meinem Zimmer scheuchen, nur um dann noch ganze zehn Minuten auf die S-Bahn warten zu müssen, weil wir viel zu früh dran waren.

»Ob Kai und die anderen auch da sein werden?«, fragte Tessa.

»Weiß nicht«, antwortete ich ehrlich.

Ich konnte es mir offen gestanden nicht vorstellen. Es war Samstagabend und ich ging davon aus, dass Kai und seine Freunde etwas Besseres vorhatten, als einem Musical-DVD-Abend beizuwohnen. Auch wenn dieser kurzfristig von seiner Schwester beschlossen worden war.

Zumindest hatten die Jungs allesamt nicht sonderlich zustimmend geklungen, als wir noch einen Moment im Schulflur zusammengestanden hatten.

Ich verstand, wenn die Jungs nicht auftauchen würden, hoffte aber weiterhin, Kai würde sich wie versprochen Mühe mit seiner Rolle geben.

Die Fahrt mit der S-Bahn dauerte nicht lange und auch wenn Noahs Zuhause im Bereich der Altstadt lag, wo es sich bei den Straßen allesamt eher um verwinkelte Gassen handelte, fanden wir das Haus relativ schnell.

Es war ein schönes altes Fachwerkhaus mit Efeu an einer Hausseite und Geranien vor jedem Fenster, was dem Anwesen etwas romantisch Ländliches verlieh.

Wir durchschritten das kleine weiße Gartentor, nahmen die wenigen Meter bis zur Tür und kurz nachdem Leo geklingelt hatte, öffnete sich die Tür.

Ich hatte doch das richtige Bild von Noah vor Augen gehabt. Er lächelte uns an und hatte dieses ansteckende Lächeln, das man einfach nur erwidern konnte.

»Hi, ihr habt's gefunden. Kommt rein«, grüßte er uns, trat zur Seite und gab den Blick frei auf … ich hörte Tessa einen ebenso leisen Seufzer ausstoßen, wie ich es tat, worauf wir beide uns grinsend Blicke zuwarfen ... auf Arthur. Es war total albern, aber er hatte einfach dieses Etwas, das einen sofort schmachten ließ.

»Singt Arthur auch im Musical mit?«, fragte Tessa hoffnungsvoll an Noah gewandt, doch es war Arthur selbst, der ihr antwortete und wir hielten beide den Atem an, weil es meines Wissens das erste Mal war, dass er mit uns direkt redete.

»Nein«, antwortete er lachend.

»Dazu fehlt mir leider jedes musikalische Talent.«

Ein Schnauben lenkte unsere Aufmerksamkeit auf die offene Tür rechts von ihm. Ich vermutete die Küche dahinter, nach dem, was ich erkennen konnte.

Es folgte ein Rascheln und eine Sekunde später trat Hayne aus der Tür, beladen mit zwei großen Schüsseln Chips und anderen Knabbereien.

»Ich gebe dir fünfzehn Minuten. Dann würdest du das auch hinbekommen«, sagte sie zu Arthur.

»Ich kann auch nicht alles«, erwiderte er und ich hatte das Gefühl, dass es sich im eine Art Insider-Scherz der beiden handelte.

»Bezweifle ich«, lautete Haynes Antwort, ehe sie sich lächelnd uns zuwandte, um uns zu begrüßen.

Irgendwie hatte es etwas Seltsames, unsere Schulsprecherin außerhalb der Schule zu sehen.

Ich kannte sie immer nur mit absolut korrekt sitzender Schuluniform, aber jetzt trug sie eine einfache Jeans, ein lockeres T-Shirt, das ihre eine Schulter so freiließ, dass man ihren BH-Träger erkennen konnte, und ihre Haare hatte sie sich zu einem einfachen Pferdeschwanz hochgebunden. Dieser legere Anblick war einfach ungewöhnlich.

»Hayne und die anderen singen nicht. Meine Freunde haben sich heute nur selbst eingeladen zum Mitschauen. Hoffe, das ist in Ordnung?«, erklärte Noah.

Keiner von uns sagte etwas dagegen. Warum auch?!

»Leinwand steht. Ich bräuchte nur noch ein Verlängerungskabel«, informierte Arthur seinen Freund, was er wohl vor unserem Eintreffen vorgehabt hatte.

»Ja, warte, ich hol gleich eins.«

Damit wandte sich Noah ab und ging gefolgt von Arthur in eines der Zimmer.

Hayne deutete uns an ihr zu folgen, als es erneut klingelte.

Ich stand der Tür am nächsten und öffnete, zu meiner Überraschung, Kai und den anderen drei Jungs die Tür. Sie waren tatsächlich allesamt gekommen.

»Siehst du, wir sind richtig«, eröffnete Louis und die Vier traten ein.

Sie kamen allerdings direkt ins Stocken, als ihre Blicke auf Hayne fielen. Dabei lächelte diese weiterhin recht freundlich. Vielleicht lag es aber auch genau daran. Man sah Hayne eigentlich so gut wie nie lächeln. Wobei das so nicht stimmte. Seit sie und Arthur ein Paar waren, lächelte sie doch auffällig oft.

»Hi Jungs. Schön, dass ihr es einrichten konntet. Es ist so schön, dass ihr beim Musical mitwirkt«, begrüßte sie die Vier in einem ziemlich selbstzufriedenen Tonfall.

Die verzogen das Gesicht, aber keiner erwiderte etwas und darum musste ich mir das Lachen verkneifen. Offensichtlich hatte Kai beschlossen unsere Schulsprecherin nicht nochmal herauszufordern.

»Das ist neu«, sagte Junes leise, während sie mit Getränken im Arm ebenfalls aus der Küche trat und sich neben Hayne stellte.

»Pardon?«, fragte diese.

»Arthur bringt so eine kleine diabolische Seite in dir zum Vorschein. Das ist neu. Aber gefällt mir«, erklärte Junes grinsend.

»Quatsch«, widersprach Hayne ihr, aber da hatte sich ihre Freundin schon zu uns gewandt.

»Lasst uns hier nicht weiter rumstehen. Kommt mit.«

Damit folgten wir beiden Mädels durch die nächste Tür und eine Treppe nach unten. Obwohl wir eindeutig in den Keller gingen, betraten wir kein dunkles, modriges Untergeschoss, sondern einen mit bunter Lichterkette erhellten Partykeller. Der Boden war mit Teppichen ausgelegt, in der Ecke befand sich eine richtige kleine Bar mit Theke und Sitzhockern davor und relativ mittig war ein Billardtisch aufgebaut. Auf der anderen Seite des Raums hatten sie eine große Leinwand aufgestellt und etwas weiter hinten erkannte ich neben einem Laptop noch einen Beamer.

Vor der Leinwand standen einige, nicht wirklich zusammenpassende Sessel und drei kleine Zweisitzer Sofas sowie einige Sitzsäcke und ein kleiner rechteckiger Tisch.

Neben Annabelle befanden sich noch sieben weitere Personen im Raum. Überraschenderweise, wenn man Hayne und Junes dabei mitzählte, unser halber Schülerrat.

Denn die blonde Junes gehörte zum Schülerrat, wie auch Hiro, ein niedlicher Junge mit asiatischem Einschlag, der es sich neben Kanade auf dem Teppich mit ein paar Kissen gemütlich gemacht hatte. Auf den Sitzsäcke hatten es sich neben Annabelle drei weitere Mädchen bequem gemacht, die ich alle nicht namentlich kannte, aber von denen ich wusste, dass sie wie Annabelle im Schulchor mitsangen. Dahinter, auf einem der Sofas, saßen zwei weitere, eher korpulent aussehende Mädchen, die mir vorher noch nie in der Schule aufgefallen waren und die ich daher überhaupt nicht einordnen konnte.

Ich folgte den anderen und ließ mich auf eines der freien Sofas sinken. Überrascht beobachtete ich Kai, der sich direkt neben mich fallen ließ. Das hatte ich jetzt weniger erwartet. Hilfesuchend sah ich zu Leo und Tessa, aber beide machten es sich auf zwei Sitzsäcken ein Stück vor mir bequem.

»Sind wir schon alle?«, fragte Junes, während Noah zusammen

mit Arthur und einem Verlängerungskabel ebenfalls den Keller betrat und sich daran machte, das Kabel anzuschließen.

»Ja«, antwortete Annabelle.

»Alle wollten heute nicht kommen. Aber die meisten sind da.«

Damit deutete sie mit dem Finger auf mich und ihren Bruder.

»Elisabeth und der Tod … «, eröffnete sie den anderen unsere Rollen und fuhr fort auch die Rollenverteilung der anderen zu offenbaren. Bei ihrem Bruder und mir hatte sie die Nennung unserer Namen ausgelassen, aber bei den anderen sagte sie diese nun dazu.

Daher erfuhr ich, dass die drei Mädchen neben Annabelle Eva, Lena und Maya hießen und die Rollen der Ludovika und Helene übernehmen würden. Maya hatte keinen Gesangspart. Sie gehörte mit Lena und Eva allerdings zu den fünf Schülerinnen, die sich bereit erklärt hatten mit ihren jeweiligen Gruppen die Choreografie einzuüben.

Anscheinend war der Chor schon sehr viel weiter mit seinen Vorbereitungen.

Annabelle schloss mit den beiden anderen Mädchen auf dem Sofa. Jana und Ronja, welche die Rollen von Herzog Max und der Frau Wolf singen würden.

»Willst du das jetzt heute Abend alles noch ausführen?«, fragte Kai gelangweilt seine Schwester, als diese Anstalten machte zu erklären, wie die Gruppen unterteilt waren.

Annabelle verzog beleidigt die Lippen, schwieg aber auf die Frage ihres Bruders und sagte auch sonst kein weiteres Wort mehr.

»In Ordnung. Lasst uns doch einfach anfangen. Gläser und Getränke stehen auf dem Tisch, ein bisschen was zum Knabbern auch. Bedient euch«, unterbrach Noah die plötzliche Stille und deutete auf den Tisch, ehe er sich auf einen der Sessel niederließ und Junes sich neben ihn kuschelte. Hayne schaltete die bunten Lichter aus, startete die DVD und wollte sich auf einen der Sitzsäcke sinken lassen, als Arthurs Arm sich um ihre Taille schlank und er sie mit einem Ruck zu sich auf den Sessel zog, wo sie auf seinem Schoß zum Sitzen kam.

Ich war mir bei dem dämmrigen Licht nicht sicher, aber ich glaubte, dass ihre Wangen erröteten. Aber sie machte keine Anstalten, von ihrem Freund wegzurücken, sondern kuschelte sich letztlich ebenfalls an ihn.

»Zumindest wie Kino. Das ist cool«, sagte Louis leise, ehe er sich eine Handvoll Chips griff. Die anderen taten es ihm nach, aber neben leisen Kaugeräuschen und gelegentlichem Einschenken der Getränke, erfüllte nur die Musik den Raum.

Für mich war die DVD-Aufzeichnung nichts Neues. Ich hatte sie schon sehr viel mehr als nur einmal gesehen, aber da ich dieses Musical liebte, konnte ich sie mir auch noch zum hundertsten Male ansehen. Doch ab etwa der Mitte des ersten Akts fiel es mir zunehmen schwerer mich noch auf das Musical zu konzentrieren.

Zuerst dachte ich es mir nur eingebildet zu haben. Doch im nächsten Moment spürte ich sehr deutlich wie an meinem Zopf gezupft wurde, der über die Rückenlehne hing. Erst nur an den Spitzen, aber schon kurz darauf fühlte ich, wie sich mein Haarband löste und die Strähnen sich lockerten. Ich sah gleichermaßen empört wie überrascht zu Kai, aber er verfolgte mit gelassener Miene das Musical. Würde ich nicht deutlich sehen, dass er seinen Arm über die Lehne gelegt hatte, hätte ich bei seiner unbeteiligten Miene gedacht, er würde nichts damit tun.

Aber ich spürte deutlich, wie seine Finger in mein Haar griffen und er darüberstrich und sich die einzelnen Strähnen durch die Finger gleiten ließ.

Ich hatte keine Ahnung, warum er es tat, beziehungsweise ... warum er damit spielte. Er spielte mit meinen Haaren und ich wusste auch nicht, wieso ich es ihm wortlos gestattete. Ich ließ ihn einfach machen und versuchte mich wieder mehr aufs Musical zu konzentrieren und weniger darauf, dass ich es durchaus als angenehm empfand, wie seine Finger über meine Haare streichelten. Ich würde Kai wohl nie verstehen. Und mich genauso wenig.

***

»Wieso gefällt dir dieses Musical so?«, fragte Kai, nachdem wir ein paar Stunden später Noahs Zuhause verlassen hatten und uns auf dem Weg zu S-Bahn-Station befanden.

»Was?«

»Warum es dir so gefällt? Ich fand es jetzt eher düster und ein bisschen deprimierend«, antwortete er.

»Nein ich ... ich mag einfach alles daran. Die Lieder, die Kostüme, die Geschichte. Einfach ohne diesen Kitsch wie in den Sissi-Filmen. Vielleicht ist es etwas düster, aber gerade auch deshalb gefällt es mir«, antwortete ich ehrlich.

»Interessant«, erwiderte Kai, aber mehr sagte er nicht dazu.

Dabei hätte ich durchaus gern gewusst, was er daran interessant fand. Und gern hätte ich auch gewusst, warum er den ganzen Abend mit meinen Haaren gespielt hatte, aber das hatte ich ebenfalls nicht hinterfragt. Genauso wenig wie die Sache im Bus.

Wenn das so weiterging, hatte ich bald eine ganze Liste mit Dingen, die ich künftig vorhatte totzuschweigen. Dabei gab mir irgendetwas das Gefühl, dass Kai es aber darauf anlegte, dass ich nachfragte. Was ich nicht tun würde. Ich würde an keinem Katz- und Mausspiel teilnehmen, denn wenn es bei einem Menschen wichtig war, Herz und Verstand voneinander getrennt zu halten, dann bei Kai. Das gab sonst nur Ärger.

»Sag mal, Schätzchen,« begann Leo und legte mir den Arm um die Schulter. Überrascht stellte ich fest, dass sich die Wege von uns und Kai mit seinen Freunden getrennt hatten. Ich war so in Gedanken gewesen, dass ich nicht sicher war, ob ich mich überhaupt von ihnen verabschiedet hatte.

»Kann es sein, dass du in Bezug auf deinen Szenenpartner schon kleine rosa Herzchen in den Augen bekommst?«, fuhr Leo fort und ich nahm sofort wieder den feixenden Unterton wahr.

»Nein!«, antwortete ich prompt und streng.

Ich schaute Leo mit ernster Miene ins Gesicht, damit er wusste, dass ich es ernst meinte.

»Und fang mit sowas gar nicht erst an. Du weißt wie schnell sich Gerüchte an unserer Schule verbreiten. Ich habe keine Lust, mich die nächsten Wochen mit seinem Fanclub herumschlagen zu müssen!«

»Ist ja gut. War nur eine Frage«, antwortete er beschwichtigend.

»Wie sieht es denn bei dir aus, Tessa-Baby? Irgendwelche Fortschritte in deinem Liebeslieben, über die wir uns amüsieren können?«

»Höchstens, dass keines vorhanden ist. Aber da es mir da geht wie euch ...«, erwiderte Tessa und warf Leo ein kleines gemeines Lächeln über die Schulter zu. Woraufhin er sich von mir löste, auf Tessa zuging und, indem er die Arme um ihre Taille schlang, sie in die Höhe riss, bis sie zappelte und amüsiert quietschte.

Die beiden darauf hinweisend, dass sie nicht einen solchen Krach machen sollten, gingen wir nach Hause.

***

In den folgenden Tagen waren wir alle eigentlich nur mit dem normalen Unterricht und den Proben beschäftigt. Man merkte schon, dass in diesem Jahr viel weniger Zeit für das Einstudieren des Musicals blieb als in den Jahren zuvor.

Meine Sorge, Kais Fanclub könnte es auf mich abgesehen haben, blieb bisher unbegründet. Denn Kai ließ sich nur bei den Proben sehen, wenn unbedingt notwendig.

Er verbrachte seine Zeit eher auffallend oft mit diesem hübschen, erdbeerblonden Mädchen, welches ich als eines der Mädels wiedererkannte, die ich ebenfalls mit Putzwasser übergossen hatte. Zu meinem Glück hatte sie mich jedoch nicht wiedererkannt.

Ich war mir nicht sicher, ob sein seltenes Auftauchen wirklich unter sich Mühe geben fiel, aber da Kai seine Gesangsstücke perfekt draufhatte, sparte ich mir meine Kommentare zu diesem Thema.

»Nein! Nein! Nein!«, drang Annabells Stimme fauchend an mein Ohr, während ich im Schneidersitz hockte und die untere Ecke eines der Bühnenbilder bemalte. Ich schaute nicht einmal auf. Ich wusste, dass sie nicht mit mir sprach.

Sie fauchte, wie so oft, die einzelnen Gruppen an, wenn ihrer Meinung nach etwas nicht gut war. Wenn die Lehrer nicht da waren, hatte es sich Annabelle zur Aufgabe gemacht, die Leitung zu übernehmen. Dabei verhielt sie sich fast so unmöglich wie Franziska, allerdings mit dem Unterschied, dass Annabelle durchaus wusste, von was sie redete.

Es war also nicht falsch, worauf sie die anderen hinwies, nur ihr Tonfall ließ einfach zu wünschen übrig.

»Ihr klingt viel zu schrill! Und die Milchkannen sind nicht nur Dekoration in euren Händen, mit denen man irgendwann einmal auf den Boden hauen soll. Das Ganze folgt schon einem gewissen Rhythmus!«

Der Chor übte aktuell gerade das Stück *Milch* ein, was zu den absolut coolsten Liedern des Musicals gehörte. Allerdings nicht zu Annabelles Zufriedenheit.

Wobei ich ihr innerlich sogar zustimmte, was ihre Kritik betraf.

»Wir probieren das gleich nochmal, bis es besser wird!«

»Muss ich mich auch verbessern, oder war ich gut genug, um eine kurze Trinkpause einlegen zu dürfen?«, fragte Leo, gänzlich unbeeindruckt von Annabelles herrischem Tonfall.

Sie warf ihm einen strengen Blick zu, erwiderte aber nichts. Hätte mich auch gewundert. Leo machte einen wirklich guten Job. Auch wenn er immer mal wieder über die Fülle seines Textes jammerte, lag ihm die Rolle. Er spielte den Lucheni mit genau dem richtigen Maß an Sarkasmus und Humor. Es machte wirklich Spaß ihm zuzuschauen und mit jeder Probe verbesserte er sich auch gesanglich.

Vor mich hin summend malte ich weiter am Bühnenbild.

»Verwirrt dich das nicht?«, fragte eine Stimme direkt hinter mir und vor Schreck zuckte ich kurz zusammen. Ich hatte ihn nicht kommen gehört. Dabei stand er direkt hinter mir, wie ich feststellte, als ich den Kopf in den Nacken legte und nach oben schaute.

»Was soll mich verwirren?«, fragte ich Kai.

Abgesehen von der Tatsache, dass er hier war. Für ihn stand aktuell ja keine Probe an.

»Immer, wenn du irgendwas so gedankenverloren nachgehst, summst oder singst du vor dich hin. Aber kein Lied aus dem Musical, sondern ... was aus Arielle, Pocahontas, Die Eiskönigin und keine Ahnung aus was für Disney-Filmen noch. Alle kann ich nicht zuordnen.«

Ich fand es überraschend, dass er überhaupt Lieder zu den verschiedenen Filmen zuordnen konnte.

»Verwirrt dich das dann nicht, wenn du im nächsten Augenblick schon wieder etwas ganz anderes singen musst?«

Mich verwirrte mehr, dass er mich offensichtlich beobachtet hatte, dass ihm auffiel, was ich tat, wenn ich irgendeiner Arbeit nachging. Aber das gab ich nicht zu.

»Nein. Tut es nicht. Ich liebe Disney fast so sehr wie Musicals. Bei Elisabeth konzentriere ich mich ja auf meinen Text. Wenn ich jetzt so vor mich hinsinge ... mache ich das offen gestanden sehr unbewusst.«

Kai öffnete den Mund, aber bevor er etwas erwidern konnte, wurde sein Name gerufen.

Ich folgte seinem Blick zu dem Mädchen, mit dem er in letzter Zeit so auffallend viel Zeit verbrachte.

»Ich habe meine Tasche. Kommst du?«, fragte sie.

Ich musterte sie verstohlen etwas eindringlicher und überlegte, ob ich sie vor der Putzeimer-Sache schon einmal gesehen hatte. Sie kam mir irgendwie bekannt vor. Ich hatte sie auch vorher schon mal irgendwo registriert.

Kai nickte, verabschiedete sich von mir mit einer kaum merklichen Bewegung seiner Hand und ging dann mit ihr nach draußen.

»Meinst du, das ist seine Freundin?«, fragte Tessa und setzte sich im nächsten Moment neben mich auf den Boden.

»Keine Ahnung. Schon möglich«, antwortete ich und malte weiter.

Das Mädchen war hübsch, sie passten optisch gut zusammen und er verbrachte auffallend viel Zeit mit ihr. Warum also nicht?

»Seine Schwester wäre darüber wahrscheinlich nicht sehr glücklich«, überlegte Tessa.

»Wieso?«, fragte ich verwundert.

»Na, als Vanessa noch im Chor mitgesungen hat, waren sie und Annabelle doch die größten Konkurrentinnen. Die haben sich doch aufs übelste angezickt. Hast du das Konzert vom Chor im vorletzten Jahr vergessen?«

»Ah!«, entfuhr es mir, als ich mich erinnerte. Daher kannte ich ihr Gesicht.

Sie hatte im Chor mitgesungen und auch einige Solos bei den Schulaufführungen gehabt. Ihre Stimme war gut, soweit ich es in Erinnerung hatte. Dennoch war sie aus dem Schulchor geflogen, weil sie bei dem letzten Konzert Annabelle von der Bühne geschubst hatte.

Kais Schwester hatte sich nichts getan und es hatte durchaus lustig ausgesehen, wie die beiden versucht hatten, sich während ihres Duetts gegenseitig die Show zu stehlen, aber Herr Morino hatte dieses Verhalten nicht länger toleriert und Vanessa die weitere Teilnahme am Chor oder anderen musikalischen Projekten, welche er betreute, verboten.

»Stimmt. Ich erinnere mich«, erwiderte ich, ehe ich das Thema wechselte.

»Wie kommst du klar?«, fragte ich Tessa.

Es war ein Zeichen unserer langen Freundschaft, dass sie sofort wusste, was ich meinte.

»Es geht. Ich habe immer noch das Gefühl, mein Herz bleibt stehen, sobald ich auf die Bühne muss ... aber es wird besser. Und die Proben machen Spaß«, antwortete Tessa und warf mir ein verhaltenes Lächeln zu.

»Das freut mich. Und es bedeutet mir eine Menge, dass du mitspielst«, antwortete ich und ließ mich kurz mit der Schulter gegen sie sinken, um Tessa freundschaftlich zu stupsen.

»Ich muss gestehen, ich glaube, ich tue es sogar mehr für mich als für dich. Ich meine ... verrat das bloß nicht Leo, aber ich glaube, dass er irgendwo recht hat. Ich muss einfach mal etwas riskieren und mutiger werden. Weil ... ich möchte mich auch trauen anderes zu wagen ...«

»Was möchtest du denn wagen?«, fragte ich, erhielt überraschenderweise aber keine Antwort.

***

♫♪♫♪♫♪♫♪♫♪♫♪♫♪

Weißt du noch, wie wir erbebten,
als wir zwei zum Tanze schwebten?
Du brauchst mich.
Ja, du brauchst mich.

♫♪♫♪♫♪♫♪♫♪♫♪♫♪

Wäre mir nicht allzu bewusst gewesen, dass beinahe sämtliche Blicke meiner Mitschüler und Lehrer während dieser Probe auf uns ruhten, hätte ich mich zu einem kleinen Seufzer hinreißen lassen.

Was allerdings absolut unpassend gewesen wäre, da der Tod

soeben Elisabeths zweijährige Tochter geholt hatte, welche nun in Form einer Puppe zwischen uns in einer Kiste beziehungsweise im Sarg lag.

Noah kauerte in seiner Rolle als Franz-Josef neben mir, betrauerte seine Tochter, während Kai auf der anderen Seite der Kiste kniete. Dabei blickte er mir unverwandt in die Augen und sang gefühlvoll und sanft *Die Schatten werden länger* weiter.

♫♪♫♪♫♪♫♪♫♪♫♪♫♪
Gib doch zu, dass du mich mehr liebst
als den Mann an deiner Seite.
Auch wenn du ihm scheinbar mehr gibst,
du ziehst ihn in die Nacht.
♫♪♫♪♫♪♫♪♫♪♫♪♫♪

Wir probten das Musical in den letzten drei Wochen beinahe täglich und auch diese Szene spielten wir nicht zum ersten Mal, dennoch fiel es mir schwer mich auf das eigentliche Geschehen der Szene zu konzentrieren.

Kai mochte ja sein wie er war, aber seine Stimme war einfach wundervoll. Je öfter ich ihr lauschte, desto mehr verursachte sie mir eine Gänsehaut und ein wohliges Gefühl in der Brust. Sein Anblick tat natürlich sein Übriges. Er war wirklich ein hübscher Kerl und was das Musical betraf war ich inzwischen wirklich hingerissen.

♫♪♫♪♫♪♫♪♫♪♫♪♫♪
Die Schatten werden länger.
Es wird Abend, eh' dein Tag begann.
Die Schatten werden länger.
mit dir stirbt die Welt, halt dich nicht fest daran.
♫♪♫♪♫♪♫♪♫♪♫♪♫♪

Widerwillig ließ ich mich von Noah wieder auf die Beine stellen und von der Bühne führen, wie es die Szene verlangte. Die Musik endete und Herr Morino klatschte zweimal kurz in die Hände.

»Sehr gut! Sehr, sehr gut. Die Damen, Sie dürfen alle wieder anfangen zu atmen«, rief er in die Runde und erntete verhaltenes Gelächter.

»Der Herr auch«, wandte er sich noch gezielt an Louis, der sein Gesicht auf die Hände abgestützt hatte und absichtlich Kai weiter verträumt anstarrte.

»Also, die Szene passt schon gut. Sasha, bitte versuche noch etwas mehr geschockt und weniger fasziniert zu wirken. Der Tod hat ihr gerade ihre Tochter entrissen.«

Ich nickte zur Antwort und trat dann zur Seite, damit die nächste Szene geprobt werden konnte.

»Hey Schätzchen. Ich bräuchte einen Gefallen von dir«, flüsterte Leo, während er sich an meine Seite stellte.

»Sicher, worum geht's?«

Leo schüttelte nur den Kopf.

»Nicht jetzt. Ich hab dir eine Adresse aufs Handy geschickt. Kannst du da heute Abend hinkommen? So um achtzehn Uhr?«

»Ähm klar …«, antwortete ich, ohne den Argwohn aus meiner Stimme zu verbannen.

Das klang seltsam geheimnisvoll und so überhaupt nicht nach Leo.

Er ging nicht weiter darauf ein, also blieb für mich nur abzuwarten.

***

Die Adresse, zu der mich Leo bestellt hatte, war ein hübsches zweistöckiges Familienhaus mit anthrazitfarbenem Flachdach, welches recht frei inmitten eines grasbewachsenen Grundstücks stand. Ich folgte der breit gepflasterten Einfahrt bis zum überdachten Eingang, doch bevor ich die Haustür erreichte, hielt mich das Rufen meines Namens zurück. Ich wand mich um und erkannte Leo unter zwei Bäumen, die recht einsam neben der Garage standen. Ich wand mich ab und ging zu ihm.

»Was machst du denn hier?«, fragte ich.

»Ich warte, dass Annabelle rauskommt«, antwortete er.

»Was? Wieso?«

»Weil sie hier wohnt.«

Ergo, dies war auch Kais Zuhause. Automatisch drehte ich mein Gesicht erneut zum Haus, ehe ich mich wieder der dringenderen Frage zuwandte.

»Und was machen wir dann hier? Wieso wartest du auf Annabelle?«

»Weil ich mit ihr ins Kino gehen möchte«, antwortete Leo.

»Wieso?«

»Weil wir ein Date haben!«, erwiderte er, als wäre ich schwer von Begriff.

Ich gab mir nicht mal die Mühe, mein Entsetzen zu verbergen. Mein Mund klappte auf und meine Augen wurden groß.

»Du bist nicht schwul????«, schrie ich laut und schrill, was Leo veranlasste sich erschrocken umzuschauen und beschwichtigend die Hände zu heben.

»Seit wann bist du nicht schwul?! Weiß das deine Mutter?!«

»Entspann dich«, antwortete er und legte mir beruhigend die Hände auf die Schultern.

»Erst einmal. Wenn ich jemanden mag, geht es mir um die Person. Da ist es mir egal, ob weiblich oder männlich. Und im Moment finde ich Annabelle nett und würde sie gerne noch besser kennenlernen«, erklärte er sanft lächelnd.

»Wieso?«

»Weil ich mich in den letzten Wochen immer mal wieder während den Proben mit ihr unterhalten habe und sie ganz anders ist, als ich immer gedacht habe. Sie ist eigentlich echt nett und witzig, wenn man sie etwas besser kennenlernt.«

»Wieso?«

»Ach, Sasha, die Menschen sind nicht immer so, wie sie auf den ersten Blick erscheinen.«

»Aber wieso?«

»Ach je ... jetzt habe ich sie wohl kaputt gemacht«, sagte Leo nachdenklich zu sich selbst und ließ den Blick an mir auf- und abwandern.

»Wieso?«, fragte ich wieder, einfach unfähig noch etwas anderes von mir zu geben.

»Hey! Wo bleibt ihr?«, drang jetzt auch Annabelles Stimme an mein Ohr. Leo drehte mich wieder zum Haus und ich sah Kais Schwester mit fragendem Blick in der geöffneten Haustür stehen. Mit sanftem Druck schob Leo mich vorwärts.

»Wie auch immer. Hör zu, mein Herz. Ich brauche jetzt einfach für ein paar Stunden deine Hilfe. Du musst mehr oder minder Schmiere stehen«, flüsterte er.

»Wieso?«, fragte ich automatisch. Dabei bezog sich meine Frage nicht mal wirklich auf seine Worte, sondern weiter auf die gesamte Situation. Wieso stand Leo plötzlich auf Frauen? Und wieso, oh wieso, ausgerechnet auf jemanden wie Annabelle?!

Damit wurde mein Hirn einfach nicht fertig.

»Anni ... «

Oh nein, jetzt fing er auch schon so an.

» ... hat eigentlich noch immer Hausarrest. Ich werde das jetzt nicht zu lange ausführen. Es hat jedenfalls dafür gesorgt, dass sie einen heftigen Streit mit ihrem Bruder gehabt hat und die beiden schon seit mehreren Wochen kein Wort mehr als nötig miteinander reden. Daher würde Kai sie auch nicht decken, wenn rauskommt, dass sie sich rausgeschlichen hat, um mit mir ins Kino zu gehen.«

»Wieso?«

»Weil der Film nur noch heute Abend läuft und wir ihn beide gerne sehen würden. Wie auch immer. Ist ja jetzt letztlich egal. Du sollst einfach nur als Vorsichtsmaßnahme dienen.

Ihre Eltern sind heute unterwegs und kommen erst spät nach Hause. Kai hat Bandprobe und sollte auch erst nachhause kommen, wenn wir schon wieder aus dem Kino zurück sind. Wir brauchen deine Hilfe nur für den unwahrscheinlichen Fall, dass Kai doch früher da ist.«

»Was stellt ihr euch denn vor?«, fragte ich, während Leo mich an Annabelle vorbei durch die Haustür schob. Hey, ich war wieder zu anderen Antworten fähig! Das war doch was!

»Nichts Schlimmes. Ich weiß besser als jeder andere, dass du nicht lügen kannst. Du sollst auch weder Kai noch sonst jemandem begegnen. Wichtig ist nur, dass du in Annabelles Zimmer bleibst und gegebenenfalls für Geräusche sorgst«, erklärte Leo.

»Rumlaufen oder irgend sowas. Kai geht nicht in mein Zimmer, keine Sorge. Wir reden im Moment nämlich kaum miteinander. Es ist nur wichtig, dass es sich anhört, als wäre jemand im Raum, für den Fall, dass er früher von der Probe zurück kommt. Er würde sonst misstrauisch werden, wenn aus meinem Zimmer nichts zu hören ist«, ergänzte Annabelle und gemeinsam verfrachteten sie mich eine Treppe nach oben und in ihr Zimmer.

Ich hatte vor Schock keinen Blick für die Inneneinrichtung gehabt. Jetzt ließ ich meine Augen über Annabelles Zimmer schweifen. Es sah alles recht nett und ordentlich aus. Etwas rosa lastig und prinzessinnenhaft ... sie hatte sogar ein richtiges Himmelbett ... aber trotzdem nett.

»Bitte Sasha, kannst du mir diesen Gefallen tun?«, fragte Leo und führte mich zum Bett, damit ich mich setzte.

Ich schaute immer wieder zwischen Leo und Annabelle hin und her. Natürlich würde ich ihm diesen Gefallen tun. Ich hatte schon immer so gut wie alles getan, wenn meine Freunde mich darum gebeten hatten.

Trotzdem war die einzige Erwiderung, die mir gegenüber bei den beiden einfiel, ein erneutes, weinerliches:

»Wieso?«

»Du bist ein Schatz!«, antwortete Leo und ging nun Annabelle vor sich hinschiebend zur Tür.

»Ich habe dir was zu trinken auf den Schreibtisch gestellt. Denke, spätestens um neun sind wir wieder hier«, sagte Annabelle, ehe beide gänzlich aus dem Zimmer traten und die Tür hinter sich schlossen.

»Wiesooooo?«, blieb meine einzige Erwiderung in die Stille hinein.

***

Zumindest konnte ich nicht behaupten, mich die folgende Zeit zu langweilen. Eine komplette Stunde war ich allein damit beschäftigt, mit Tessa per WhatsApp zu schreiben. Sie war nicht minder geschockt darüber, dass Leo jetzt offensichtlich auch auf Frauen stand.

Auch wenn Leo nie gesagt hatte, dass er Männer bevorzugte, war ich doch all die Jahre davon ausgegangen. Ich meine, wenn wir einkaufen gingen, war es Leo gewesen, der unsere Klamotten und Schuhe aussuchte. Er hatte mit uns alle Staffeln *Queer as Folk* geschaut, weil er die Typen so verdammt heiß fand, und er vergötterte Hugh Jackman.

Auch Tessa hätte nie damit gerechnet, dass sein erstes offizielles Date daher mit Annabelle sein würde. Ausgerechnet mit der. Das war ja eigentlich noch der größere Schock. Es gab so viele nette Mädchen an unserer Schule. Konnte er sich für seine heterosexuellen Erfahrungen nicht eine ... irgendeine ... von diesen aussuchen?!

Das konnte doch nicht zu viel verlangt sein?!

Ich steckte das Telefon zurück in meine Tasche, nachdem ich Tessa genau das geschrieben hatte, und ging zur Tür. Vorsichtig lauschte ich, aber es war weiterhin nichts zu hören. Offensichtlich waren wirklich alle Familienmitglieder ausgeflogen.

Dennoch drückte ich sehr langsam die Türklinge nach unten, schob mich auf Zehenspitzen aus dem Raum und machte mich dann auf die Suche nach einem Badezimmer.

Dabei nahm ich mir die Zeit, diesmal etwas mehr von der Inneneinrichtung zu betrachten. Allgemein verströmte Kais Zuhause eine helle, freundliche Atmosphäre. Die Bauweise des Hauses ermöglichte viel Platz. Die hohen Wände waren gesäumt mit unterschiedlichen Gemälden. Keine moderne Kunst, welche ich persönlich nicht verstand, sondern wunderschöne Gemälde mit Landschaften, Tieren oder mir gänzlich unbekannten Menschen. Ich musterte die einzelnen Bilder und fand bei jedem die gleiche, kaum lesbare Signatur am unteren Bildrand. Alle waren also vom selben Künstler.

Wer auch immer in Kais Familie malte, falls die Bilder überhaupt von einem Familienmitglied stammten, hatte Talent.

Ich löste mich von den Gemälden und schlich noch immer betont leise den Gang entlang. Dabei war das ziemlich unnötig. Der petrolfarbige Läufer, der über dem gräulich-braunen Holzboden entlanglief, schluckte gänzlich meine Schritte.

Ich stoppte vor der nächsten Tür und warf vorsichtig einen Blick hinein.

Das weitläufige Atelier dahinter verriet, dass die Gemälde wohl doch von einem Familienmitglied stammen mussten. Obwohl es mich reizte durch das Zimmer zu schlendern, bei Tageslicht musste es wunderschön sein, dank der vielen hohen Fenster, schloss ich die Tür wieder und steuerte die nächste an.

Auch hier wagte ich einen vorsichtigen Blick und kam zu dem Schluss, dass es sich um Kais Zimmer handeln musste. Das Bett war etwas unordentlich und der Schreibtisch ließ sich unter den ganzen Notenblättern, die darauf verteilt waren, nur erahnen, aber ansonsten war es sauber und einladend.

Kai hatte keine Poster oder ähnliches an den Wänden. Dafür aber Regalreihen voller CDs, drei verschiedene Musikanlagen und Instrumente.

Ich sah eine Gitarre, eine E-Gitarre, ein Keyboard, Schlagzeug und sogar eine Geige.

Ob er all diese Instrumente spielen konnte?

Interessanterweise standen sämtliche Musikinstrumente auf der einen Seite des Bettes, während es sich wohl auf der gegenüberliegenden Seite eher um seinen Wohnbereich handelte. Dort stand ein gemütliches, lederbezogenes schwarzes Zweisitzer-Sofa, inklusive passendem Sessel und kleinem runden Tisch neben einem hohen Bücherregal.

Es interessierte mich, welche Lektüre Kai bevorzugte, aber ich betrat sein Zimmer nicht um nachzuschauen. Es kam mir nicht richtig vor weiter in seine Privatsphäre vorzudringen. Obwohl es mir schwerfiel. Vor allem, weil hinter dem Sofa eine hohe Glastür auf den Balkon führte und die untergehende Sonne einen wundervollen Anblick versprach, den man von dort sicher perfekt genießen könnte.

Dennoch schloss ich die Tür wieder und bei der nächsten hatte ich Glück und fand das Badezimmer.

Ich ging zur Toilette und als ich danach den Wasserhahn öffnete und mir die Hände wusch, hörte ich die Haustür mit einem lauten Knall ins Schloss fallen, woraufhin mein Herzschlag kurz aussetzte.

Traum ohne Erwachen

Ganz ruhig. Ich zwang mich selbst den Atem, welchen ich angehalten hatte, wieder auszustoßen, ehe ich zur Tür schlich und mein Ohr gegen das Holz presste. Ich hörte ein Klirren, vielleicht von einem Schlüssel, der abgelegt wurde und danach Schritte, die sich näherten. Jemand kam die Treppe nach oben.

Ich vergaß erneut zu atmen, während die Person an dieser Tür vorbeiging und eine andere Tür in der Nähe öffnete. Dem mulmigen Gefühl in meinem Inneren folgend öffnete ich die Tür einen Spalt breit und spähte hindurch.

Viel konnte ich so nicht erkennen, aber, dass die Tür zu Kais Zimmer geöffnet war. Da ich diese ganz sicher zugemacht hatte, brauchte ich nicht zweimal zu raten, wer nach Hause gekommen war. Verdammt! Leo und Annabelle hatten doch gesagt, er würde nicht vor ihnen kommen. Jetzt war es viertel nach acht. Wenn die anderen beiden bis neun zurück sein wollten, war er aber um einiges früher nach Hause gekommen. Mist! Mist! Mist!

Atmen! Erinnerte ich mich wieder. Sollte ich einfach im Badezimmer bleiben, bis Annabelle zurück war?! Nein. Dumme Idee. Vielleicht wollte Kai ja noch duschen oder musste auch mal auf die Toilette.

Blieb nur, zurück in Annabelles Zimmer. Was aber bedeutete, dass ich an Kais Zimmer vorbeigehen musste. Vorsichtig öffnete ich die Badezimmer Tür weiter, schlich mich nah an der Wand entlang hinaus und spähte zu Kais Tür. Sie stand ein Stück weit offen und ich bekam eine ansehnliche Rückenansicht von ihm zu sehen, als er gerade dabei war, sich ein T-Shirt überzuziehen. Meine Voyeur-Tätigkeit nicht weiter ausbauend nutze ich den Moment, dass er mit dem Rücken zu mir stand, und schlich mich vorbei. Ich eilte weiter, öffnete Annabelles Tür und hörte ein »Anni?«, gerade als ich die Tür hinter mir schloss.

Verdammt! Bitte hab mich nicht gesehen! Bitte hab mich nicht gesehen!

Dieser Gedanke ging in Dauerschleife durch meinen Kopf, während ich mich mit geschlossenen Augen mit dem Rücken gegen die Tür drückte, als ob es alles besser machte, wenn ich mich nur nicht umsah.

Es blieb still. Erleichtert atmete ich aus und entspannte mich.

Zwei Sekunden lang.

Bis ein Klopfen an der Tür mir einen erneuten Herzinfarkt bescherte.

»Anni?«, drang Kais Stimme gedämpft durch die Tür.

Mit wachsender Panik gab ich einen murrenden Laut von mir, den man wohl als Lebenszeichen deuten konnte.

Leo sagte, die beiden hätten sich gestritten. Dann war es doch normal, wenn seine Schwester keine vernünftige Antwort gab, oder?

»Anni ... ach verdammt. Mach mal auf, ich muss mit dir reden.«

NEIN!!!!

Verflucht nochmal! Er konnte doch wohl an jedem anderen Abend ihre geschwisterlichen Differenzen beiseitelegen. An jedem anderen Abend, nur nicht heute. Oder jetzt nicht. In etwa einer Stunde wäre es ganz passend.

Er klopfte erneut.

»Komm schon, es ist wichtig.«

Panisch sah ich zum Türschloss. Kein Schlüssel! Ich konnte nicht einmal abschließen. Man, waren die aber vertrauensvoll in dieser Familie.

»Anni!«

Kai klopfte erneut und es klang schon deutlich energischer.

Das war nicht gut. Gar nicht gut. Ich war für so etwas nicht geschaffen. Ich neigte zu dummen Entscheidungen, wenn ich in Panik geriet.

Daher bestand meine Reaktion, als sich die Türklinge langsam nach unten drückte auch darin, einen Hechtsprung zum Bett zu machen und mich, wie eine überdimensionale Sushi-Rolle in die Bettdecke einzuwickeln.

»Anni?«, fragte Kai erneut und der Stimme nach stand er jetzt im Zimmer und ich hörte quasi sein das Stirnrunzeln.

»Was ist los? Bist du krank?«

Ich gab nochmals einen nicht definierbaren Laut von mir und zog die Decke noch enger um mich.

»Okay. Dauert auch nicht lange. Es geht um Nicole. Sie ... könntest du mich wenigstens kurz anschauen, wenn ich mir dir rede?«

Ich spürte einen Stups gegen die Decke und rollte mich weg.

»Was soll ...?«

Ich hörte Kai zur anderen Seite des Bettes gehen, woraufhin ich mich wieder in die entgegengesetzte Richtung rollte.

Super. Eine große Sushi-Rolle, die kreisrund durchs Bett rollte.

Wenn das nicht absolut unverdächtig wirkte!

Es gelang mir noch einmal, Kai auf diese Weise zu entkommen, ehe er mit einem beherzten Griff die Decke nach oben riss.

Sein Gesicht sagte mehr als deutlich, dass ich der letzte Mensch war, den er im Bett seiner Schwester vermutet hätte.

»Was machst du denn hier?«, fragte er, wohl nicht sicher, ob er überrascht oder eher geschockt sein sollte.

»Ähm ...«, entgegnete ich langsam und krabbelte so vom Bett, dass ich es zwischen mich und Kai brachte.

»Ich bin hier, weil ... also ich ... wir ... üben! Genau. Ich probe mit deiner Schwester für das Musical!«

Kai verschränkte die Arme vor der Brust und lehnte sich gegen einen Pfosten des Himmelbetts, während er mich aus zusammengekniffenen Augen musterte.

»Du bist eine grauenhafte Lügnerin. Hat dir das schon mal jemand gesagt?«

Ja. Allerdings fand ich, dass meine Notlüge doch noch äußerst plausibel geklungen hatte.

»Wo ist meine Schwester?«

»Ähm ... sie ist ... im Bad! Sie wollte ins Bad!«

»Aha«, erwiderte Kai wenig überzeugt und drehte das Gesicht zur Tür.

»Dann geh ich doch mal nachschauen«, sagte er herausfordernd, wandte sich ab und ging durch die Tür.

NEIN! Ich war wirklich nicht gut in so etwas.

Ich eilte ihm nach und brachte Kai in bester Rugbymanier zu Fall. Dem Teppich war zu verdanken, dass es nicht schmerzhaft wurde.

»Sag mal, hast du sie nicht mehr alle?!«

Das befürchtete ich langsam auch.

Dennoch presste ich mich weiter gegen Kais Rücken und hielt seinen Unterarm auf den Boden gedrückt, damit er nicht aufstand.

»Keiner wird gern gestört, wenn er auf der Toilette ist!«, sagte ich hastig.

Kai drehte das Gesicht in meine Richtung und kam damit dem meinem so nah, dass ich seinen Atem darauf spüren konnte. Nur mein Wille, ihn festzuhalten, verhinderte dass ich zurückwich.

»Ach, ist das so?«, fragte er sarkastisch.

»Ist es!«

Wir lieferten uns ein stilles Blickduell, das er verlor, weil er letztlich blinzelte.

»Geh jetzt runter von mir!«, sagte er dann deutlich ruhiger, aber mit fester Stimme.

»Was hast du vor, wenn ich es tue?«

»Zum Badezimmer zu gehen.«

»In diesem Fall … Nein.«

» … «

Es folgten weitere Sekunden der Stille, in denen mich Kai nur musterte.

»Also bleiben wir hier liegen?«, fragte er letztlich.

»Möglicherweise.«

»Schön … dann aber so, dass es für mich bequemer ist!«

Ich gab einen erschrockenen Laut von mir, als er in einer fließenden Bewegung mir seinen Arm entzog, mein Handgelenk umfasste und sich so drehte, dass ich von ihm runterrutschte und auf dem Rücken liegend plötzlich unter ihm war.

Erschrocken hob und senkte sich meine Brust in raschen Atemzügen und ich nahm überdeutlich wahr, wie mein Busen dabei immer wieder gegen seine Brust gedrückt wurde.

Das war nah. Viel, viel zu nah.

Einen Augenblick lang wirkte Kai, als wollte er aufstehen, schien es sich dann aber doch anders zu überlegen. Er verweilte schweigend weiter halb auf mir liegend und sah mir einfach nur ins Gesicht. Seine freie Hand legte sich auf meinen anderen Unterarm und er strich mit dem Daumen über mein Handgelenk.

Er konnte sicher fühlen, wie mein Puls raste.

»Was macht ihr denn da?«

Und der nächste Herzinfarkt!

Ich drehte zeitgleich mit Kai das Gesicht in Richtung Treppe zu seiner Schwester, die uns mit verwunderter Miene anstarrte.

»Wo warst du?«, fragte Kai ohne auf ihre Frage einzugehen und ohne sich auch nur einen Millimeter zu bewegen.

»Im Bad! Wie ich schon sagte«, antwortete ich hastig, bevor Annabelle auch nur den Mund aufmachen konnte.

Dass sie auf der Treppe stand, entkräftete eventuell meine Aussage, aber das Haus war so groß, sie hatten sicher auch ein Badezimmer im unteren Bereich ... hoffte ich zumindest.

Ich wandte mein Gesicht wieder Kai zu, dessen Miene ich nicht richtig deuten konnte. Er wirkte gelangweilt, aber gleichzeitig als versuche er nicht zu lachen.

»Du willst das jetzt bis zum bitteren Ende durchziehen, oder?«, fragte er, durchaus amüsiert.

»Das muss ich!«, erwiderte ich stur.

Wir wussten beide, dass ich gelogen hatte. Aber ich würde mir eher die Zunge abbeißen, als das jetzt noch zuzugeben.

»Toilette«, stimmte Annabelle zu und es vergingen wieder Momente des Schweigens, ehe Kai letztlich doch aufstand und mir ebenfalls auf die Beine half.

»Wir reden noch«, sagte er zu seiner Schwester.

»Ja ähm ... wir nicht mehr«, erwiderte ich an beide gerichtet.

Ich eilte in Annabelles Zimmer, um mein Telefon und meine Schuhe, welche ich vorher ausgezogen hatte, zu holen und bewegte mich, so schnell ich konnte ohne zu rennen, zur Treppe.

»Also ich muss dann los. Wir proben einfach ein andermal weiter«, wandte ich mich, so gut gelaunt wie möglich, an Annabelle, gab ihr einen hoffentlich freundschaftlich wirkenden Klaps auf die Schulter und machte dann, dass ich aus dem Haus kam.

***

»Oh Gott!«, stöhnte ich und vergrub beschämt das Gesicht in den Händen, nachdem ich mir vor der Tür noch schnell meine Schuhe angezogen hatte.

Ich war mir nicht sicher, was das Peinlichste am heutigen Abend gewesen war, aber so gut wie alles schaffte es definitiv in die Top Ten.

Die Haustür öffnete sich hinter mir und ließ mich erneut erstarren.

Ich beobachtete stirnrunzelnd Kai dabei, wie er sich eine Jacke überzog.

»Was machst du?«, fragte ich.

»Dich nach Hause bringen«, erklärte er ruhig, als wäre es das Normalste auf der Welt.

»Das ist …«, extrem nett, dachte ich. » … unnötig«, vollendete ich allerdings den Satz.

»Wie gut, dass ich mir von dir ja nicht vorschreiben lassen muss, womit ich meine Zeit verbringe«, erwiderte er, vergrub die Hände in den Jackentaschen und wartete darauf, dass ich mich in Bewegung setzte.

»Was soll's«, murmelte ich leise. Wir mussten ja nur bis zur nächsten Bushaltestelle. Das waren nur ein paar Minuten Fußweg. Trotz der inzwischen kühlen Luft fühlten sich meine Wangen noch immer warm an und es fiel mir schwer, an etwas anderes zu denken als an Kai, wie er an mich gedrückt lag und sein Daumen über meine Haut strich. Mir war alles so unsagbar peinlich, weil ich mich so bescheuert benommen hatte, aber dieser Moment hatte sich aufregend und in gewisser Weise angenehm angefühlt. Automatisch rutschten meine Gedanken weiter zu diesem ganz, ganz kurzen Kuss im Bus. Ich überlegte, ob ich ihn doch noch darauf ansprechen sollte, entschied mich aber dagegen. Er machte solche Sachen wahrscheinlich andauernd und hatte es daher mit Sicherheit bereits vergessen.

»Kannst du mir zumindest verraten, ob es ein totaler Idiot ist?«, unterbrach Kai die Stille, woraufhin ich ihn verständnislos anschaute.

»Wer?«

»Der Typ, für den Anni sich heute rausgeschlichen hat. Ist er … gut genug?«, fragte Kai ohne mich anzusehen. Sein Blick ging stur geradeaus.

Ihm seine Frage zu beantworten hieß offen zuzugeben, dass

Annabelle, entgegen ihres Hausarrests, unterwegs gewesen war. Wobei mir klar war, dass Kai wusste, dass ich gelogen hatte … ich war nun mal eine schrecklich miese Lügnerin … es würde doch in gewisser Weise ein Verrat an Leo bedeuten, ihm seinen Verdacht noch zu bestätigen.

Trotzdem … Ich musterte interessiert sein Profil, welches durch die Straßenlaternen ausreichend beleuchtet wurde. Er war nicht sauer. Er machte sich einfach Sorgen um seine kleine Schwester.

»Nein. Kein Idiot«, antwortete ich leise. Zumindest nicht, wenn es darauf ankam.

»Aha«, war alles, was er darauf antwortete.

Weitere Momente des Schweigens vergingen und auch wenn die Stille nicht unangenehm war, fühlte ich mich nervös. Meine Sinne reagierten alle heftig auf Kai und ich war mir seiner gesamten Präsenz nur allzu bewusst.

»Die Bilder in eurem Haus sind sehr schön«, versuchte ich letztlich doch ein Gespräch in Gang zu bringen.

»Sie sind von meiner Mutter.«

»Sie ist Künstlerin? «, fragte ich neugierig, woraufhin Kai nickte.

»Nebenberuflich. Sie gibt mitunter auch Kurse an Hochschulen, aber hauptberuflich ist sie Galeristin.«

»Und dein Vater?«

Ich wollte nicht neugierig wirken, aber ein Teil von mir begann, sich für Details aus Kais Leben zu interessieren.

»Er ist Architekt.«

»Also habt ihr in eurer Familie alle eine künstlerische Ader«, schlussfolgerte ich, was ihn lächeln ließ.

»Kann man so sagen, ja. Warum gibt es bei dir nie ein zweites Date?«, wechselte er überraschend das Thema.

»Was?«, fragte ich perplex und blieb stehen.

Kai stoppte ebenfalls und drehte sich in meine Richtung, bis er direkt vor mir stand.

»Ich weiß von einigen Jungs aus der Schule, die eine Verabredung mit dir hatten. Und einige davon wären einem zweiten Date durchaus nicht abgeneigt gewesen, aber das hat sich nie ergeben. Ich interessiere mich nur für das Warum?«

Ein anderes Warum interessierte mich ebenfalls. Warum redeten die Jungs in der Schule über mich?

Der Gedanke verursachte mir ein unangenehmes Gefühl.

»Sie reden nicht wirklich schlecht über dich«, beruhigte mich Kai, der meinen Gesichtsausdruck richtig gedeutet hatte.

»Nicht wirklich schlecht? Was heißt nicht wirklich schlecht?«, fragte ich scharf.

»Ganz ruhig. Es gibt keinerlei Gerüchte, dass einer was mit dir laufen hatte. Du giltst als nicht leicht zu haben, wenn dir das Sorgen macht. Eher fielen solche Wörter wie frigide, statt ... na ja, du weißt schon«, antwortete Kai und fuhr sich unruhig durch die Haare.

Er wirkte, als bereue er das Thema angesprochen zu haben.

Pech! Jetzt wollte ich es genauer wissen.

»Frigide?!«, fauchte ich.

Nur weil ich nicht sofort bei einem ersten Date rumknutschte oder mich befummeln ließ, war ich doch noch lange nicht frigide.

»Was wird sonst noch über mich erzählt?«

»Jetzt ... es ist ja nichts Schlimmes. Es hat nur ... ein bisschen Wettbewerbsfeeling bekommen, dich auf ein Date einzuladen. Viele machen das inzwischen, um zu sehen, ob sie dich zu einem zweiten Date bekommen.«

»Und daran soll nichts schlimm sein?!«, erwiderte ich einen Tick zu laut und mit wachsender Wut.

Ich hatte meine Zeit geopfert und die Chance auf ein Date gegeben, weil ich keine Gefühle hatte verletzen wollen. Und für die Jungs war es ein Wettbewerb?!

»Du brauchst dir keine Gedanken um ein zweites Date zu machen.

Denn es wird auch kein erstes geben!«, fauchte ich und schob mich an Kai vorbei.

Nicht dass Kai mich auf ein Date eingeladen hatte, es war ja nicht mal so, dass er es angedeutet hatte, aber ich fühlte mich gerade so wütend, dass er schlicht und ergreifend als Kollateralschaden herhalten musste.

»Sasha, pass auf!«

Seine Hand umfasste meinen Ellenbogen und zog mich zurück.

Keine Sekunde zu spät, denn direkt vor mir rauschte ein Auto vorbei.

Wir dumm von mir. Ich hatte weder nach links noch rechts geschaut, als ich die Straße überqueren wollte, um zur Bushaltestelle zu gelangen.

Erschrocken nahm ich ein paar tiefe Atemzüge, ehe ich bemerkte, dass Kai mich zu sich gedreht hatte und ich jetzt regelrecht in seinen Armen lag. Ich spürte seine Hand tief auf meinem Rücken ruhen und seinen Atem, der über meine Schläfe strich.

Beides half nicht meinen Herzschlag und Atmung wieder zu beruhigen.

»Ich bekomme also weder ein erstes, noch ein zweites Date?«, flüsterte er mir ins Ohr und ein angenehmer Schauer durchfuhr mich. Diese Stimme war so unglaublich angenehm.

»Nein, bekommst du nicht.«

Meine Antwort war kaum mehr als ein Hauchen. Ich erinnerte mich nicht jemals solches Herzklopfen verspürt zu haben wie in jenem Moment.

Kai zog den Kopf etwas zurück, um mir wieder ins Gesicht sehen zu können.

»In Ordnung. Ich bin flexibel und nehme dann eben, was ich kriegen kann.«

Im nächsten Augenblick legten sich seine Lippen auf meine. Diesmal war es kein Kuss, den ich einfach als nicht existent deklarieren konnte. Ich spürte seine Lippen, seinen Geschmack und die Berührungen überdeutlich. Der Kuss war sanft, aber bestimmt.

Kais Hand legte sich in meinen Nacken, zog mich näher und verhinderte, dass ich zurückweichen konnte. Seltsamerweise stürzten während des Kusses Tausende von Emotionen auf mich ein, aber keine davon weckte das Bedürfnis zurückzuweichen. Vielmehr entspannte ich mich, schloss die Augen und drängte mich näher an Kai, während ich leicht meine Lippen öffnete, um seiner Zunge Zugang zu gewähren.

Das hier fühlte sich in keiner Weise vergleichbar an mit meinen Kuss-Übungen mit Leo und Tessa. Ich spürte eine ungeheure Leidenschaft von Kai ausgehen, die mich ebenfalls erfasste und mir sogar ein kleines Keuchen entlockte, als die Hand auf meinem Rücken nun meine Taille umschlang und mich noch enger an sich zog, bis ich nur noch auf Zehenspitzen den Boden berührte. Ich hatte keine Ahnung, wieviel Zeit verstrich, ehe Kai sich wieder von mir löste. Meine Atmung ging heftig und auch er schien Mühe zu haben, wieder zu Atem zu kommen. Dennoch beugte Kai sich erneut vor, um mir nochmals einen kurzen, aber unglaublich sanften Kuss zu geben.

»Ich ... ähm ... also mein Bus fährt«, erwiderte ich zögerlich.

Wahnsinn, das hätte Shakespeare bestimmt nicht besser ausdrücken können.

Was für ein selten dämlicher Kommentar! Die Sauerstoffknappheit hatte meinem Hirn wohl eindeutig nicht gutgetan!

Das sah Kai wohl ähnlich, denn seine Miene verriet Überraschung und eine Spur Unglaube.

Eventuell war das, was ich in seinen Augen erkannte, aber auch ein Hauch von Selbstzweifel. Die er definitiv nicht brauchte. Er konnte wahnsinnig gut küssen und es war ein wirklich, wirklich guter Kuss gewesen. Aber wegen der Scham, die mit jeder Sekunde in mir wuchs, schaffte ich es nicht, ihm das zu sagen, sondern folgte dem Drang zur Flucht. Ich wandte mich um, achtete diesmal darauf, erst in beide Richtungen zu blicken, ehe ich die Straße überquerte, und sandte still einen Dank gen Himmel, denn das Schicksal hatte so viel Einsehen mit mir, dass es mir direkt einen einfahrenden Bus schickte.

Ich ließ mich auf den nächsten Sitz sinken und hing ungläubig meinen Gedanken über das, was eben passiert war, nach.

»Was war das eben?«

Erschrocken fuhr ich in die Höhe, als Leo sich direkt neben mir auf den Sitz fallen ließ.

»Was machst du denn hier?«, fragte ich erschrocken.

»Ich habe vor Annis Haus auf dich gewartet, um dich nach Hause zu begleiten. Allerdings hat Kai dann auf diesen Part Anspruch erhoben und ich bin euch gefolgt. Musste ja letztlich eh in diese Richtung«, erwiderte er ungerührt.

»Du hast gespannt?«

»Herzchen, ich bin immer noch geschockt davon, dass es etwas zum Spannen gab. Also, was war das eben?«

»Ohhh nein! Mit mir beschäftigen wir uns erst, wenn wir das mit dir und Annabelle durchhaben!«, antwortete ich bissig.

Wobei das eher eine Ausrede war. Denn ich konnte Leos Frage nicht beantworten. Ich hatte nämlich selber keine Ahnung, was das gerade eben gewesen war.

»Was sollen wir da noch groß durchkauen. Ich finde ein Mädchen nett und möchte es einfach näher kennenlernen. Wir hatten heute unser erstes Date und der Abend war schön.«

»Aber ... wiesooooo sie? Wieso nur??«, begann ich erneut weinerlich, da mir wieder ins Gedächtnis gerufen wurde, dass wir von Annabelle redeten.

»Oh, jetzt geht das schon wieder los«, seufzte Leo gequält und rieb sich mit erschöpfter Miene über die Schläfen.

***

»Wieso?«

Man sollte es nicht meinen, aber die Frage kam zur Abwechslung nicht aus meinem Mund, sondern aus Tessas, während wir am nächsten Morgen das Schultor durchquerten.

»Ich schwöre, wenn ihr damit nicht endlich aufhört, schreie ich!«, knurrte Leo.

»Ja ... aber Annabelle? Ich meine ... du hast ja quasi die doppelte Auswahl. Sowohl Mädchen als auch Jungs. Warum also Annabelle?«

»Mädels ... lasst mir erstmal selber Zeit, sie besser kennenzulernen. Dann gebe ich euch ebenfalls gern Gelegenheit eure Meinung zu revidieren.«

Ich bezweifelte, dass es so kommen würde, aber wenn Leo es so wollte.

»Na schön. Aber hättest du nicht vorher mal erwähnen können, dass du auch auf Frauen stehst? Immerhin haben Sasha und ich uns des Öfteren vor dir umgezogen und alles«, murrte Tessa.

»Ach Sweetheart, nimm es mir nicht übel. Aber ihr seid wie Schwestern für mich. Egal wie oft ich euch schon in Unterwäsche oder nackt gesehen habe, da hat sich nie was in der Hose geregt«, antwortete Leo lapidar.

»Das spricht nicht für uns!«, erwiderten Tessa und ich unisono, ehe wir uns überrascht ansahen und lachten.

»Können wir jetzt mal von meinem Liebesleben Abstand nehmen und uns Sashas zuwenden?«, wechselte Leo das Thema, was Tessa aufhorchen ließ.

»Wieso? Was ist passiert?«, fragte sie neugierig.

Ich biss mir auf die Lippen. Ich hatte Tessa noch nichts von dem Kuss erzählt und eigentlich hatte ich es auch nicht vorgehabt. Ich hatte den Kuss, wie schon den letzten, überhaupt nicht zur Sprache bringen wollen.

»Ich … es gab gestern einen … kleinen Kuss … zwischen Kai und mir. Nichts Erwähnenswertes«, murmelte ich.

»Streich das »klein«. Und dieser Kuss darf sehr wohl Erwähnung finden!«, warf Leo ein.

»Du und Kai??«, fragte Tessa in meiner Mischung aus Unglauben und wachsender Begeisterung. Sie gab sogar ein kleines Quieken von sich.

»Das ist nichts und da wird sich auch nichts entwickeln!«, versuchte ich das Ganze gleich im Keim zu ersticken.

»Warum?«, fragte Leo und sein Tonfall war bei dieser Frage so ernst, dass es mich veranlasste stehen zu bleiben, um ihm bei der Antwort in die Augen zu sehen.

»Ihr wisst besser wie jeder andere, wie nachtragend ich sein kann, auch wenn ich es eigentlich gar nicht möchte. Die Sache mit dem Brief hat mich noch Jahre später geärgert, wenn ich daran dachte. Ich kann so etwas nicht einfach loslassen. Und damals hatte ich nicht das Geringste übrig für Kai. Wenn ich mir jetzt irgendwelche Gefühle ihm gegenüber erlaube … ihn anfange gern zu haben und beginne mir Hoffnungen zu machen … nur um dann festzustellen, dass er nur spielt … Ich … ich bin für so etwas einfach nicht der Typ. Ich kann nicht spielen und alles locker nehmen. Das würde nur schlecht für mich ausgehen.«

Ich bezweifelte, dass es meinen Freunden bewusst war, aber sie nickten kaum merklich bei meinen Worten und bestätigten mir so, dass ich recht hatte.

Ich hatte gestern noch sehr lange wachgelegen und darüber nachgedacht, um mir im Klaren zu werden, warum ich wegen des Kusses im Bus und auch über den wenige Stunden zuvor nicht weiter nachdenken wollte, beziehungsweise nicht vorhatte sie zu hinterfragen. Es würde nur zur etwas führen, in dem ich einfach ganz und gar nicht gut war.

»Ihr versteht … deshalb reden wir da gar nicht weiter drüber!«, schloss ich und steuerte unser Klassenzimmer an.

***

»Kann ich dir behilflich sein?«, fragte ich irritiert und betrachtete Louis mit einem Stirnrunzeln.

Er hatte sich zu Beginn der nächsten Probe am Nachmittag zu mir gesellt, das Gesicht in die Hände gestützt und, wenn ich es nicht besser wüsste, nämlich, dass ich schon aufgrund meines Geschlechts nicht seinem Typ entsprach, behauptet, er schmachtete mich an.

»Ich empfinde gerade eine zart wachsende Liebe für dich und nehme einfach deinen hübschen Anblick auf«, erwiderte er verträumt.

»Was?«, fragte ich und machte mir ernsthaft Sorgen, ob er unter Drogen stand.

»Mir ist schnell langweilig und ich habe oft das Gefühl, dass mich gar nichts mehr überraschen kann. Aber einen verunsicherten Kai, dessen Ego mal einen wohlverdienten Dämpfer abbekommen hat, empfinde ich als äußerst überraschend. Das haben wir dir zu verdanken. Damit hast du mir meinen Tag gerettet und dafür entbrennt in meinem Innern nun eine große Zuneigung zu dir!«

»Ich verstehe nicht … «

»Kai hat ein richtig gut ausgeprägtes Selbstbewusstsein. Und versteh mich nicht falsch. Ich liebe diesen Typen, inklusive seines Egos. Er ist einer der besten Freunde, die man haben kann. Aber jetzt zu sehen wie Kai, der sich so viel auf seine sexuellen Fähigkeiten einbildet, sich verunsichert fühlt, weil du nach einem Kuss nicht in seinen Armen zerschmolzen bist, sondern die Flucht ergriffen hast … das ist geradezu wie Weihnachten, Ostern und Geburtstag zusammen. Du kannst dir gar nicht vorstellen, wie wir ihn seit heute Morgen verarschen. Das macht so Spaß! Daher mal von uns Dreien ein fettes Danke!«

»Ähm … gern geschehen?«, erwiderte ich zaghaft, wobei es nicht wirklich die Antwort war, die ich hatte geben wollen.

Der Kuss war toll gewesen! Auch wenn ich selbst der Meinung war, dass Kais Ego keine weiteren Bestätigungen mehr brauchte, konnte er sich wirklich etwas darauf einbilden. Selbst wenn ich nicht weiter vorhatte, darüber nachdenken, was sich als schwer genug rausstellte, wollte ich nicht, dass Kai sich verunsichert fühlte.

»Na ja, das nächste Mal muss er sich einfach mehr Mühe geben!«, antwortete Louis mit einem amüsierten Grinsen, ehe er sich abwandte, um seine Szene zu proben.

Moment! Was hieß hier nächstes Mal?!

»Es gibt kein nächstes Mal. Warum auch?! Ich … ich spiele bei so etwas nicht mit!«, erwiderte ich, aber da hatte mich Louis schon stehen gelassen und ich war nicht sicher, ob er mich überhaupt noch gehört hatte.

***

♫♪♫♪♫♪♫♪♫♪♫♪♫♪

Elisabeth,
sei nicht verzweifelt.
Ruh' dich aus in meinem Arm.
Ich will dich trösten.

♫♪♫♪♫♪♫♪♫♪♫♪♫♪

Ich musste an mich halten, um mich nicht nach hinten gegen Kai sinken zu lassen. Seit unserem Kuss war über eine Woche verstrichen, in der ich ihn täglich gesehen hatte, da wir inzwischen dazu übergegangen waren, auch an den Wochenenden zu proben. So auch an diesem Samstag. Inzwischen war ich so verliebt in seine Stimme, dass ich einfach nur die Augen schließen und ihr lauschen wollte, wenn er sang. Aber das sah die Szene nicht vor. Genau genommen wäre Kai mir in dieser Szene auch gar nicht so nah wie jetzt. Aber Frau Griffuni, die inzwischen wohl sämtliche YouTube-Clips des Musicals auswendig kannte, hatte sich bei gewissen Szenen für die Stage-Version des Musicals entschieden. Daher saß ich jetzt auf dem gerade fertig erbauten Bett. Es stand mangels Schiebemöglichkeiten statt mittig seitlich auf der Bühne und Kai kniete direkt hinter mir. Seine Hände formten meine Silhouette nach und obwohl er mich nicht berührte, fühlte es sich doch genauso an.

♫♪♫♪♫♪♫♪♫♪♫♪♫♪
Flieh, und du wirst frei sein,
und alles Kämpfen wird vorbei sein.
Ich führ dich fort aus Raum und Zeit
in eine bess're Wirklichkeit.
♫♪♫♪♫♪♫♪♫♪♫♪♫♪

Seine Stimme klang wie die absolute Verführung.

Was natürlich auch Sinn der Sache war. Denn der Tod schürte die Verzweiflung der jungen Kaiserin, um sie zu verführen mit ihrem Leben abzuschließen und mit ihm zu kommen.

Kais Fingerspitzen strichen durch mein Haar, über meine Wange und legten sich unter mein Kinn, um mein Gesicht sanft in seine Richtung zu drehen. Gleichzeitig schob sich seine freie Hand unter meine Handfläche und er ließ seine Finger zwischen die meinen gleiten. Ich hielt den Atem an und hatte kurzzeitig das Gefühl, mein Herzschlag würde ebenfalls aussetzen, als Kai mich sanft, aber bestimmt nach hinten drückte und mir in der Bewegung folgte, bis seine Lippen kaum ein paar Zentimeter über meinen schwebten.

♫♪♫♪♫♪♫♪♫♪♫♪♫♪
Elisabeth!
Elisabeth!

Ich liebe dich.
♫♪♫♪♫♪♫♪♫♪♫♪♫♪

Dieser buchstäbliche Schlafzimmerblick unter den halb geschlossenen Lidern, die dichten dunklen Wimpern, sein Atem der nach Pfefferminze roch … ich fühlte mich wie in einen Traum versetzt. Langsam schloss ich meine Augen, wartete darauf, dass Kai noch die letzten Millimeter überbrückte, um seine Lippen auf meine zu legen.

Moment! Nein! Ich musste ja reagieren, konnte mich in meiner Rolle nicht dem Tod hingeben.

Es war nicht vorgesehen, dass Elisabeth hier resignierte. Vielmehr hatte sich ihre Melancholie in Trotz und Hass gewandelt, als ihre Schweigermutter ihr die eigenen Kinder entzogen hatte – und in der vorherigen Szene hatte sie ihrem Ehemann gedroht, ihn zu verlassen, und ihm ihr Ultimatum zukommen lassen.

Erschrocken riss ich die Augen auf und schupste Kai von mir. Das war für diese Szene zwar so vorgesehen, aber ich hatte dabei deutlich zu viel Schwung und Kai verhinderte nur durch einen beherzten Griff ans Bettgestell, dass er nicht komplett nach hinten und vom Bett fiel.

Er sagte nichts dazu, aber sein Stirnrunzeln war Antwort genug. Dennoch fuhr ich fort, als wäre nichts gewesen.

♫♪♫♪♫♪♫♪♫♪♫♪♫♪
Nein! Ich möchte leben.
Ich bin zu jung, um aufzugeben.
Ich weiß, ich kann mich selbst befrei'n.
Jetzt setz' ich meine Schönheit ein.

Geh! Ich will dich nicht!
Ich brauch dich nicht! Geh!
♫♪♫♪♫♪♫♪♫♪♫♪♫♪

»Sehr gut! Vielleicht ein kleines bisschen weniger enthusiastisch, Sasha … wir wollen ja schließlich nicht, dass Kai sich noch etwas bricht … aber ansonsten … ihr macht das wirklich toll!«, freute sich Frau Griffuni überschwänglich.

»Also, das war's für heute. Räumt noch zusammen und dann sehen wir uns morgen wieder in alter Frische. Oder so schlecht wie gestern«, beendete unsere Lehrerin die Probe mit einem schlechten Witz, der ihr kaum, beziehungsweise nur höfliches Gelächter einbrachte.

Ich gab mir alle Mühe, nicht in Kais Richtung zu sehen, obwohl ich seinen Blick auf mir spürte und sicher war, dass er etwas zu mir sagen wollte.

Aber noch bevor er auch nur einen Schritt auf mich zu machen konnte, trat ihm Vanessa in den Weg.

Überrascht starrte ich auf ihren Hinterkopf. Ich hatte gar nicht bemerkt, dass sie heute wieder bei den Proben zugeschaut hatte. Vielleicht stimmte ja das Gerücht, welches Tessa zu Ohren gekommen war. Angeblich hatte Vanessa Herrn Morino angefleht wieder beim Schulchor mitwirken zu dürfen, und er hatte es ihr, vorerst auf Probe, wieder gestattet.

Mir sollte es egal sein, aber ich hatte etwas Sorgen, vielleicht auch einen Freiflug von der Bühne spendiert zu bekommen.

»Kai, können wir kurz sprechen? Wegen heute Abend?«, fragte sie süßlich und wickelte sich einer ihrer rotblonden Strähnen um den Finger, während sie hin und her wippte.

Mich irritierte diese offensichtlich aufgesetzte Art und auch Kai schien es merkwürdig zu finden, wenn ich seinen Gesichtsausdruck richtig deutete.

»Ähm … klar«, erwiderte er langsam, ehe er und Vanessa aus meinem Sichtfeld verschwanden.

»Sicher, dass wir darüber nicht mehr reden wollen?«, fragte Tessa dicht an mein Ohr.

»Hör auf! Du weißt, wie schreckhaft ich bin. Schleich dich nicht so an«, erwiderte ich.

»Schon gut. Ich meine ja nur, so als kleiner Hinweis, wenn du das wirklich nicht weiterverfolgen möchtest. Dein sonst so hasserfüllter Blick auf Kai ist einem sehr verträumten Blick gewichen. Also ...«

Tessa ließ den Satz unvollendet. Aber ich verstand, was sie meinte. Während den Proben hatte ich immer mehr das Gefühl, in einem Traum zu sein ohne aufzuwachen. In einem sehr schönen Traum. Aber wenn ich darüber nachdachte, dass Kai gerade mit einem anderen Mädchen weggegangen war, um was auch immer für heute Abend zu besprechen, war es eindeutig eine Träumerei, in der ich mich wirklich auf keinen Fall verlieren durfte.

***

»Dir ist schon bewusst, dass wir noch nicht einmal siebzehn Uhr haben?«, fragte Toni dann nachmittags und betrachtete meinen wundervoll weichen Stitch-Overall mit einem kritischen Blick. Meine Schwestern teilten meine Vorliebe für Disney-Charaktere leider nicht. Genauso wenig wie meine in ihren Augen modische Fehlgriffe, unförmige, aber super bequeme einteilige Pyjamas. Aber es war mir egal. Mein Overall war samtweich, blau, absolut bequem und ich liebte die Mütze mit dem Stitch-Gesicht und den süßen Ohren.

»Was? Tessa und Leo haben heute beide keine Zeit. Ich hab also nicht vor nochmal auszugehen. Da kann ich es mir auch gleich bequem machen«, antwortete ich.

»Das sieht nur leider nicht aus, als würdest du es dir einfach nur bequem machen, sondern als hättest du aufgegeben.«

Ich öffnete bereits den Mund, um etwas zu erwidern, wurde aber von Max unterbrochen, welche mit Cansu die Treppe herunterkam.

»Oh nein. Besitzt du diesen Schlafanzug immer noch? Wirklich Sonnenschein ... so bekommst du niemals einen Mann ab.«

»Eine Frau höchstwahrscheinlich auch nicht«, pflichtete Cansu ihr bei und betrachtete meinen Einteiler, als wäre er eine Beleidigung fürs Auge.

Ich rollte genervt mit den Augen.

»Danke für eure unnötigen Modetipps. Aber keine Sorge. Mich wird heute niemand mehr zu Gesicht bekommen. Ich werfe mich gleich nur noch aufs Sofa und ziehe mir einen Disney-Marathon bei einer Schüssel Popcorn rein. Eventuell springe ich auch noch ein paar Lieder trällernd durchs Haus. Das war's. Müsst ihr jetzt nicht los?«

Ich sah eine nach der anderen auffordernd an. Mit einem Schulterzucken verabschiedeten sie sich und ließen mich in Ruhe die sturmfreie Bude genießen.

Unsere Eltern, welche Überraschung, arbeiteten und würden wieder im Büro übernachten. Oma hatte heute ihren Bingo-Abend mit Freundinnen und meine Schwestern gingen mit Cansu zu einem Konzert einer Band, die ich mir nicht einmal anhören wollte, selbst wenn sie mich dafür bezahlt hätten.

Ich genoss die anhaltende Stille im Haus und schlug schwungvoll den Weg Richtung Küche ein, um mein Popcorn zuzubereiten. Ich hatte die Mikrowelle noch nicht ganz erreicht, als es an der Tür klingelte. Mit einem Seufzen stellte ich die Tüte mit den Maiskörnern zur Seite und ging zurück zur Haustür.

Ich war nicht sicher, welche Miene perplexer wirkte. Meine, als ich Kai vor unserer Haustür erblickte, oder seine, als sein Blick langsam über mich und mein Outfit glitt und sich seine Augenbrauen mit jeder Sekunde, die verstrich, weiter nach oben zogen.

»Unfassbar ...«, murmelte er ungläubig.

»Das ist ... bequem!«, verteidigte ich mich und fragte mich gleichzeitig, warum ich es tat.

»Ja ... wie auch immer«, antwortete er und klang gehetzt.

Er beugte sich vor, ergriff mein Handgelenk und zog mich nach draußen. Meine freie Hand löste sich vom Türgriff und durch den

Schwung fiel die Tür hinter mir zu. Erschrocken wandte ich mich nochmal um und hoffte inständig, dass Max unseren Ersatzschlüssel wieder dort deponiert hatte, wo er hingehörte, als sie das letzte Mal spät nachhause gekommen war.

»Was soll denn das? Lass mich los!«, rief ich und stemmte mich gegen seinen Griff.

»Nein. Du musst mich bitte begleiten. Ich hab jetzt nicht die Zeit für große Erklärungen, also komm einfach mit!«

»Ganz sicher nicht! Das nennt sich Entführung, was du da machst!«, erwiderte ich und zerrte mit aller Kraft an meinem Handgelenk, bis ich Kai zum Stehen zwang.

Mit einem Seufzen drehte er sich zu mir um.

»Nicht, wenn ich vorhabe dich wieder zurück zu bringen«, antwortete Kai und lies mein Handgelenk los.

»Äh ... doch.«

Die Erleichterung über meine wiedergewonnene Freiheit war nur von sehr kurzer Dauer, denn Kai schlang seine Arme um meine Taille, hob mich in die Höhe und warf mich über seine Schulter.

»Spinnst du?! Lass mich runter!«, quietschte ich, wurde aber ignoriert.

Kai trug mich bis zur Straße und setzte mich dort auf den hinteren Sitz eines Motorrads.

»Setz den auf«, sagte er und drückte mir einen Helm in die Hand.

Ich starrte auf den Helm und danach auf das Motorrad. Kurz überlegte ich, wann Kai achtzehn geworden war ... das war, wenn ich mich recht erinnerte, noch nicht lange her.

»Ich fahr doch nicht auf dem Ding mit dir irgendwohin!«

»Nicht irgendwohin, nur zu mir nach Hause. Dauert nicht lange.«

»Kai ... «, erwiderte ich ärgerlich und machte Anstalten vom Sitz zu rutschen, wurde jedoch dadurch, dass Kai seine Hände rechts und links von mir auf dem Sitz abstützte, davon abgehalten. Er hielt den Kopf gesenkt und wirkte äußerst gereizt und genervt. Dennoch konnte ich mich nur schwer davon abhalten, über seinen Kopf zu streicheln, um zu prüfen, ob seine Haare genauso weich waren, wie sie aussahen.

Eigentlich wäre das doch durchaus etwas, was mir zustand. Er hatte schon ganz oft meine Haare zwischen den Fingern gehabt. Trotzdem behielt ich meine Hände bei mir und drückte den Helm stärker gegen meine Brust.

»Ich benötige deine Hilfe. Kannst du bitte mitkommen und mir helfen, ohne jetzt lauter Fragen zu stellen?«

Er hob das Gesicht und sah mir so eindringlich in die Augen, dass ich es kaum fertigbrachte zu antworten. Ich nickte langsam und zog den Helm auf, den er mir gegeben hatte.

Ich hatte keine Ahnung, wozu Kai meine Hilfe brauchte, aber ich hatte noch nie wirklich Nein sagen können, wenn man mich um Hilfe bat.

Kai setzte sich ebenfalls auf sein Motorrad und wies mich an meine Arme um seine Taille zu legen, ehe er ebenfalls einen Helm überzog.

Ich tat wie geheißen und lehnte mich gegen ihn. Zwar war ich mir sicher, dass dieses seitliche Sitzen bestimmt nicht richtig war … normalerweise gehörten bei dem Beifahrer sicher auch beide Beine rechts und links vom Motorrad … aber ich korrigierte meine Haltung nicht.

Kai startete den Motor und gab Gas während ich die Augen fest zusammenpresste.

Die Fahrt dauerte nicht lange und Kai fuhr durchaus ordentlich, aber dennoch verspürte ich unendliche Erleichterung, als er mit der Maschine vor seinem Haus hielt.

Ich zog mir den Helm vom Kopf und ließ mir von Kai vom Motorrad helfen.

»Feiert ihr eine Party?«, fragte ich stirnrunzelnd und betrachtete das hell erleuchtete Haus, aus dem lautes Stimmengewirr drang.

»Ja, kann man so sagen«, antwortete Kai.

Unwillkürlich blickte ich an mir herunter.

»Ähm ... hättest du mir das nicht sagen können, damit ich mich vorher umziehe?«

Kai wandte sich wieder in meine Richtung und ließ seinen Blick erneut auffallend skeptisch über mich gleiten.

»Erschreckenderweise bist du sogar äußerst passend gekleidet.«

Damit ergriff er meine Hand und zog mich zum Haus.

***

Auch wenn Kai meinte, ich wäre äußerst passend gekleidet, kam ich mir bei dem Anblick, der sich mir gerade bot, dennoch äußerst underdressed vor.

Gut ein Duzend kleiner Disney-Prinzessinnen starrte neugierig zu mir herauf. Die Mädchen, ich schätzte sie vom Alter her zwischen sieben und neun Jahre, trugen allesamt die Kleider der einzelnen Disney-Prinzessinnen und waren zusätzlich geschmückt mit Diademen, Glitter in Haar und Gesicht und vereinzelt hatten sie auch noch Zepter oder Zauberstäbe in den Händen.

»Oh, so einen Schlafanzug habe ich auch«, kommentierte eine kleine Cinderella mein Erscheinungsbild.

»Und ich will so einen!«, erklang eine Stimme neben mir.

Überrascht wandte ich mich zu Louis, der nah an mich herantrat und den samtenen Stoff meines Overalls mit den Fingern befühlte.

»O wie weich. Lässt du ihn mich mal anprobieren?«, fragte Louis mit wachsender Begeisterung und war bereits drauf und dran an dem Reißverschluss zu ziehen.

»Ähm ... nein. Ich ... habe nicht wirklich etwas drunter«, flüsterte ich leise und trat einen Schritt von Louis zurück.

Ich hatte schließlich nicht damit gerechnet, an diesem Abend nochmal, auszugehen und trug daher unter meinem Schlafanzug nichts weiter als meine Unterhose.

»Stört mich nicht. Ich interessiere mich ehrlich gesagt nicht dafür, was unter diesem Schlafanzug ist … «

»Ich schon! Und sie wird sich auch ganz sicher nicht hier ausziehen, Louis!«, unterbrach Kai uns unwirsch, ergriff erneut meine Hand und zog mich nach draußen in den Garten.

Obwohl es draußen noch hell war, war der Garten beleuchtet mit bunten Lichterketten und Lampions. Drei lange Tische, aufgebaut in U-Form, standen beladen mit Fingerfood, Getränken und Süßigkeiten an der Seite einer eher improvisiert erbauten Bühne. Ich betrachtete erst die Musikinstrumente darauf, ehe mein Blick zu den Erwachsenen ging, die mich überrascht, skeptisch und mitunter auch amüsiert musterten.

Mir war mehr als bewusst, wie ich gerade herumlief, so nickte ich der Gruppe nur höflich zu, ehe ich mich peinlich berührt abwandte.

Was um alles in der Welt sollte ich denn hier?!

»Feiert ihr Kindergeburtstag?«, fragte ich Kai, der mich, gefolgt von Louis, weiter bis zur Bühne zog, vor der Teddy und Lucas standen und mich überrascht musterten.

»Ach, du hast Sasha geholt?«, sagte Teddy an Kai gewandt, während dieser mir antwortete.

»Jain. Meine jüngste Schwester Nicole … «, er deutete auf ein Mädchen im Belle-Kostüm aus *Die Schöne und das Biest,* das näher an die Bühne trat und uns mit aufgeregt leuchtenden Augen anschaute.

»Du hast noch eine Schwester?«, unterbrach ich ihn überrascht und musterte die Kleine, nun meinerseits interessiert. Sie hatte die gleiche Haarfarbe wie ihr Bruder, doch fielen ihr die langen Strähnen nur zu einer Seite bis zu den Schultern. Ihre andere Haarhälfte war abrasiert und ich erkannte eine lange, noch ziemlich frisch aussehende Narbe, die sich hinter ihrem Ohr bis fast zur Mitte ihres Schädels zog.

»Ja ich hab zwei. Nicole war lange im Krankenhaus und ich habe ihr versprochen, zur Feier ihrer Entlassung schmeißen wir die Prinzessinnen-Party, die sie sich schon lange gewünscht hat. Und genau das tun wir heute.«

»Und was genau hat das mit mir zu tun?«, fragte ich, und bemerkte erst jetzt, dass Kai mich bis zur Mitte der Bühne gelenkt hatte und nun ein Mikro direkt vor mir auf meine Höhe einstellte.

»Ich brauche dich zum Singen. Anni ist dieses Wochenende nicht da und Vanessa, die mir eigentlich helfen sollte ... «, Kai verzog verärgert das Gesicht » ... hat mich jetzt hängen lassen, weil ich ihr heute früh nach der Probe eine Absage bezüglich eines Dates erteilt habe. Zumindest glaube ich, das war der Grund. Sie meinte nämlich am Telefon, sie ginge jetzt zurück zu ihrem Ex und ich würde es bereuen, die Chance nicht genutzt zu haben ... keine Ahnung. Ist mir inzwischen auch egal. Du bist die einzige, die mir eingefallen ist, die singen kann und die vor allem Disney-Lieder auswendig kann.«

»Nicht dein Ernst ... «, fragte ich ungläubig, während Kai sich nun seine Gitarre umhängte und die restlichen Mitglieder seiner Band ebenfalls ihre Plätze bezogen. Ich wandte meinen Blick langsam nach vorne und musterte die Gruppe Mädchen, die wie ein Rudel Raubkatzen wirkten, das sich gerade zum Sprung bereit machte, um ihre Beute niederzustrecken.

Ich schluckte schwer und fasste für mich noch einmal alles in meinem Kopf zusammen.

Ich stand BH-los in meinem Stitch-Ganzkörperschlafanzug vor einer Gruppe kostümierter Mädchen ... und deren Eltern ... was eigentlich das Schlimmere war ... um absolut unvorbereitet ein paar Disney-Lieder von mir zu geben.

Das ... passierte bestimmt jedem einmal ... ständig ...

Ich musste mir unbedingt abgewöhnen die Tür zu öffnen, wenn es klingelte ...

Es passierte in letzter Zeit nie etwas Gutes, wenn ich es tat.

***

Jedoch ... jeder hatte ja bekanntlich irgendwelche Talente. Meines bestand offensichtlich darin, an die fünfzehn Disney-Lieder beinahe fehlerfrei hintereinander zum Besten geben zu können. Vielleicht ein eher zweifelhaftes Talent, was so betrachtet auf einen ungesund hohen Disney-Filme Konsum hinwies, aber an diesem Abend eindeutig von Vorteil war.

Obwohl Kai mich unvorbereitet, mehr oder minder auf die Bühne geschubst hatte, konnte ich nicht behaupten, dass mir der Abend keinen Spaß machte, nachdem die anfängliche Nervosität verflogen war.

Es war einfach zu niedlich, wie die Mädchen tanzten und sich freuten, als ich Lieder wie *Lass jetzt los* aus *Die Eiskönigin* sang. Ich nahm an, das rechtfertigte mein Hiersein, denn diese Gesangparts wären aus Kais Mund vielleicht nicht ganz so gut angekommen.

Wobei ich die kleine Show nicht alleine schmeißen musste.

Kai selbst sang mehr als genug Lieder und zog sich unter diesen kleinen Mädchen eine neuere Generation Fans heran.

Vereinzelt sangen wir auch im Duett und der wundervolle Klang, ohne vorheriges Einüben zeigte mir, wie gut wir inzwischen gesanglich aufeinander eingespielt waren.

Ich konnte nach einer Weile sogar ausblenden, dass ich in meinem Schlafanzug auf einer Bühne stand, und genoss den Abend bis die kleinen Prinzessinnen letztlich von ihren Betten gerufen wurden.

»Sag Gute Nacht, Nicole«, wies ihre Mutter Kais kleine Schwester an, während ich mich zwischen Kai und Lucas auf einem der Gartenstühle niederließ.

Die Kleine lächelte mir schüchtern zu und verabschiedete sich kaum hörbar. Ihrem Bruder gegenüber verhielt sie sich offener.

Sie fiel ihm um den Hals und flüsterte ihm etwas ins Ohr, was Kai zum Lächeln brachte.

Es war ein sanftes Lächeln, was ich vorher noch nie bei ihm gesehen hatte, und aus irgendeinem Grund beschleunigte sich bei diesem Anblick kurzzeitig mein Herzschlag.

»Deine Schwester ist süß«, wandte ich mich an Kai, während Nicole mit ihrer Mutter ins Haus ging. Kais Mutter war eine ältere Ausgabe von Annabelle. Die Ähnlichkeit war wirklich frappierend, allerdings wirkte sie um einiges freundlicher als ihre ältere Tochter.

Was Nicole, wenn man so verglich, sogar nochmal niedlicher machte. Schließlich hätte ja auch eine zweite Annabelle rauskommen können.

»Ja, das ist sie. Zumindest die meiste Zeit«, erwiderte Kai grinsend.

»Was hat ... Wieso war sie denn im Krankenhaus?«, fragte ich vorsichtig.

Kai wartete, bis Nicole mit ihrer Mutter hinter der Terrassentür verschwunden war, ehe er mir antwortete.

»Sie hatte ein Blutschwämmchen im Gehirn«, erklärte er und tippte mit dem Zeigefinger gegen seinen eigenen Schädel.

»Schon seit sie ganz klein war. Es gab dadurch immer die Gefahr, dass es platzen und zu Blutungen führen könnte. Doch es zu entfernen stellte das größere Risiko dar und da es Nicole im Alltag nicht wirklich störte, solange sie vorsichtig war, wollten meine Eltern nicht riskieren, dass durch die OP ein größerer Schaden entsteht. Vor ein paar Monaten jedoch bekam Nicole immer wieder epileptische Anfälle und deswegen musste das Schwämmchen letztlich doch entfernt werden«, erklärte er.

Kai wirkte zwar vollkommen ruhig, aber seine Finger umklammerten die Flasche in seiner Hand so fest, dass die Fingerknöchel weiß hervortraten.

Die Situation schien ihn mehr mitgenommen zu haben, als er eingestehen wollte.

»Aber sie hat es gut überstanden, oder?«, fragte ich.

Sie hatte den Abend über zumindest äußerst fidel auf mich gewirkt.

»Ja, ihr geht es soweit gut. Sie muss sich jetzt einfach erholen.«

»Ja, du hättest gar nicht so besorgt sein müssen, dann bliebe dir jetzt auch das Musical erspart«, warf Louis mit einem schiefen Grinsen ein.

»Wie?«, fragte ich verwundert, weil ich seinem Gedankengang nicht folgen konnte.

»An dem Tag von Nicoles Operation war Kai ... sagen wir ... etwas angespannt. Deshalb hatte er Stress mit Hayne und deswegen wurden wir zum Vorsingen verdonnert«, erklärte Louis.

»Gibt Schlimmeres«, antwortete Kai kurz angebunden.

Ich erinnerte mich noch gut an den Tag und an Kais auffällig schlechte Laune. Jetzt, wo ich den Grund kannte, konnte ich es nachvollziehen. Wenn ich genauer darüber nachdachte, hatte ich mich ein paar Tage später darüber geärgert, dass Kai sich nicht einmal für ein paar Sekunden von seinem Handy hatte losreißen können ..., aber eventuell war es bei diesen Nachrichten, die er geschrieben hatte, ja auch um Nicole gegangen?!

»Ich bring dich nach Hause«, sagte Kai, nachdem wir noch eine Weile mit belanglosen Gesprächen zusammengesessen und ich ausgetrunken hatte.

»Ich kann auch ...«, begann ich, ließ den Satz aber unvollendet, als mir aufging, dass zu meinem zauberhaften Outfit kein Portemonnaie gehörte und es mir deshalb nicht möglich war den nächsten Bus zu nehmen.

»In Ordnung«, antwortete ich daher, verabschiedete mich von Kais Freunden, die ebenfalls in Aufbruchsstimmung verfielen, und folgte Kai nach draußen.

Ich hatte wenig Lust, erneut auf sein Motorrad zu steigen, aber mangels Alternativen ließ ich mich von Kai auf diesem Wege wieder nach Hause bringen.

Ich zog den Helm ab und warf einen Blick auf unser hell erleuchtetes Haus. Ich hoffte, Oma wäre noch unterwegs, sonst durfte ich mir sicher gleich was anhören, weil ich das Haus verlassen hatte, während dort noch Schlossbeleuchtung herrschte.

»Sasha ...«, sagte Kai leise und ich drehte mich wieder in seine Richtung.

» ... Danke ... für deine Unterstützung heute.«

Es überraschte mich etwas, dass Kai sich bedankte, ... wenn man bedachte, dass er mich ja mehr oder minder entführt hatte, ... aber gleichzeitig verspürte ich ein angenehmes Kribbeln in meinem Innern. Es sorgte dafür, dass ich mich inzwischen darüber freute, ihm hatte helfen zu können.

»Kein Problem. Gern geschehen«, antwortete ich aufrichtig und lächelte sogar.

Kai trat einen Schritt näher und ergriff sanft meinen Oberarm. Unwillkürlich hielt ich den Atem an, als er sich nach vorne beugte und seine Lippen ganz sanft auf meine Wange drückte.

»Gute Nacht«, flüsterte er an meinem Ohr.

Das Kribbeln in meinem Inneren verstärkte sich und durchfuhr meinen gesamten Körper.

Ich konnte nicht benennen, was es war, aber es fühlte sich an, als ob sich ein Schalter gänzlich umlegte und ich war plötzlich ganz und gar nicht mehr sicher, ob es wirklich einzig Kais Gesangsstimme war, auf die ich so abfuhr.

Worauf es jetzt ankommt

♫♪♫♪♫♪♫♪♫♪♫♪♫♪

Ich will rings um mich Mauern baun und will mich befrein.
Ich sehn mich nach Einsamkeit und will nicht einsam sein.
Ich möchte Licht um mich und bleib im Dunkeln.
Schwer ist mein Herz aber leicht meine Seele.
Wohin soll ich gehn?

Ich lebe im Niemandsland von Traum und Wirklichkeit.
Ich steh irgendwo am Rand von Licht und Dunkelheit.
Ich bin zu früh geborn, ich geh in dieser Welt verlorn.
Zwischen Traum und Wirklichkeit

...

♫♪♫♪♫♪♫♪♫♪♫♪♫♪

»Das kenn ich gar nicht. Ist das aus *Elisabeth*?«, erschreckte mich Toni, die entspannt gegen den Türrahmen lehnte und deren Anwesenheit ich gar nicht bemerkt hatte.

»Jain. *Zwischen Traum und Wirklichkeit* wurde eigentlich nur in der japanischen Version gespielt und in einer Jubiläumsshow. Aber die Lehrer legen inzwischen die Liederreihenfolge fest und überlegen aktuell, was sie am Musical ändern wollen, wegen Urheberrecht und so.

Hass ist schon rausgeflogen. Frau Griffuni meint, in der heutigen Zeit wäre es nicht das beste Lied, schon gar nicht für unsere Schule … Jedenfalls haben meine Lehrer mich gefragt, ob ich *Zwischen Traum und Wirklichkeit* mal einüben könnte, damit sie sich entscheiden können, ob sie es mit aufnehmen oder nicht«, erklärte ich meiner Schwester.

»Verstehe … sonst alles in Ordnung mit dir?«, fragte Toni und musterte mich argwöhnisch.

Meine Schwester kannte mich einfach zu gut und war auffallend sensibel für die Stimmung anderer Menschen.

»Nichts Tragisches … «, erwiderte ich missmutig, holte mein Telefon aus der Tasche und hielt ihr die Nachricht hin, welche meine Mutter mir vor einer Stunde geschickt hatte.

Nicht mal ein paar Minuten Zeit für einen richtigen Anruf konnte sie erübrigen.

»*Hi Sasha-Schätzchen. Dein Vater und ich sind sehr stolz, dass du die Hauptrolle im Schulmusical spielen wirst. Leider wird es uns aber nicht möglich sein zu deiner Aufführung zu kommen, weil uns ein wichtiger Klient persönlich bei sich in der Schweiz erwartet und wir in diesem Zeitraum zu ihm fliegen müssen. Das verstehst du sicher. Küsschen Mama*«, las Toni die Nachricht vor, während ihre Augenbrauen immer weiter in die Höhe gingen.

»Ach ja, diese Firmenübernahme … na ja, ist ja nicht so, als wären sie sonst sonderlich oft da. Genau genommen erinnere ich mich gar nicht mehr daran, wann die beiden zuletzt zuhause übernachtet haben …«, seufzte Toni und reichte mir mein Handy zurück.

»Mama weiß, glaube ich, nicht mal, dass das Musical eine ganze Woche über gespielt wird«, sagte ich und obwohl ich es versuchte, konnte ich die Frustration nicht gänzlich aus meiner Stimme verbannen.

Ich verstand unsere Eltern einfach nicht. Warum hatten sie überhaupt Kinder in die Welt gesetzt, wenn sie doch ganz offensichtlich die Rolle der Eltern nicht erfüllen wollten?!

»Mach dir nichts draus, Schwesterherz. Als sie zuletzt bei einer meiner Aufführungen anwesend waren, haben sie die gesamte Zeit nur auf ihren Telefonen rumgetippt«, versuchte Toni mich aufzuheitern.

»Außerdem werden Max, Cansu, Oma und ich da sein. Was brauchst du mehr?«

»Nichts«, erwiderte ich lächelnd.

Toni hatte recht. Unsere Eltern glänzten seit Jahren fast ausschließlich durch Abwesenheit. Da konnte es mir auch egal sein, ob sie bei einer der *Elisabeth* Aufführungen dabei waren oder nicht.

»Und sogar Onkel André und Tante Clarice werden da sein«, fügte Toni hinzu.

»Ehrlich? Kommen die beiden in die Stadt?«, fragte ich überrascht, woraufhin meine Schwester nickte.

»Onkel André will, dass sein erstes Kind im gleichen Krankenhaus zur Welt kommt wie er und Mama. Warum auch immer ..., vielleicht ist ihm auch wichtig, dass Oma mit dabei sein kann. Jedenfalls kommen er und Tante Clarice deshalb her.«

»Cool ...«, mein Blick fiel auf die Uhr an der Wand.

»Oh, ich muss los.«

»Wo musst du denn hin?«, fragte Toni und trat zur Seite, damit ich mein Zimmer verlassen konnte.

»Nochmal in die Schule zur Kostümprobe«, antwortete ich.

Die meisten der Kostüme nähten die Schüler mit Unterstützung unserer Heimarbeitslehrerin und ein paar Müttern. Doch Elisabeth war ein Musical mit historischem Inhalt und benötigte daher eine Vielzahl aufwändiger Kostüme.

Zum Glück der Lehrer hatte sich, wie schon letztes Jahr bei *Tanz der Vampire*, die Tante von Arthur bereiterklärt uns wieder ein paar Kostüme zu leihen. Soweit ich es mitbekommen hatte, arbeitete sie als Kostümbildnerin für Theater und beim Film und hatte daher Zugang zu verschiedensten Kostümen.

Ich verließ das Haus und erreichte etwa eine halbe Stunde später unsere halbverwaiste Schule.

Im Zuge der Musicalvorbereitungen hatten die Lehrer ein kaum benutztes Klassenzimmer zur Garderobe umfunktioniert. Ich klopfte gewohnheitsmäßig an, wartete aber nicht auf ein Herein, ehe ich das Zimmer betrat.

Mein Blick heftete sich an auffallend breite Schultern und ich vergaß kurzzeitig den Rest meiner Umgebung wahrzunehmen, bis Frau Griffuni zum dritten Mal meinen Namen sagte.

»Sasha? Alles okay?« fragte meine Lehrerin verwundert.

Peinlich berührt riss ich den Blick von Kais Rücken los, der mir über die Schulter hinweg ebenfalls einen fragenden Blick zuwarf. Ich hatte nicht gewusst, dass er heute auch Anprobe hatte, und jetzt spürte ich diese Veränderung in mir wieder ganz deutlich.

Es war definitiv nicht normal, dass mich der Anblick von Kai, in einem langen tiefschwarzen Mantel, so aus dem Konzept brachte. Dennoch tat es genau das. Der Mantel reichte ihm bis zu den Knöcheln und betonte seine Figur in einem Maße, dass seine Schultern viel breiter und seine Hüften noch schmaler wirkten. Ich sah nur seine Rückenansicht und empfand diese als ... ausgesprochen sexy. Bitte jetzt bloß nicht umdrehen!

Wahrscheinlich würde ich sonst anfangen zu sabbern und das Loch, in dem ich dann vor Scham versinken müsste, konnte gar nicht so tief werden wie nötig.

»Ja, ähm ... Hi. Ich war nur in Gedanken«, antwortete ich Frau Griffuni etwas überhastet.

Meine Wangen fühlten sich warm an. Bitte jetzt nicht auch noch rot werden.

»Ah, die Elisabeth?«, fragte die Frau neben Kai, etwas undeutlich, da sie sich ein paar Nadeln zwischen die Lippen geklemmt hatte, während sie weitere in den Stoff an Kais Schultern steckte. Die Frau war ziemlich hübsch, mit hellblonden Locken, vollen dichten Wimpern und strahlend hellgraue Augen. Ich vermutete, dass es sich bei ihr um Arthurs Tante handelte.

»Ja, das ist sie«, antwortete Frau Griffuni statt meiner.

»Sasha, das ist Tosca. Du hast sicher schon mitbekommen, dass sie uns einige Kostüme für das Musical leiht. Vor allem die für die Elisabeth«, fügte meine Lehrerin an mich gerichtet hinzu.

Ich nickte, trat näher und warf Kai dabei immer wieder verstohlene Blicke zu.

Es mochte nur ein schwarzer Mantel sein ... ein wirklich schicker schwarzer Mantel ..., aber er stand Kai wahnsinnig gut und verlieh ihm diesen sexy düsteren Touch, der alles in mir seltsam zum Kribbeln brachte.

»Okay, du kannst den Mantel wieder ausziehen. Ich muss nur noch etwas die Schultern anpassen und das war es dann auch schon«, sagte Tosca und zupfte einen losen Faden vom Stoff des Mantels.

»Der Mantel steht dir wirklich super, Kai«, kommentierte Frau Griffuni erfreut und notierte sich etwas in ihrem kleinen Ringordner.

»Das stimmt. Es werden dir sicher einige schmachtende Blicke zugeworfen, wenn du auf der Bühne stehst«, stimmte Tosca zu.

Das würde bestimmt auch ohne Mantel der Fall sein. Außerdem war Kai daran wahrscheinlich ohnehin schon gewöhnt.

Kai dachte wohl ähnlich, denn er reagierte nur mit einem gelangweilten Schulterzucken und zog den Mantel wieder aus.

»Ich bin ja insgesamt schon sehr gespannt auf euer diesjähriges Musical. Noah war neulich bei meinem Neffen und hat mir erzählt, ihr beide würdet stimmlich so toll harmonieren, dass ihr fast schon wie professionelle Musicaldarsteller wirkt. Und Arthur sagte, was er bisher von den Proben mitbekommen hat, klänge sehr vielversprechend. Ihr habt dieses Jahr wieder viele gute Stimmen dabei?!«, den letzten Satz richtete Tosca an unsere Lehrerin, die zustimmend nickte, während ich näher zu der blonden Frau trat.

»Definitiv. Wir haben so viele Glücksgriffe. Allein mit Sasha hier«, antwortete Frau Griffuni und zwinkerte mir aufmunternd zu.

Etwas peinlich berührt, wich ich ihrem Blick aus. Einerseits freute ich mich unheimlich über das Kompliment. Solche Worte gingen nun einmal runter wie Öl.

Andererseits war mir das Lob trotzdem unangenehm und verstärkte meine Versagensängste.

»Also meine Süße ...«, richtete Tosca nun ihre volle Aufmerksamkeit auf mich.

» ... nachdem, was ich mit deiner Lehrerin besprochen habe, wirst du den größten Kostümwechsel während des Stücks durchmachen.«

Sie trat nach hinten zu mehren silbernen Kleiderständern, allesamt auf Rollen, und schob einen von diesen nach vorne.

Fünf Kleidersäcke hingen daran, und obwohl der Kleiderständer bestimmt zwei Meter lang war, benötigten die Kleidersäcke diese komplette Länge.

Darunter verbargen sich sicher pompös wirkende Kleider mit Reifröcken und Ähnlichem, was mich in freudige Erwartung versetzte.

Das war auch ein Grund mit, warum ich mich so über diese Musicalrolle freute. Ich hatte schon immer mal so historische Kleider tragen wollen. Doch einen passenden Anlass hatte es nie gegeben und als eine Verkleidung für Fastnacht waren mir solche Kleider einfach zu teuer gewesen.

»Also, wir haben uns für dich auf fünf Kostüme geeinigt«, fuhr Tosca fort, nahm einen der Kleidersäcke vom Haken und zog den Reißverschluss nach unten.

Zum Vorschein kam ein hübsches, wenn auch noch recht einfach wirkendes himmelblaues Kleid. Es erinnerte mich vom Aussehen her an das Kleid von Alice, aus *Alice im Wunderland,* in der Verfilmung mit Johnny Depp. Nur war es etwas kürzer, denn als Tosca es direkt an mich hielt, reichte es mir gerade einmal bis knapp über die Knie.

»Zu kurz, oder?«, fragte ich, aber Tosca schüttelte den Kopf.

»Nein. Das passt sehr gut für den Anfang. Solange Elisabeth noch Kind ist, richtig?!«

Die Frage richtete sie wieder an meine Lehrerin.

»Genau. Ich dachte an so ein Kleid, bis wir zu der Hochzeitsszene kommen.«

»Probierst du es mal an?«, wies mich Tosca an und drückte mir das Kleid gänzlich in die Arme.

»Ähm klar, nur ... «, mein Blick fiel auf Kai, der einfach weiter im Raum stand und kein Wort gesagt hatte.

Die Köpfe der beiden Frauen drehten sich langsam in seine Richtung und wirkten überrascht ihn noch immer hier im Zimmer vorzufinden.

»O Kai. Bei dir passt soweit alles. Ich weiß, was ich noch ändern muss. Wenn du magst, kannst du jetzt gerne wieder nach Hause gehen«, sagte Tosca.

Aus irgendeinem Grund blieben Kais goldbraune Augen unverwandt auf mich gerichtet, während er die Hände in seine Hosentaschen schob.

»Ich würde gerne noch etwas bleiben«, antwortete er, wodurch sich nicht nur mein Mund vor Überraschung leicht öffnete.

Auch Frau Griffuni wirkte etwas perplex und ließ den Blick auffallend oft zwischen Kai und mir hin und her schweifen, was mir mit jeder Sekunde peinlicher wurde.

Kai hatte seit dem kleinen Wangenkuss, welchen ich nur als Ausdruck von Dankbarkeit verbucht hatte, nichts mehr in Bezug auf mich unternommen.

Keine Küsse, keine Berührungen, außer den für die Proben notwendigen, kein Spielen mit meinem Haar ... Nada.

Wenn ich mir also schon alle Mühe gab, in sein bisheriges Verhalten nichts rein zu interpretieren, dann war die letzte, die in dieser Beziehung so etwas tun sollte, meine Lehrerin!

»Okay ähm ... sicher. Sasha, du kannst dich dort hinten umziehen«, antwortete Frau Griffuni und ich spürte erneut, wie sich meine Wangen erhitzen, als ich das Grinsen sah, welches sie mit aller Macht versuchte zu unterdrücken.

Wie üblich, schien Kai wieder vollkommen egal zu sein, was die Leute um ihn herum über ihn dachten, denn er ließ sich mit absolut neutraler Miene auf den nächsten Stuhl sinken.

Ich drehte mich in die Richtung in die Frau Griffuni deutete, und verschwand hinter einem aufklappbaren Raumteiler, den man im Zimmer aufgestellt hatte.

Ich zog mich um und dieses Kleid passte vom ersten Gefühl her schon ausgesprochen gut.

Bis ich versuchte den Reißverschluss zu schließen und auf Höhe meiner Taille nicht weiterkam.

Ich biss mir auf die Lippe und schloss kurz die Augen. Ich war zu dick ... und das musste ich jetzt zugeben ... in Anwesenheit von Kai.

Wundervoll! Einfach nur wundervoll!

»Wie sieht es aus, Sasha?«, fragte Tosca und ich hörte wie sie näher an den Raumteiler trat.

»Es ähm ... ist leider etwas ... zu eng«, gab ich peinlich berührt zu.

Tosca kam zu mir und musterte mich einmal von oben bis unten, ehe ihr Blick an meiner Brust hängen blieb und sie mich danach mit einem amüsierten Lächeln umrundete.

»In Ordnung. Das müssen wir anpassen. Du sollst in dem Kleid ja etwas kindlicher wirken. Jetzt betont es etwas zu sehr, dass du ganz und gar kein Kind mehr bist«, sagte Tosca leise und versuchte ebenfalls den Reißverschluss noch etwas höher zu ziehen. Sie gab jedoch gleich wieder auf, als sie merkte, wie stark der Stoff bereits um meinen Busen gespannt war.

»Kein Grund rot zu werden. Die meisten Mädchen in deinem Alter würden sich freuen in diesem Maße Holz vor der Hütte präsentieren zu können.«

Meine Oberweite war mir nicht peinlich. Ich hatte schließlich lange genug auf sie gewartet ..., aber es war mir sehr wohl peinlich, sie auf diese Weise Kai zu präsentieren.

Aber zum Glück verlangte Tosca das nicht von mir. Sie blieb mit mir hinter dem Raumteiler, zupfte etwas am Saum und an den Ärmeln, ehe sie ein Maßband einmal unterhalb meiner Brust um mich schlang und sich danach etwas auf einem Zettel notierte.

»In Ordnung. Weiter mit Nummer Zwei«, verkündete sie und holte den zweiten Kleidersack, während ich wieder aus dem Kleid schlüpfte.

Das nächste Kostüm sorgte dafür, dass mir der Mund offen stehen blieb. Es war jetzt kein typisches Sissi-Kleid, noch nicht einmal wirklich ein Kostüm, wenn man mich fragte, sondern eher ...

»Ist das ein Hochzeitskleid?«, fragte ich.

»Yepp. Es gehört meiner Schwester. Hat ihr für ihre Ehe zwar nicht unbedingt Glück gebracht, aber zumindest kann es jetzt nochmal einem guten Zweck dienen. Hübsch, oder?«

Das war es! Es war ein traumhaftes Kleid. Schulterfrei, mit einem herzförmigen Ausschnitt und bis zur Hüfte eng geschnitten. Danach ging es in einen weiten Rock aus Tüll über, der dem Kleid doch noch diesen gewissen Sissi-Touch verlieh, da es wie ein Ballkleid geschnitten war. Was mir jedoch besonders gefiel, war, dass es sich um kein komplett reinweißes Kleid handelte. Am Saum sehr dichtgehalten und bis Kniehöhe eher vereinzelt, zogen sich schwarze Applikationen in Form von Rosen, inklusive Blättern. In Hüfthöhe zog sich ein weiterer Ring aus diesen Stickereien, was wie ein Gürtel wirkt, und über die Brust waren asymmetrisch ebenfalls die schwarzen Rosen aufgenäht.

Beim Anziehen ließ ich mir von Tosca helfen, denn ich hatte

wahnsinnige Angst, etwas kaputt zu machen. Bei dem Kleid handelte es sich um ein richtiges Hochzeitskleid und es war sicher nicht billig gewesen.

Am Rücken musste das Kleid geschnürt werden, was sich diesmal vorteilhafter für meine Oberweite erwies.

»Steht dir gut«, kommentierte Tosca und führte mich in die Mitte des Zimmers.

»Oh, was für ein traumhaftes Kleid«, hauchte meine Lehrerin und drückte sich sogar die Hand gegen die Brust, wie um ihren Herzschlag zu beruhigen.

Ein großer Teil von mir weigerte sich in Kais Richtung zu schauen, um seine Reaktion zu erfahren, aber die Neugier schrumpfte diesen Teil auf Miniaturgröße und letztlich suchte ich seinen Blick. Seine Miene war schwer zu deuten und das enttäuschte mich etwas. Wirkte er überrascht? Es hätte mich zumindest mehr gefreut, wenn er die gleiche Begeisterung gezeigt hätte wie unsere Lehrerin.

»Kannst du dich in dem Kleid gut bewegen, Sasha?«, fragte Frau Griffuni.

»Denke schon ...«

Ich trat etwas mehr in die Mitte und gab dann dem kindlichen Impuls nach, mich mehrmals um die eigene Achse zu drehen. Der Rock wirbelte um mich herum und versetzte mich kurzzeitig in einen entzückenden Cinderella-Modus.

Aus dem Augenwinkel nahm ich eine kurze Bewegung war.

Hatte Kai gerade ein Foto mit seinem Handy gemacht?

Ich schaute zu ihm. Er hielt zwar sein Telefon in der Hand, aber es war nach unten gerichtet.

Wohl doch nur Einbildung.

»Sehr schön. Sieht so aus, als müsste ich daran gar nichts ändern. Das wird Helena freuen«, sagte Tosca zufrieden.

»Hat sich ihre Schwester darüber Sorgen gemacht?«, fragte Frau Griffuni amüsiert.

»Ich denke, bis vor kurzem wäre es ihr egal gewesen. Jetzt probiert sie jedoch, so nach dem Motto: *Wink mit dem Zaunpfahl,* es der Freundin meines Neffen aufzudrücken. Was die arme Hayne ziemlich überfordert«, lachte Tosca, eindeutig ohne jede Spur Mitleid.

Sie winkte mich zurück hinter den Raumteiler und holte den nächsten Kleidersack hervor.

Das nächste Kleid war ebenfalls toll, doch bei diesem war ich mir sicher, dass es sich ausschließlich um ein Kostüm handelte. Es war überwiegend aus weißem Satinstoff gefertigt, mit drei Schichten Tüll über dem ausladenden Reifrock. Die Tüllschichten endeten auf unterschiedlichen Ebenen am Kleid und der jeweilige Saum war in einheitlichen Abständen mit einer dunkelroten Verzierung versehen, die wie ein durchbrochenes Herz aussah. Der Ausschnitt war ebenfalls herzförmig gehalten, aber mit dünnen Ärmeln zu beiden Seiten, die mich an das Kleid von Belle aus dem Zeichentrickfilm *Die Schöne & das Biest* erinnerten.

Passend zu den dunkelroten Verzierungen war an der Rückseite des Kleides eine gleichfarbige Tüllschleife angebracht, deren Enden bis zum Boden reichten. Abgerundet wurde das Gesamtbild von unendlichen vielen kleinen Strass-Steinen, die auf das Kleid genäht worden waren und mit jeder Bewegung unter dem Deckenlicht glitzerten.

Die Anfertigung musste eine Heidenarbeit gewesen sein.

»Wow! Ist das aus einem Theaterstück?«, fragte ich ehrfürchtig und traute mich gar nicht den Stoff zu berühren.

»Nein. Tatsächlich war das mal ein Gemeinschaftsprojekt von mir und meiner Tochter. Als sie klein ... nein nicht wirklich. Mit fünfzehn war sie wirklich nicht mehr klein. Als sie noch jünger war, hatte sie eine große Leidenschaft für Cosplay. Sagt dir das was?«, fragte Tosca und ich nickte.

»Sie besuchte dafür damals mit ihren Freunden in den Ferien alle möglichen Conventions. Zu diesem Zweck habe ich ihr damals geholfen dieses Kleid zu nähen. Meine Güte, wenn ich überlege, wie lange das schon wieder her ist … Ich kann dir nicht einmal sagen, ob wir dieses Kleid nicht sogar für ein *Elisabeth* Cosplay entworfen hatten … «

»War sicher sehr viel Arbeit?«

»O ja. Das war es immer. Cat hat sich nie mit einfachen Kostümen zufriedengegeben. Es musste immer etwas Außergewöhnliches sein. Meist haben wir ein komplettes Jahr gebraucht, bis wir ihre Kostüme fertig hatten. Daher hängen bei uns zuhause die Kleiderschränke auch noch voll damit. Cat geht diesem Hobby zwar nicht mehr nach, aber es wäre viel zu schade, sie wegzuschmeißen oder komplett im Schrank versauern zu lassen.«

»Das rote Kleid, bei *Tanz der Vampire* … «, dachte ich laut und erinnerte mich an die letzte Musicalaufführung unserer Schule zurück, während ich mir von Tosca wieder ins Kleid helfen ließ. Jenes Kleid war ebenfalls auffallend schön und sehr detailgetreu gewesen.

»Ja, das konnte ich auch dank Cats Cosplay Leidenschaft damals bereitstellen.«

Diesmal war ich sicher, dass die Beengtheit in dem Kleid nicht allein meiner Oberweite geschuldet war. Toscas Tochter musste um einiges schlanker und größer sein als ich. Da es wohl nicht nur mir als sehr unförmig vorkam, wurde auch dieses Kleid weder Kai noch Frau Griffuni präsentiert. Stattdessen beschränkte sich Tosca darauf, hinter dem Raumteiler abzumessen, vereinzelt Nadel zu platzieren und Notizen zu machen.

Ich schaute nicht auf die Uhr, aber während die Zeit verging, fragte ich mich, ob Kai es nicht bereute, noch da zu sein. Das alles entwickelte sich ja nicht gerade zu einer Sache von ein paar Minuten. Warum war er überhaupt geblieben?

Wollte er noch mit mir reden? Oder wartete er auf jemanden?

»Finden heute noch weitere Anproben statt?«, fragte ich an Tosca gewandt, während ich mich wieder des Kleides entledigte.

»Ja. Wir wollen heute so ziemlich alle Hauptdarsteller abarbeiten«, antwortete Tosca mit einem Augenzwinkern.

»Aber zumindest ist keiner von denen so aufwendig wie du.«

Damit holte sie schon das nächste Kleid hervor.

Dieses war, im Vergleich zu den beiden vorherigen, sehr einfach gehalten. Komplett schwarz, hochgeschlossen und der Rock war auch weniger ausladend.

»Für den 2. Akt?«, mutmaßte ich.

Es wirkte so einfach und auch etwas düster, dass mir keine Szene im ersten Akt des Musicals einfiel, in die es passen könnte.

Tosca schielte auf ihren Zettel, während sie mir den schwarzen Stoff hinhielt.

»Ja. Das ist so ziemlich für den Großteil des 2. Akts geplant«, antwortete Tosca, ehe sie mir auch in dieses Kleid half.

Im Gegensatz zu den anderen hing dieses an mir wie ein nasser Sack.

»Ach herrje ..., das müssen wir auf jeden Fall noch enger machen«, kommentierte Tosca und begann erneut den Stoff mit Nadeln abzustecken.

»Alles in Ordnung bei euch?«, fragte meine Lehrerin wahrscheinlich, weil wir ihr schon zwei Kleider nicht mehr präsentiert hatten.

»Ja, alles gut. Wir kommen zurecht«, antwortete Tosca.

»Dann kommen wir jetzt zum letzten Kleid ... «, sagte sie freudig und ging zum Kleiderständer, um das schwarze Kleid zurückzuhängen und den letzten Kleidersack zu holen.

»Also das hier ...« sie zog den Reißverschluss nach unten.

» ... möchte deine Lehrerin im zweiten Akt bei *Wenn ich tanzen will*. Sie meint, damit musst du dich in jedem Fall bewegen können.«

»Ist das auch ein Cosplay-Kostüm Ihrer Tochter?«, fragte ich und betrachtete das Kleid von oben bis unten. Es war ebenfalls ein tolles Kleid und schrie geradezu nach *Sissi*.

Auch wenn der Rock selbst aus vielen weißen Rüschenebenen

bestand, war Weiß dieses Mal nicht die dominante Farbe. Vielmehr hatte das Kleid einen Überwurf, der zur linken in einem leuchtenden Rot und zur rechten in einem dunklen Grün gehalten war. Über den Brustbereich sowie an den Seiten der äußeren Stofflage zogen sich goldfarbene Verzierungen. Die weiten Ärmel aus hauchzartem Stoff waren wieder in Weiß gehalten.

Ich hatte zwar das Gefühl die Röcke würden bei jedem Kleid eine Stufe *puffiger*, denn allein dieses würde mir einen Mindestabstand von gut zwei Metern zu anderen Personen verschaffen, aber das war mir egal. Es sah toll aus und ich wollte es unbedingt tragen. Wen interessierte dabei schon, ob ich mich letztlich darin bewegen konnte?!

»Nein. Also es war auch mal ein Cosplay-Kostüm, gehört aber wiederrum einer Freundin meiner Tochter, die dieses Hobby ebenfalls aufgegeben hat. Ich habe mich daran erinnert und es mir ausgeliehen, weil ... es passt doch gut, finde ich ... «, erklärte Tosca, worauf ich zustimmend nickte.

Dieses Kleid gehörte ebenfalls zu denen, die man unmöglich alleine anziehen konnte. Daher half Tosca mir erneut, aber selbst mit ihrer Hilfe gestaltete es sich als schwierig. Keine Ahnung, aus wie vielen Lagen Stoff dieses Kleid bestand, gefühlt waren es etwa vierhundert, aber letztlich schafften wir es mir überzuziehen und sogar zu schließen.

Keine Ahnung, wer die Freundin von Toscas Tochter war, aber sie war mir sofort sympathisch, denn das Kleid war weder zu eng, noch zu kurz oder zu lang. Unsere Maße schienen eher auffallend identisch zu sein.

»Passt gut?«, fragte Tosca und klang selbst überrascht.

Ich nickte und trat hinter dem Raumteiler hervor.

»Wow. Das ist mal ein Kleid«, kommentierte Frau Griffuni während sich Kais Augenbrauen leicht hoben.

Es stimmte schon. Es war allein aufgrund des Rocks ziemlich pompös.

»Kannst du dich darin gut bewegen?«, fragte meine Lehrerin, trat näher und strich eine Falte über dem Rock glatt.

»Denke schon.«

Immerhin hatte ich unter dem Rock wirklich genug Beinfreiheit. Ich machte mir eher Sorgen, mit dem Stoff überall hängen zu bleiben. Oder, dass der glockenförmige Reifrock sich nach oben drückte, wenn man auf der gegenüberliegenden Seite dagegen kam.

»Keine Sorge«, beruhigte mich Tosca, als ich genau das laut aussprach.

»Das ist kein steifer Reifrock. Der gibt nach, wenn man dagegen drückt«, erklärte Tosca.

»Können wir ja auch testen«, fügte Frau Griffuni hinzu und drehte sich in Kais Richtung.

»Das macht es sehr praktisch, dass du geblieben bist Kai. Stellst du dich kurz hinter Sasha wie bei den Proben?«

»Klar«, antwortete er gelassen, legte sein Telefon zur Seite und kam zu mir.

Wir hatten das jetzt schon so oft geprobt. Inzwischen sollte ich also an Kais körperliche Nähe gewöhnt sein, doch wie ich seine Wärme im Rücken spürte, wurde ich innerlich unruhig.

Ich schloss die Augen und bemühte mich meinen Herzschlag zur Ruhe zu zwingen. Das letzte, was ich wollte, war vor den anderen Frauen zu erröten und damit meinen inneren Aufruhr auch noch nach außen zu tragen.

»Iiek …«, piepste ich, den besten Absichten zum Trotz, als Kai mir im nächsten Augenblick gegen das Ohr pustete.

»Was soll …, lass das!«, zischte ich leise.

»Du reagierst immer so sensibel«, flüsterte Kai ebenso leise und grinste amüsiert.

Seine Hand strich auffallend langsam über meine Taille nach vorne zu meinem Bauch und drückte mich langsam aber bestimmt gegen seine Brust.

Was sollte das wieder?! So nah standen wir bei den Proben nie!

»Sehr gut! Drückt sich etwas zur Seite aber nichts nach vorne beziehungsweise in die Höhe«, kommentierte Frau Griffuni zufrieden, deren Blick, ebenso wie Toscas, ausschließlich auf dem Rock ruhte. Wofür ich dankbar war, denn Kai nutze eben diesen Moment, um spielerisch in mein Ohrläppchen zu beißen.

Das war dann doch zu viel des Guten. Ich drückte mich von Kai weg und brachte rasch ein paar Schritte Abstand zwischen uns.

Die beiden Frauen blickten überrascht zu mir auf, aber bevor eine etwas fragen konnte, klopfte es an der Tür.

»Herein«, sagte meine Lehrerin und Annabelles Kopf schob sich durch die Tür. Gefolgt von Leos. Na wunderbar!

Es vergingen Sekunden des Schweigens, in denen man eine Stecknadel hätte fallen hören können.

Annabelles Miene verzog sich verärgert, da sie eindeutig nicht mehr mit der Anwesenheit ihres Bruders gerechnet hatte, Kais Augenbrauen gingen skeptisch in die Höhe, während sein Blick zwischen Leo und seiner Schwester hin und her ging und Leo hatte seine *Ups*-Miene aufgesetzt, bis sein Blick auf mich fiel.

»O mein Gott, Sweetheart! DAS nenne ich mal ein Kleid. Du siehst ja anbetungswürdig aus!«

Ich konnte es mir nicht verkneifen, den Stoff des Rocks etwas zu raffen und einen Knicks zu vollführen wie man es aus den Filmen kannte, ehe ich Leo ein verhaltenes Lächeln schenkte.

»Dem stimme ich zu!«, antwortete Frau Griffuni.

»Tosca, das ist Annabelle. Sie spielt die Erzherzogin Sofie und Leo hier den Luigi Lucheni. Allerdings ... du bist früh dran, Leo. Deine Anprobe ist eigentlich später ... oder habe ich mich vertan?«, murmelte unsere Lehrerin und ging zurück zu ihren ausgebreiteten Unterlagen.

»Nein ... ähm ... wir waren«, er warf Annabelle einen kurzen Blick zu.

» … nur zusammen unterwegs. Deshalb dachte ich, ich kann auch gleich mitkommen … «

»Ach, interessant«, kam die Antwort von Kai und er lieferte sich mit seiner Schwester ein Blickduell, bei dem man tatsächlich Angst bekam, von einem der Blicke getötet zu werden, wenn man zwischen die beiden trat.

»Also … ich bin dann fertig?«, fragte ich an Tosca gewandt, der ebenfalls nicht zu entgehen schien, wie sich die Atmosphäre im Raum aufgeladen hatte.

»Ja. Ich weiß, was ich ändern muss. Es fehlt auch nur noch ein weißes Nachthemd. Das bringe ich nächste Woche mit zum Anprobieren. Du kannst dich also wieder umziehen«, antwortete sie eilig und eindeutig dankbar für die Ablenkung.

Ebenfalls dankbar ließ ich mir das nicht zweimal sagen und zog mich rasch wieder um.

***

»Ich dachte, dein Kumpel wäre schwul. Wieso ist er nicht schwul?!«, fragte Kai, der mir ungefragt nach draußen gefolgt war, nachdem Annabelle sich in die Hände von Tosca begeben hatte.

»Man fragt doch nicht, wieso jemand nicht schwul ist«, antwortete ich und gab mir tunlichst Mühe, seinem Blick bei meiner heuchlerischen Antwort auszuweichen.

»Sag mal, bist du jetzt eigentlich extra geblieben, um deiner Schwester nachzuspionieren?«, fragte ich.

»Nein. Das war Zufall«, antwortete er und etwas veränderte sich an seinem Blick. Wurde intensiver und eindringlicher.

Wollte er, dass ich weiter nachfragte, warum er geblieben war?!

Ich öffnete die Lippen, entschied mich aber dagegen. Nein! Kai wollte spielen, aber ich würde an meiner Entscheidung festhalten. Ich spielte nicht mit!

»Ist auch egal. Was ist so schlimm daran? Irgendwelche Schwesterkomplexe?!«, fuhr ich fort und steuerte die Eingangstür an.

»Nein. Anni ... hat nur ein zweifelhaftes Talent, sich immer Kerle auszusuchen, die ihr nicht guttun. Und ich darf dann meistens den Scherbenhaufen einsammeln.«

»Leo ist ein guter Kerl!«, verteidigte ich meinen Freund prompt.

»Wir werden sehen.«

Mehr sagte er nicht dazu und so gingen wir eine Weile schweigend nebeneinander her.

»Das ist doch gar nicht deine Richtung«, murmelte ich leise, als er auch noch ein paar Straßen weiter an meiner Seite blieb.

Kai antwortete nicht, sondern schien angestrengt über etwas nachzudenken.

»Geh mit mir aus, Sasha!«, sagte er dann unvermittelt.

Meine Beine stoppten so abrupt, dass mein Oberkörper sich noch leicht nach vorne neigte, da der Rest meines Körpers den plötzlichen Halt wohl nicht sofort mitbekommen hatte.

Ich richtete mich wieder auf und wandte Kai mein Gesicht zu.

»Nein!«, antwortete ich eher reflexartig, als es wirklich so zu meinen.

»Ich ... Hör zu. Nichts wird mich dazu bringen mehr Zeit wie nötig mit dir ...«, begann ich in der Hoffnung, meinen erneut donnernden Herzschlag zu übertönen, als mein Blick über Kais Schulter auf ein vertrautes Gesicht fiel.

Meine Augen weiteten sich entsetzt, ich ergriff Kais Hand und zerrte ihn hinter mir her, als ich losspurtete, als wäre der Teufel hinter mir her.

Oder eben der Advokat der anderen Seite.

»Was zum ...?«, fragte Kai, passte sich aber meinem Schritt an.

Ich spurtete um einige Häuserecken, bis mir die Luft ausging und ich eine Pause einlegen musste.

»Was war das?«, wollte Kai wissen, aber ich konnte ihm nicht antworten.

Mit heftigem Seitenstechen spähte ich um die Ecke.

»Sie ist uns tatsächlich gefolgt«, keuchte ich entsetzt.

»Wer?«, fragte Kai und spähte über mich hinweg in dieselbe Richtung.

»Und die ist? Der Antichrist?«, fragte Kai.

»Ich glaube, sie denkt eher, sie gehöre zur anderen Seite«, antwortete ich und starrte zu Marie. Die Bücher verbrennende, Exorzismen vorschlagende Ex-Freundin meines Onkels.

Was machte sie hier?! Ich hatte gedacht, sie wäre nach der Trennung in eine andere Stadt gezogen. Oder ins Kloster gegangen. Zumindest weit, weit weg von uns.

Sie sah noch genauso aus, wie ich sie in Erinnerung hatte. Groß gewachsen und schlank. Fast schon knochig. Dunkelblonde Locken, biedere Kleidung, auffälliges Kreuz um den Hals und dieser etwas irre Blick in dem sonst durchaus ansehnlichen Gesicht.

»Das ist die Ex meines Onkels und sie ist … etwas merkwürdig«, flüsterte ich aus Angst, sie auf uns aufmerksam zu machen. Was Quatsch war. Sie stand zu weit weg, um uns tatsächlich hören zu können. Sah sich aber eindeutig suchend um.

»Und die macht dir solche Angst?«, fragte Kai argwöhnisch und ich spürte den Blick, den er meinem Hinterkopf zuwarf.

»Ich habe eine neue Harry-Potter-Sammlung. In Schmuckausgabe! Die war echt teuer. Also JA!«

»Was?«, fragte er in einem Tonfall, der verriet, dass er eher mich für nicht mehr ganz zurechnungsfähig hielt.

Ich machte mir nicht die Mühe, ihn jetzt darüber aufzuklären, sondern beobachtete Marie, die ihre Suche nach uns offensichtlich aufgab und aus meinem Blickfeld entschwand.

Ich atmete erleichtert aus und drehte mich wieder zu Kai.

»Du bist schon ein wenig seltsam, hat man dir das mal gesagt?«, meinte Kai und musterte mich nachdenklich.

»Du musst dich ja nicht mit mir abgeben«, erwiderte ich etwas schnippischer als beabsichtig, obwohl ich sehr wohl wusste, dass ich durchaus etwas verquer war.

»Nein. Irgendwie stehe ich drauf«, antworte Kai und setzte sich wieder in Bewegung.

Er tat was?!

»Also, was war jetzt so schlimm an der Ex deines Onkels?«, fragte er über die Schulter hinweg.

Ich holte zu ihm auf und begann ein paar Geschichten zu erzählen.

Dabei nahm ich gar nicht bewusst war, dass wir den ganzen Weg bis zu mir nach Hause zu Fuß zurücklegten.

Erst als ich zu unserer Auffahrt aufblickte, wurde mir bewusst, dass ich Kai mit zu mir nach Hause genommen hatte. Dass ich mich nicht erinnern konnte, mich vorher je so lange am Stück mit ihm unterhalten zu haben. Dass ich die Unterhaltung und seine Gegenwart als auffallend angenehm empfunden hatte ... er schien sich wirklich für das zu interessieren, was ich zu sagen hatte ... und dass Marie die Suche nach uns offensichtlich nur abgebrochen hatte, um jetzt in unserer Einfahrt rumzulungern!

Was sollte das denn?! Die wollte mich doch verarschen.

Zum Glück entdeckte ich sie vorher, ergriff erneut Kais Hand und zog ihn in die andere Richtung, ums Haus herum.

»Eventuell will sie ja gar nichts Schlimmes mit dir bereden. Nachdem, was du so erzählt hast, will sie sich ja vielleicht nur für ihr Verhalten entschuldigen«, meinte Kai vernünftig, der Marie ebenfalls entdeckt hatte und diesmal keine Verwunderung darüber äußerte, dass ich ihn einfach durch die Gegend zerrte.

Möglich. Aber ich wollte es offen gestanden nicht herausfinden. Denn irgendwie sagte mir mein Instinkt, dass Marie sich nicht verändert hatte und immer noch so seltsam drauf war wie früher. Ich ging mit Kai zur Rückseite unseres Hauses, wo das Esszimmer lag, und ich wusste, dass Oma das Fenster dort gerne leicht geöffnet ließ während des Tages.

Ich drückte gegen den Rahmen und es schwang nach innen auf. Perfekt!

»Ist mir egal, ob sie nur Absolution sucht. Marie war mir mit ihrer ganzen Art einfach zu merkwürdig. Ich möchte mit so einer seltsamen Person nichts mehr zu tun haben!«, antwortete ich.

»Dass du gerade durch das Fenster in dein eigenes Haus einsteigst, lässt einen schwer abschätzen, was genau deine Definition von seltsam ist ...«

»Klappe ...«

***

»Onkel André«, rief ich überrascht, als ich, gefolgt von Kai, aus dem Esszimmer trat und ihn, inklusive seiner Frau, sowie meine Oma und meine Schwestern vor der Haustür entdeckte, wie sie durch das milchige Fenster neben der Tür nach draußen spähten.

»Meine Güte, Sasha! Schleich dich doch nicht so an!«, rief Oma erschrocken und drückte sich die Hand fest gegen die Brust.

»Wie seid ihr denn reingekommen?«, fragte sie dann im nächsten Moment und blickte überrascht zwischen Kai und mir hin und her, wobei ihr Blick auffällig neugierig auf Kai hängen blieb.

»Durch das Esszimmer-Fenster«, erklärte ich.

»Draußen ist ... also ich wollte Marie nicht unbedingt über den Weg laufen.«

»Vernünftige Entscheidung. Sie lungert jetzt fast ununterbrochen vor dem Haus herum, seit Onkel André und Tante Clarice angekommen sind. Wir haben schon überlegt die Polizei zu rufen ... oder einen Exorzisten«, erwiderte Max.

»Keinen Exorzisten! Wir nehmen ihr doch nicht noch Arbeit ab!«, antwortete Tante Clarice, wandte sich von der Tür ab und kam auf mich zu.

»Hallo meine Süße«, begrüßte sie mich nun mit einer kurzen Umarmung und einem kleinen Kuss auf die Wange.

»Hi. Was will sie denn hier?«, fragte ich, ehe ich als nächstes meinen Onkel kurz umarmte.

»Wenn ich es richtig verstanden habe, geht sie wohl davon aus, dass ich den Antichristen unter meinem Herzen trage und mit der Geburt die Apokalypse in Gang setze oder so etwas. Ich bin mir nicht ganz sicher. War zwischen den ganzen Bibelversen und ihrem Weihwasserangriff schwer rauszuhören«, sagte Tante Clarice. Obwohl ihr amerikanischer Akzent besonders klar herauszuhören war, wenn sie sich ärgerte, blieb ihre Aussprache dennoch sehr deutlich.

»Weihwasser?«, fragte ich trotzdem nochmal nach, nicht sicher, ob ich mich nicht vielleicht doch verhört hatte.

»Ja. Sie hat mich wirklich mit Weihwasser angespritzt, als ich aus dem Auto gestiegen bin. Sehe ich etwa so aus, als wäre ich ein verdammter Vampir?!«

»Na ja, Schatz, ungeschminkt kurz nach dem Aufstehen ist es wirklich manchmal schwer ... «, begann Onkel André seine Frau liebevoll etwas zu necken, brach dann aber im Satz ab und spähte mit besorgter und erschöpfter Miene zur Tür.

»Also ich denke, wir rufen doch besser mal die Polizei. Das ist einfach nicht normal. Unsere Trennung ist über drei Jahre her und sie ist immer noch ...«

»Onkel André, ich sag es gerne nochmal. Das kommt bestimmt nicht allein von der Trennung. Bei der Guten waren auch vor der Trennung nicht mehr alle Schrauben festgezogen«, erwiderte Toni und blickte ebenfalls durch das Fenster nach draußen.

»Und die Polizei wird wenig machen können. Denn trotz allem ist sie eindeutig nicht blöd. Sie hält sich immer so auf Höhe des Gehsteigs auf. Das ist öffentliches Gelände und daher nicht verboten.«

»Wundervoll! Klingt nach einem langen, spaßigen Abend«, erwiderte Max sarkastisch.

»Dann lasst uns einfach mal warten, bis die Irre unser Haus anzündet, um uns Ungläubige allesamt in die Hölle zu befördern.«

»Rede keinen Unsinn, Max! Wir werden uns jetzt alle mal beruhigen, während ich mich um das Abendessen kümmere. Marie verschwindet schon, wenn wir ihr keine Aufmerksamkeit mehr schenken!«, sagte Oma streng, ehe sich ihr Blick wieder auf Kai heftete und ihre ärgerliche Miene einem einladenden Lächeln wich.

»Und wen hast du noch mitgebracht, Sasha?«

»O klar«, erinnerte ich mich. Ich hatte es bisher ja äußerst erfolgreich vermieden, dass Kai auf ein Mitglied meiner Familie traf.

»Das ist Kai. Kai, meine Oma Estelle, Tante Clarice und Onkel André. Meine Schwestern kennst du ja«, stellte ich kurz vor und deutete auf jeden Einzelnen.

»Vom Sehen, ja«, antwortete Kai in Bezug auf meine Schwestern, während er allen ein freundliches Lächeln zuwarf.

Während Kai ein paar höfliche Floskeln mit meiner Oma austauschte, tippte mir Tante Clarice auf die Schulter.

»Der ist aber schnuckelig. Dein Freund?«, flüsterte sie mir leise ins Ohr, woraufhin ich den Kopf schüttelte.

»Nein.«

»Aber er wäre gerne dein Freund, oder?«

»Was? Nein. Wie kommst du denn darauf?!«, zischte ich und warf einen Blick über die Schulter, um sicher zu gehen, dass Kai uns nicht zuhörte.

»Weil er diesen besonderen Blick hat, wenn er dich ansieht.«

»Was für einen Blick denn?«

»Oh! *My Sweet Summer Child*«, erwiderte sie amüsiert und strich mit ihren Fingern sanft mein Kinn entlang.

»Hör auf, in diesem vielsagenden Ton *Game of Thrones* zu zitieren«, murrte ich genervt, was meine Tante aber geflissentlich ignorierte.

»Du bist noch immer so herrlich unschuldig. Ich rede natürlich von diesem ganz bestimmten sehnsüchtigen Blick. Wenn man etwas ganz Bestimmtes für sich möchte. Und der hübsche Junge möchte ganz eindeutig dich. Glaub mir, ich habe einen sechsten Sinn für so etwas. Worauf es jetzt ankommt, ist nur noch eine passende Gelegenheit zu schaffen, um ... «

»Nein! Tante Clarice ... Wir spielen nur beide in unserem diesjährigen Schulmusical zusammen. Mehr nicht«, erklärte ich, in dem vernünftigsten Tonfall, den ich zustande brachte.

»Also lass das!«

»Was denn?«

»Dieses *Ich spiele liebend gerne Amor.* Du spielst bitte gar nichts! Hier braucht niemand einen Schubs in irgendeine Richtung!«

Sie verzog die vollen Lippen zu einem enttäuschten Schmollmund, sagte aber nichts weiter dazu.

Mal abwarten, ob sie sich daranhalten würde. Hier unterschied sich Tante Clarice extrem vom Rest der Familie. Also von den Äußerlichkeiten einmal abgesehen.

Während bei Onkel André durch die dunkelbraunen vollen Haare und den schokoladenfarbenen Augen die Familienähnlichkeit unverkennbar war, bildete Tante Clarice mit ihren hellgrauen Augen und ihren hellen Haaren ... keine Ahnung, was ihre natürliche Haarfarbe war, aber seit ich sie kannte, hatte sie glatte, ellenbogenlange, platinblond gefärbte Haare ... den kompletten Gegensatz.

In unserer Familie neigten wir nicht dazu, uns allzu sehr in die Angelegenheiten der anderen einzumischen. Wir interessierten uns natürlich füreinander, aber respektierten auch die Privatsphäre des Einzelnen. Was meine Schwestern betraf, gehört nur Anklopfen nicht dazu.

Was schon schlimm genug war. Aber bei Tante Clarice existierte so etwas wie Privatsphäre irgendwie überhaupt nicht.

»Sehr schön. Du bleibst dann doch sicher auch zum Essen, Kai?«, schloss Oma ihr Gespräch mit ihm.

Kai setzte zu einer Antwort an, wurde aber prompt von Tante

Clarice unterbrochen, die wirkte, als hätte sie nur auf ein Stichwort gewartet.

»Natürlich! Ich halte es sogar für besser, wenn der Junge über Nacht hierbleibt. Wir können ihn ja nicht nach draußen in die Arme dieser Irren schicken. Wer weiß schon, was sie vorhat. Das wäre absolut unverantwortlich. Aber. oh ... «

Clarice tippte sich mit dem Zeigefinger gegen ihre Lippen und tat als müsse sie angestrengt nachdenken.

»André und ich übernachten ja bereits im Gästezimmer. Aber halb so dramatisch. Er kann ja schließlich bei Sasha im Zimmer schlafen!«

Ich schloss die Augen und vergrub das Gesicht in den Händen, in der Hoffnung, dass dies alles nur ein böser Traum war und sie das nicht wirklich gerade vorgeschlagen hatte.

Es war wirklich erstaunlich, wie oft ich mir inzwischen ein Loch im Boden wünschte, in dem ich versinken konnte, seit ich häufiger Zeit mit Kai verbrachte.

***

Ich hatte wirklich nicht die geringste Ahnung, wie meine Tante es hinbekommen hatte, aber kurz nach dem Abendessen bezog ich tatsächlich unser Reisebett, das neben meinem Bett aufgestellt worden war, um Kai einen Schlafplatz zu bereiten, während dieser im Bad war.

Das kam mir absolut surreal vor.

»Schätzchen ... «, Oma schob nach einem kurzen Klopfen erst ihren Kopf, dann den Rest von sich durch die Tür.

» ... ich weiß, bei Leo habe ich nie etwas gesagt ..., weil ... das war ja irgendwie schon immer was anderes ..., aber wenn jetzt ein Junge bei dir übernachtet ... ich weiß du bist auch kein kleines Mädchen mehr ..., aber ... also so als erzieherische Maßnahme, wäre es mir recht lieb, wenn du deine Tür heute vielleicht etwas geöffnet lässt.«

»Oma!«, erwiderte ich eindeutig peinlich berührt, denn ich verstand sehr wohl, worauf meine Großmutter anspielte und wenn es noch etwas gab, was ich absolut nicht wollte, dann dass meine Oma über so etwas in Bezug auf mich nachdachte.

»Wieso hast du denn überhaupt erlaubt, dass Kai hier übernachtet, wenn du dir jetzt über so etwas Sorgen machst?«, fragte ich, wobei mich viel mehr interessierte, warum Kai letztlich zugestimmt hatte zu bleiben.

Egal wie oft ich das Abendessen nochmal Revue passieren ließ, schaffte ich es dennoch nicht nachzuvollziehen, wie es letztlich dazu gekommen war.

Ich hatte mir allerdings auch die meiste Zeit nur gewünscht irgendwo anders zu sein, während Tante Clarice Kai alles andere als subtil darüber ausgequetscht hatte, ob er eine Freundin hatte und auf welchen Typ Mädchen er stand. Es war mir so unendlich peinlich gewesen.

»Weil er sehr nett wirkt und ich ... dir offen gestanden jemanden wünsche, der dir zu genau den Träumereien verhilft, die du brauchst, ohne dass ich Angst haben muss, dass du uns komplett entgleitest«, meinte Oma jetzt.

»Was?«, fragte ich und gab mir keinerlei Mühe zu verbergen, dass ich Omas Worten absolut nicht folgen konnte.

»Ach, meine Süße, wie erkläre ich dir das am besten ... «, antwortete sie und ließ sich am Fuße meines Bettes nieder.

»Schon als du klein warst, hast du dazu geneigt, dich in deinen Träumereien zu verlieren. In deinen Büchern, Filmen ... die Musicals. Auch jetzt ist es noch so, dass du komplett woanders bist, wenn du dir so etwas anschaust. Das ist auch in Ordnung und ich habe es auch verstanden, als du klein warst ... denn dort, wo es dich dann hinzog, warst du nicht einsam, nicht traurig, wenn deine Eltern wiedermal keine Zeit hatten, sondern einfach glücklich ... aber ich hatte auch immer etwas Angst, dass du vielleicht irgendwann einmal in deiner Traumwelt bleibst. Dass du gar nicht mehr in die Realität zurückkommst.«

»Ich kenne sehr wohl den Unterschied, was real ist und was nicht«, erwiderte ich.

»Ja, aber ich habe manchmal das Gefühl, dass die Realität, je älter du wirst, immer unglücklicher macht.«

»Und du glaubst, Kai kann das ändern?«

»Ja. Denn ein richtiger Partner … kann deine Welt auf so viele Arten schöner … traumhafter machen. So dass es dich auch glücklich macht, wenn du nicht in deinen Träumereien bist. Verstehst du, was ich meine?«

Tat ich nicht wirklich, dennoch nickte ich, weil ich wollte, dass dieses Gespräch jetzt aufhörte.

»Es ist einfach nochmal etwas anderes, jemanden auf diese besondere Art zu mögen. Und ich wünsche mir genau das für dich. Ich möchte, dass du glücklich bist!«

Damit erhob sie sich und kam zu mir. Mit einem sanften Lächeln ging ich in die Knie, damit Oma mir einen Kuss auf die Stirn geben konnte. Das hatte sie sonst nur gemacht, als ich noch ganz klein gewesen war.

Oma machte sich zu viele Gedanken. Ich fühlte mich nicht wirklich einsam wegen meiner Eltern. Schließlich hatte ich immer meine Großmutter und deren Zuneigung gehabt.

Dennoch ließ sich nicht ganz abstreiten, dass ich mich schon immer gern in meine Träumereien geflüchtet hatte. Das hatte ich ja auch Kai gegenüber zugegeben, als er mich gefragt hatte, warum ich Musicals so gernhatte.

Aber darin hatte ich nie etwas Schlimmes gesehen, was einem tatsächlich Sorgen bereiten könnte.

»Also, gute Nacht«, verabschiedete sich meine Großmutter und vollführte einen fliegenden Wechsel mit Kai.

Dieser blieb unschlüssig im Zimmer stehen, während ich das Kissen, das ich für ihn bezogen hatte, gegen meine Brust drückte und selber nicht wusste, was ich jetzt sagen sollte.

»Soll ich … ähm … mal schauen, ob ich einen Schlafanzug oder so was für dich finde?«, unterbrach ich das Schweigen, als ich seine Jeans und sein T-Shirt musterte.

»Nicht nötig. Ich schlafe eh im Sommer meist nur in meinen Boxershorts.«

Wundervoll! Das hörte man doch gern, wenn man sich ohnehin schon schrecklich nervös fühlte.

Ich senkte den Kopf und schloss die Augen, spürte währenddessen allerdings deutlich, wie Kai näher zu mir trat. Ein sanfter Druck seiner Finger zwang meine Hand, sich vom Kissen zu lösen. Er ergriff sie vollends und begann mit dem Daumen sanfte Kreise auf meiner Handfläche zu vollführen.

Unweigerlich kamen mir Tante Clarice Worte in den Sinn. Worauf es jetzt also ankam, war nur eine passende Gelegenheit … eine Chance? Vielleicht sollte ich sie Kai jetzt einfach mal geben?!

Langsam hob ich den Blick und versank in diesen wunderschönen goldfarbenen Augen. Wenn das dieser Blick war, von dem Clarice gesprochen hatte, dann sollte Kai mich bitte immer so ansehen.

»Wieso bist du geblieben?«, fragte ich leise und sprang letztlich über meinen Schatten.

Dann würde ich eben doch noch mitspielen.

Seine Lippen verzogen sich zu diesem Lächeln, das mir augenblicklich Herzrasen verursachte.

»Warum wolltest du nicht, dass ich gehe?«, erwiderte Kai mit einer Gegenfrage, ehe er sich nach vorne beugte und seine Lippen auf meine drückte.

Weil … ich mich eindeutig verliebt hatte.

Zwischen Traum und Wirklichkeit

»Stehst du unter Drogen? Deine Augen sehen so benebelt aus«, fragte Tessa und musterte mich mit einer Mischung aus Argwohn und Besorgnis.

»Was? Unsinn«, antwortete ich und wischte ihre Frage mit einer Handbewegung beiseite.

Ich stand nicht unter Drogen. Meinen benebelten Blick, sofern das wirklich zutraf, verdankte ich den mehr oder minder heimlichen Küssen, die ich die letzten zwei Wochen mit Kai ausgetauscht hatte. Man konnte sogar behaupten, ich schwebte nur noch zwischen Traum und Wirklichkeit. Denn auch, wenn ich es nicht laut ausgesprochen hatte, machte ich mir nicht mehr die Mühe, vor mir selbst zu leugnen, dass ich absolut verschossen in ihn war.

Seit dem Abend, als Kai bei mir übernachtet hatte … wobei von Übernachtung eigentlich keine Rede sein konnte, da wir uns die halbe Nacht statt zu schlafen nur geküsst hatten, wobei es im Übrigen auch geblieben war, traf ich mich regelmäßig, auch außerhalb der Schule mit Kai.

Durch das Musical, seine Bandproben und die normalen Arbeiten für die Schule leider nicht so häufig, wie ich es mir gewünscht hätte, aber dennoch konnten wir inzwischen Kinobesuche, gemeinsames Essen, Shoppingausflüge, einen Besuch im Freizeitpark und einen Ausflug zum Strand vorweisen. Für mich fiel das Ganze durchaus unter Dates und was man als Pärchen machte. Aber ob Kai das genauso sah, konnte ich leider noch immer nicht sagen.

Denn diesbezügliche Gefühle hatte er mir bisher keine gestanden, noch gefragt, ob ich seine Freundin sein wolle.

»Was ist Unsinn?«, fragte Leo und ließ sich neben Tessa auf einen Stuhl in der Cafeteria sinken.

»Ach, beehren Sie uns auch mal wieder mit Ihrer Anwesenheit?«, fragte Tessa spitz.

Leo war seit zwei Wochen nun ganz offiziell mit Annabelle liiert ... Tessas und meine Begeisterung hatte sich in Grenzen gehalten ... und hatte daher die Pausen oder eher so gut wie jede freie Minute mit ihr verbracht.

Auch ein Grund, warum ich die Zeit mit Kai in der Schule nicht vollends ausnutzte, da ich meine beste Freundin nicht komplett einsam und verlassen wissen wollte.

»Wieso so zickig? Kriegst du deine Tage nicht erst nächste Woche?«, fragte Leo, worauf er einen Klaps von Tessa gegen die Schulter kassierte.

»Ey, Aua! Ich mein ja nur ... also, was ist Unsinn?«

»Drogenkonsum meinerseits«, antwortete ich knapp.

»Ah ja ... ich hätte es jetzt eher deinem wilden Rumgeknutsche mit Kai zugeschrieben, dass du in letzter Zeit so abwesend wirkst«, erwiderte Leo.

»Was?«, antworteten Tessa und ich unisono.

Woher wusste er das?

Ich hatte es noch keinem von beiden erzählt.

»Anni hat euch beide gestern gesehen. Was euch wieder mit meiner Anwesenheit beehrt. Denn da ihr es anscheinend nicht mehr für nötig haltet, mich auf dem Laufenden zu halten, verpasse ich scheinbar wichtige Dinge!«

»Deine Anwesenheit ist wohl offensichtlich vollkommen egal, denn ich habe auch noch nichts von wildem Rumgeknutsche berichtet bekommen!«, antwortete Tessa vorwurfsvoll, verschränkte die Arme vor der schmalen Brust und starrte mich beleidigt an.

»Erstens, es gibt kein wildes Rumgeknutsche! Es gab nur ein paar Küsse, Händchenhalten und solche Sachen. Zweitens, weiß ich selber noch nicht mal, was es ist oder wird. Leo, du hast bei deiner Freundin auch gesagt, du willst erst einmal selber wissen, wohin das führt, bevor du uns großartig was erzählst. Also probiere mir jetzt keinen Strick daraus zu drehen, wenn ich genauso handle!«, verteidigte ich mich.

»Das klappt bei dir nicht!«, erwiderten jetzt Leo und Tessa wiederum wie aus einem Munde.

»Was soll das wieder heißen?«

»Dass es dich wahnsinnig machen wird, wenn du nicht bald benennen kannst, was du mit Kai am Laufen hast. Du hast doch selbst gesagt, du bist nicht der Typ für etwas Lockeres und Spielereien. Und da kann man dir auch in keiner Weise widersprechen, Schätzchen. Daher, klär bitte mal besser gestern als heute die Fronten.«

»Leo hat recht ... und schaut mich nicht so entsetzt an ... darüber ist keiner überraschter als ich ...«, fügte Tessa hinzu.

» ... du bist ... zu verträumt ... zu romantisch ... veranlagt, Sasha. Daher glaube ich auch, dass du etwas Klares brauchst, was du benennen kannst. Alles andere macht dich auf Dauer nur nervös und verletzt deine Gefühle«, setzte Leo nach.

Ich erwiderte nichts, da mir sehr wohl klar war, dass sie recht hatten.

Man konnte ohnehin nur verlieren, wenn einen die besten Freunde bereits seit Kindertagen kannten.

***

♫♪♫♪♫♪♫♪♫♪♫♪♫♪

Die Kaiserin ist noch sehr jung,
sie braucht noch manche Förderung.
Zeit, dass sie lernt, was sich gehört.

Zeit, dass sie jemand lehrt, sich zu fügen.
♫♪♫♪♫♪♫♪♫♪♫♪♫♪

Man konnte über Annabelle sagen, was man wollte, aber gesanglich hatte sie es fast ebenso drauf wie ihr Bruder und schauspieltechnisch legte sie sogar nochmals eine Schippe drauf. Sie spielte die Schwiegermutter, Erzherzogin Sofie so überzeugend, dass ich mich tatsächlich eingeschüchtert fühlte und gar nicht so tun musste als sei ich es.

Fasziniert beobachtete ich, wie sie mit ihren Hofdamen, aka, den Mädels aus dem Chor über die Bühne schritt und alles neben sich verblassen ließ, während ich auf meinen Einsatz für die Szene *Eine Kaiserin muss glänzen* wartete.

Inzwischen stand das Bühnenbild komplett und seit der letzten Woche waren wir allesamt dazu übergegangen, das Musical bereits mit Kostümen zu üben.

Die Hochzeitsszene hatte trotz Kostümwechsels zeitlich gut funktioniert, Kai hatte ein perfektes Solo mit *Der letzte Tanz* abgeliefert, in dem der Tod seinen Unmut über die Hochzeit von Elisabeth und Franz-Josef ausdrückt. Und nun war Annabelle an der Reihe mich, also die Elisabeth direkt nach der Hochzeit in die Zwänge des Habsburger Hofs drängen zu wollen.

♫♪♫♪♫♪♫♪♫♪♫♪♫♪
Sie ist verbauert ganz und gar.
♫♪♫♪♫♪♫♪♫♪♫♪♫♪

Annabells Stimme donnerte über die Bühne, während ihr der Chor antwortete.

♫♪♫♪♫♪♫♪♫♪♫♪♫♪
Ganz recht!
♫♪♫♪♫♪♫♪♫♪♫♪♫♪

♫♪♫♪♫♪♫♪♫♪♫♪♫♪
Nimmt ihre Pflichten hier nicht wahr.
♫♪♫♪♫♪♫♪♫♪♫♪♫♪

…fuhr Annabelle fort und wartete auf die Zustimmung ihrer Hofdamen, welche auch prompt und perfekt getimt folgte:

♫♪♫♪♫♪♫♪♫♪♫♪♫♪
Sehr schlecht!
♫♪♫♪♫♪♫♪♫♪♫♪♫♪

Zufrieden, ihre Worte bestätigt zu bekommen, drehte sich Annabelle wieder zum Publikum. Beziehungsweise zu unseren Lehrern und den Schülern, die gerade nicht auf der Bühne sein mussten.

♫♪♫♪♫♪♫♪♫♪♫♪♫♪
Hat das Gehorchen nicht geübt.
Ist in sich selbst verliebt
und nicht streng mit sich.
♫♪♫♪♫♪♫♪♫♪♫♪♫♪

Wie so oft fragte ich mich, ob sie die Worte, die sie eigentlich in Bezug auf die Rolle der Elisabeth sang, nicht doch auch auf mich bezog und deshalb ihre Frustration so gut spielte. Denn obwohl sie jetzt Leos Freundin war, wurden wir beide einfach nicht warm miteinander. Auch fand ich nicht, dass ihre Beziehung sie irgendwie netter gemacht hatte. Die Musical-Proben fühlten sich weiterhin anstrengender an, wenn Annabelle anwesend war.

»Findest du nicht auch, dass das Kleid sie dicker macht?«, flüsterte Tessa neben mir.

Dabei hatte sie einen gemeinen Unterton aufgelegt, der so unpassend bei ihr wirkte, als ob sie sich dazu zwingen musste so zu klingen.

Ich antwortete darauf nicht, konnte mir aber ein Grinsen nicht verkneifen.

Unrecht hatte sie nicht.

Der Reifrock von Annabells Kleid war breiter als bei jedem meiner Kostüme und durch die abwechselten Lagen von dunkelblauem und grauem Stoff wirkte der Rock nochmals pompöser und breiter. Des Weiteren trug sie eine unförmige weiße Bluse und darüber einen einheitlich zum Rock gehaltenen Überwurf, der nicht die geringsten Rückschlüsse auf ihre Figur zuließ. Es ließ ihre sonst so zierliche Gestalt tatsächlich fülliger wirken, aber ich ging davon aus, dass das Kostüm auch darauf abzielte.

Tessas Anspielung auf deren ungünstige Erscheinung warf bei mir wieder die Frage auf, ob sie Annabelle nicht mochte, weil diese nun mal nicht den zugänglichsten Charakter hatte oder weil es sie störte das, nachdem nun raus war, dass Leo nicht ausschließlich auf Männer stand, sich dieser für Kais Schwester entschieden hatte anstatt für ...

Ich traute mich nicht zu fragen aus Angst, dass die Antwort unser Dreiergespann unwiderruflich zerstören könnte.

Dennoch ... sie war meine beste Freundin. Wenn sie sich etwas von der Seele reden musste ...

»Tessa, bist du ...«, begann ich, brachte den Satz aber nicht zu Ende, da Tessa mich im gleichen Moment auf meinen Einsatz hinwies.

♫♪♫♪♫♪♫♪♫♪♫♪♫♪

Eine Kaiserin muss glänzen
im Bewusstsein ihrer Pflichten,
muss die Dynastie ergänzen
und verzichten!

♫♪♫♪♫♪♫♪♫♪♫♪♫♪

♫♪♫♪♫♪♫♪♫♪♫♪♫♪
In der Tat!
♫♪♫♪♫♪♫♪♫♪♫♪♫♪

Langsam trat ich auf die Bühne und gab mir Mühe verwirrt und müde zu wirken. Eingeschüchtert war gar kein Problem, denn Annabelle starrte mich sofort in Grund und Boden. Sie hatte es echt drauf. Ich musste kurz überlegen, aber meines Wissens war sie nur Mitglied im Chor. Nicht in der Theater-AG. Warum bloß nicht?

Eventuell duldete Franzi ja keine weiteren Schauspielgötter neben sich. Denn Annabelle würde sie ohne Probleme vom Thron stoßen.

»Was ist denn los?«, fragte ich schüchtern, worauf erneut die Musik einsetzte.

♫♪♫♪♫♪♫♪♫♪♫♪♫♪
Mein Kind, man schläft hier nicht so lang.
♫♪♫♪♫♪♫♪♫♪♫♪♫♪

»Warum?« sagte ich.

♫♪♫♪♫♪♫♪♫♪♫♪♫♪
Ich dulde keinen Müßiggang.
♫♪♫♪♫♪♫♪♫♪♫♪♫♪

»Ich war so müde … «, erwiderte ich.

♫♪♫♪♫♪♫♪♫♪♫♪♫♪
Um fünf Uhr früh beginnt der Tag.
Pünktlich beim Glockenschlag, jeden Morgen.
♫♪♫♪♫♪♫♪♫♪♫♪♫♪

Schrecklicher Gedanke. Ich schaffte es ja selbst nur mit Müh und Not aus dem Bett, wenn der Wecker klingelte. Ich schüttelte unmerklich den Kopf, um meine Gedanken wieder auf das aktuelle Geschehen zu richten, damit ich meinen Einsatz nicht verpasste.

♫♪♫♪♫♪♫♪♫♪♫♪♫♪
Aber Franz-Joseph hat mir gesagt,
ich sollte mich heut mal ausruh'n.
♫♪♫♪♫♪♫♪♫♪♫♪♫♪

sang ich meine nächste Erwiderung, worauf Annabelle wieder singend antwortete:

♫♪♫♪♫♪♫♪♫♪♫♪♫♪
Ausruh'n? Wovon?
Ich hab ihn gefragt.
Ich weiß, dass du dich heut Nacht geschont hast.
♫♪♫♪♫♪♫♪♫♪♫♪♫♪

»Das kann nicht sein!«, erwiderte ich voller Entrüstung und schlang schützend die Arme um mich.

»Das sagte ich auch!«, entgegnete Annabelle giftig.

»Entschuldigt, Leute!«, unterbrach eine laute Stimme und ließ das Orchester verstummen.

Herr Morino eilte, ein Blatt Papier hoch in die Luft erhoben, auf die Bühne zu.

»Dauert nicht lange. Ich wollte euch nur mitteilen, dass unser Wochenendausflug in diesem Jahr doch stattfinden kann.

Nämlich am nächsten Wochenende. Ich habe die Teilnehmerliste hier. Bitte tragt euch zeitnah ein, wenn ihr mitfahren wollt.«

»Du willst so kurzfristig nochmal wegfahren? Am darauffolgenden Montag ist doch schon unsere Premiere«, wies Frau Griffuni ihren Kollegen mit einem Stirnrunzeln hin.

»Meinst du nicht, das ist zu knapp und lenkt die Schüler zu sehr ab?«

»Nein. Ich halte es für perfekt! Wir machen unsere Generalprobe diesmal am Donnerstag. Freitag fahren wir dann los und Montag früh zurück. Ich mache die Generalprobe nicht mehr so knapp vorher. Erinnerst du dich an das letzte Jahr? Alle waren so dermaßen angespannt ... die Premiere verlief dadurch doch sehr ... holprig. Das will ich dieses Jahr vermeiden. Geben wir den Schülern lieber die Möglichkeit, sich vor Montag nochmal zu entspannen und einfach runterzufahren. Immerhin hatten sie in den letzten Wochen kaum ein freies Wochenende mehr ..., weil es dieses Jahr alles etwas enger gesetzt war«, antwortete Herr Morino. »Geht es wieder zu dieser Alm-Hütte?«, fragte eine Schülerin aus der Chorgruppe.

Herr Morino runzelte aufgrund ihres abfälligen Tonfalls die Stirn, seine Stimme blieb jedoch weiterhin gut gelaunt.

»Es ist keine Alm-Hütte. Aber wie haben dasselbe Ziel wie im letzten Jahr gewählt.«

Ein enttäuschtes Stöhnen ging durch den Großteil der Schülerinnen und die meisten wandten sich mit gelangweilter Miene ab. »Also, ich hänge die Liste hier her. Bitte tragt euch ein«, verkündigte unser Lehrer, der ganz offensichtlich eine positivere Reaktion seiner Schüler erwartet hatte.

»Was haben die anderen denn?«, fragte ich Annabelle, denn der Ansturm auf die Liste blieb aus.

»Ach, die stellen sich nur künstlich an. Das Wochenende im letzten Jahr war gar nicht schlecht. Wir sind zu einem alten Bauernhof gefahren. So richtig idyllisch, umgeben von Wald und Wiese. Wie man es so aus diesen alten Heimatfilmen kennt. Keine Ahnung, ob du so was mal geschaut hast ... meine Mutter mag die recht gerne. Egal ... jedenfalls ist es aber einer der wenigen Orte ohne richtigen

Handyempfang und ohne W-Lan. Und das ist eben für die meisten hier die absolute Katastrophe.«

»Verstehe.«

Für mich würde das jetzt keine Katastrophe darstellen, daher steuerte ich nach kurzer Überlegung die Liste an, um mich einzutragen.

»Wir wollen da also mit?«, fragte Kai nah an meinem Ohr. Vor Schreck zuckte ich zusammen und verrutschte mit dem Stift leicht, sodass mein Name eher unleserlich über zwei Linien ging. Toll, als hätte eine Fünfjährige geschrieben.

»Erschreck mich doch nicht so!«, drehte ich mich leicht verärgert zu Kai um. Dass mein Ärger bei seinem Lächeln direkt wieder verpuffte, ließ mich deutlich die rosarote Brille fühlen, die ich neuerdings trug.

»Macht aber Spaß. Mir gefällt, wie du reagierst, wenn ich in deine Nähe komme.«

Er ließ seinen Blick auffallend langsam einmal über mich gleiten, was mir die Hitze ins Gesicht trieb. Mit einem schwachen Räuspern drehte ich mich zur Seite und blickte zurück auf die Liste.

»Ähm ... ja, warum nicht. Könnte doch lustig werden«, antwortete ich auf seine vorherige Frage.

Aus dem Augenwinkel sah ich, wie Kai wieder nähertrat. Er griff nach dem Stift und setzte seinen Namen direkt unter meinen.

»Oh ja. Wir werden sicher unseren Spaß haben«, antwortete er mit einem vielsagenden Lächeln, beugte sich dann kurz in meine Richtung und drückte seine Lippen einmal sanft gegen mein Ohr.

***

»Ist Vanessa jetzt wieder offiziell Mitglied im Chor?«, fragte Tessa verwundert, während sie am darauffolgenden Freitag ihren kleinen Rollkoffer neben meinen schob. Das hatte ich mich ebenfalls schon gefragt, seit sie neben drei weiteren Mädels aus dem Chor an der Bushaltestelle aufgetaucht war.

»Auf Bewährung, könnte man sagen«, antwortete Annabelle, die an der Seite von Leo zu uns trat.

»Sie hat Herrn Morino angefleht wieder im Chor mitsingen und bei unserem Ausflug mitfahren zu dürfen. Letztlich ist Morino weich geworden. Bei *Elisabeth* darf sie noch nicht wieder mitwirken ... wäre ja auch zu knapp ... schließlich ist die Premiere ja schon in drei Tagen ... «

Daran musste sie uns wirklich nicht erinnern. Mir wurde immer wieder ganz flau im Magen, wenn ich daran dachte, dass nur noch dieses Wochenende blieb und dann würde die Show beginnen.

» ... aber mitfahren darf sie«, schloss Annabelle und während ihr Blick auf mich fiel, verengten sich ihre Augen zu Schlitzen.

»Was ist?«, fragte ich verwundert. Sie war doch erst vor ein paar Minuten hier angekommen. Ich hatte ihr nicht das Geringste getan. Warum schaute sie mich jetzt schon wieder so böse an?!

»Pass einfach auf!«, zischte sie nach vorne gebeugt, damit Leo und Tessa sie nicht hören konnten.

»Was?«, erwiderte ich verständnislos, was sie nur noch mehr zu verärgern schien.

»Kai beachtet sie nicht mehr, seit sie ihn an dem Abend für Nicole hängengelassen hat. Das passt ihr nicht. Wenn sie jetzt also mit aller Gewalt in den Chor zurückwill, um heute mitzufahren, muss man ja wohl kein Genie sein, um zu checken, dass sie probiert so wieder an Kai ranzukommen.«

»Ähm ich bin nicht ... «, seine Freundin? Wollte ich das jetzt wirklich auch noch laut aussprechen?!

Gut, war ich offiziell ja wirklich nicht. Dennoch würde es mir sicher nicht gefallen, wenn sich Vanessa an Kai ranschmeißen würde. Trotzdem wusste ich nicht, was ich Annabelle antworten sollte. Dass sie sich keine Sorgen machen sollte? Ich würde meine Krallen schon in ihren Bruder schlagen? Daran irritierte mich am meisten der Gedanke, dass Annabelle besorgt sein könnte, dass ihr Bruder sich für eine andere als mich interessieren könnte. Sie wollte mich doch nicht plötzlich unterstützen, oder?!

»Guten Morgen«, begrüßte uns Noah im nächsten Moment und in etwa so erstaunt wie über Vanessas Hiersein war ich über das Auftauchen seiner Freundin Junes, die mit ihrem Koffer neben ihn trat.

»Guten Morgen, du fährst auch mit?«, fragte Leo an Junes gewandt, ohne seine Überraschung zu verbergen.

»Selbstverständlich. Ich lasse Noah doch kein ganzes Wochenende mit diesen Chor-Flittchen alleine!«, erwiderte Junes.

»Hallo?!«, antwortete Annabelle, deutlich verärgert.

»Dich nehme ich davon mal aus, Schätzchen. Ich meinte eher deine Kolleginnen da.«

Damit deutete sie auf Vanessa und die anderen Drei.

»Aber normalerweise vertraut sie mir schon«, wandte sich Noah gelassen an Leo.

»Ach mein Schatz, dir vertraue ich. Nur den Weibern dort nicht!«, antwortete Junes, ergriff seine Hand und drückte ihre Lippen für einen sanften Kuss auf seine Wange, was ihn wieder zum Lächeln brachte.

»Aber davon mal abgesehen, wie kommt es denn, dass du mitfahren darfst?«, fragte Annabelle.

»Offiziell als Vertretung des Schülerrats und Ansprechpartnerin für die Schüler ... bla bla bla. Inoffiziell habe ich Herrn Morino damit gedroht, ihm Hayne auf den Hals zu hetzten, wenn er mich nicht mitfahren lässt. Das funktioniert überraschend gut. Als würde man drohen einen bissigen Pitbull von der Leine zu lassen«, erwiderte Junes und konnte sich ein Lachen nicht verkneifen.

»Du sollst den Leuten nicht immer mit Hayne drohen. Du weißt, sie mag das nicht und außerdem ist es Quatsch, weil sie in Wahrheit eine ganz Nette ist«, tadelte Noah seine Freundin, auch wenn er sich dabei ein Grinsen nicht verkneifen konnte.

»Solange es funktioniert?!«

»Leute passt auf, der Bus fährt ein!«, rief Frau Griffuni, deren Ankommen ich noch nicht einmal bemerkt hatte.

Wir traten etwas zur Seite und meine Augen huschten unwillkürlich über die Anwesenden. Doch es war Tessa, welche die Frage aussprach, die mir durch den Kopf ging.

»Wo sind Teddy, Kai und die anderen?«

»Teddy und Lucas kommen nicht mit. Teddy hat keine Zeit und Lucas ... ich glaube bei ihm war die Begründung: kein Bock! Wo mein Bruder und seine bessere Hälfte bleiben ... keine Ahnung. Kai zumindest hat sich geweigert aufzustehen, als ich ihn wecken wollte«, antwortete Annabelle mit einem Schulterzucken und schob ihren Koffer in Richtung des Busfahrers, der gerade die Klappe geöffnet hatte, um unser Gepäck im Laderaum zu verstauen.

»Oh schade ...«, murmelte Tessa enttäuscht, was mich hellhörig werden ließ. Was war schade? Dass nicht alle vier Jungs mitkamen? Wen vermisste sie. Teddy oder Lucas?

Oder interpretierte ich zu viel hinein? Ich war ja immer noch nicht sicher, ob die Beziehung zwischen Leo und Annabelle ihr etwas ausmachte.

Fest entschlossen mit ihr zu reden, damit Tessa nicht dachte, dass ich mich neben Kai, Musical und dem ganzen sonstigen Zeug nicht mehr für ihr Leben interessierte, stellte ich mich hinter meiner besten Freundin in die Reihe der vor der Bustür Wartenden und vergaß darüber, dass Kai noch immer nicht aufgetaucht war. Bis ich mich dann neben ihr in den Sitz sinken ließ.

Ob er es sich anders überlegt hatte? Ich konnte nicht verhindern, dass sich Enttäuschung in mir breitmachte, woraufhin ich wieder versuchte mich auf Tessa zu konzentrieren.

»Hey, sag mal ... du wirkst etwas traurig darüber, dass Lucas und

Teddy nicht mit dabei sind?! Hat das einen bestimmten Grund? Kann es vielleicht sein … magst du … «

Ich hatte den Satz noch nicht beendet, als ihre Reaktion mir schon die Antwort lieferte. Die blassen Sommersprossen auf ihren Wangen wurden dunkler, als ihre helle Haut mit jeder Sekunde röter wurde. Wow! Auch wenn Leo gerne witzelte, dass man in mir schon lesen könnte wie in einem Buch, war das eindeutig nichts gegen Tessa. Sie hatte sich verguckt.

»Wer?«, bohrte ich automatisch nach, doch Frau Griffuni ersparte Tessa die Antwort.

»Sitzen alle im Bus?«

»Mein Bruder und Louis fehlen noch … «, begann Annabelle. Wie aufs Stichwort sprangen beide, ziemlich gehetzt wirkend, in den Bus.

»Das war eine nahezu punktgenaue Landung, meine Herren«, tadelte unsere Lehrerin und machte Platz, um die beiden vorbei zu lassen.

Louis und Kai wirkten gleichermaßen außer Atem und gaben der Lehrerin keine wirkliche Antwort.

Kai schaffte auch nur drei Schritte in den Bus, ehe er von Vanessa am Arm gepackt und auf den Sitz neben sich gezerrt wurde.

»Hier ist noch Platz! Setz dich zu mir!«

Ich verspürte einen leichten Stich, als Kai, zwar sichtlich verwirrt, sitzen blieb, während sich Louis, schräg gegenüber, hinter Leo und Annabelle niederließ.

»Was war denn los? Warum kommt ihr auf die letzte Minute?!«, fauchte Annabelle ihren Bruder an. Dieser rieb sich indessen müde übers Gesicht.

»Ich habe verschlafen. Warum hast du mich nicht geweckt?!«

»Hab ich doch!«

»Du hättest ihn mit einem Dornröschenkuss aus dem Schlaf wecken sollen, wie ich es letztlich gemacht habe. Da ist er aus dem

Bett gesprungen wie ein junger Gott«, sagte Louis breit grinsend, verschränkte die Arme auf dem Sitz von Kais Schwester und beugte sich nach vorne.

Diese warf dem Freund ihres Bruders einen skeptischen Blick zu.

»DAS habe ich als einziges nicht versucht. Entschuldigt bitte vielmals meine Nachlässigkeit!«

»Ja, sollte dir auch leidtun. So ein Schock am Morgen …«, murrte Kai.

»Was soll das heißen, Schock?«, entgegnete Louis gespielt beleidigt.

Darauf schaffte Kai es leider nicht zu antworten, weil Vanessa seine Aufmerksamkeit auf sich zog, was mir erneut einen kleinen Stich in der Brust versetzte.

»Reiß dich zusammen«, flüsterte ich leise zu mir selbst und schloss kurz die Augen. Ich würde nicht zu jemand werden, die Eifersuchtsanfälle bekam, nur weil ihr Freund im Bus neben einem anderen Mädchen saß und sich mit ihr unterhielt.

Nicht ganz die Situation erfassend war dieser Entschluss allerdings durch die Tatsache, dass ich ja gar nicht seine Freundin war. Zumindest nicht offiziell. Ahh! Verdammt! Tessa und Leo hatten recht, mich machte es Irre, dass wir nichts benannt hatten.

Ich musste mich also dringend ablenken. Gut, dass Tessa und ich uns ein paar Sitzreihen weiter hinten niedergelassen hatten und so relativ ungestört waren.

»Also? Wen magst du?«, nahm ich leise das vorherige Thema wieder auf.

Tessa wich meinem Blick aus und ihr Gesicht nahm wieder einen, wie ich fand, ungesunden Rot-Ton an, aber nach ein paar Sekunden des Schweigens gab sie mir doch Antwort.

»Erinnerst du dich, als ich meinte, dass ich nicht nur deinetwegen bei dem Musical mitmache, sondern weil ich auch für mich versuche etwas mutiger zu werden?«

Ich antwortete ihr mit einem Nicken.

»Das war wegen … Teddy. Ich finde ihn süß …, schon eine ganze Weile und durch das Musical schaffe ich es sogar, mich immer öfter mit ihm zu unterhalten. Ohne dass andere dabei sind. Und … er ist wirklich nett.«

»Hast du ihm das schon gesagt? Dass du ihn nett findest? Ihn nach einem Date gefragt?«

Es war wirklich erstaunlich, wie schnell bei Tessa die Gesichtsfarbe wechseln konnte. Die dunkelroten Wangen wurden zusehends bleicher und ihre Miene wirkte, als hätte ich ihr vorgeschlagen der Al-Qaida beizutreten.

»Hast recht … dumme Frage«, fügte ich hinzu, noch bevor sie Antwort geben konnte. Ich bekam es ja auch nicht hin, über solche Dinge, die mir insgeheim schon wichtig waren, zu reden. Bei diesem Gedanken ging mein Blick unwillkürlich zurück zu Kai. Er wirkte zwar sichtlich genervt, hörte aber trotzdem weiter Vanessa zu, die auf ihn einredete und dabei immer wieder ein glockenhelles Lachen von sich gab.

Wieder ein Stich.

Das würde eine verdammt lange Busfahrt werden.

***

»Alles okay, Sasha? Du wirkst als würdest du jeden Augenblick in den Sitz beißen.«

Mit leicht besorgter Miene hielt mir Noah eine Tüte Salzstangen unter die Nase, als befürchtete er wirklich, meine finstere Miene käme von Nahrungsmangel.

»Danke. Aber alles okay. Ich … Mir geht es gut«, formulierte ich den Satz um, statt *Ich halte mich gut* zu sagen, was mir zuerst auf den Lippen gelegen hatte.

Mich machte die Situation langsam wahnsinnig. Wir waren jetzt gut über zwei Stunden gefahren und Kai hatte es nicht einmal für nötig gefunden, mir zumindest *Guten Morgen* zu sagen. Oder mich überhaupt zu registrieren.

Nein. Er hatte sich jetzt fast nonstop mit Vanessa unterhalten.

Gut, sie redete und er antwortete meist einsilbig oder nur mit einer Bewegung des Kopfes …, aber das konnte man trotzdem durchaus als Unterhaltung werten.

»Gut. Wäre ja schade, wenn du krank werden würdest oder so«, antwortete Noah und schenkte mir ein sanftes Lächeln.

Er war wirklich ein unglaublich netter Kerl, den ich durch die Proben inzwischen schon richtig liebgewonnen hatte. Er redete zwar nicht viel, war aber extrem aufmerksam gegenüber seiner Umgebung und ihm lag wirklich etwas daran, dass es den Menschen um ihn herum gutging. Irgendwie verstand ich Junes Sorge, dass sich andere an ihren Freund ranschmeißen könnten. Sie konnte sich glücklich schätzen ihn zu haben.

»Wie seid ihr eigentlich ein Paar geworden?«, fragte ich die beiden neugierig.

Die Frage überraschte beide, das erkannte ich an dem Blick, den sie sich zuwarfen, bevor Junes antwortete.

»Das war ganz unspektakulär. Noah hat gefragt, ob ich mit ihm ins Kino gehen würde. Dann haben wir uns, glaube ich, noch zweimal verabredet und dann hat er mir gestanden, dass er mich *echt gerne* mag und hoffte, dass sich die Beziehung vertiefen würde. Ob ich seine Freundin sein wolle. Tja … das war's auch schon. Einfach und unspektakulär.«

Aber dennoch schön. Einfach, offen und ehrlich, ohne Herzschmerz oder Dramen. So etwas klappte also auch. Missmutig griff ich doch nach einer Salzstange.

***

»Guten Morgen, Hübsche.«

Oh! Ich existierte also doch. Wie nett!

Mit größter Willensstärke sperrte ich die Zicke in mir in eine Truhe, ehe ich mich in Kais Richtung drehte, während der Busfahrer die Koffer auslud.

»Oha, und ich dachte ich hätte mir die bösen Blicke im Bus nur eingebildet«, kommentierte er meine Miene, aus der ich die Zicke wohl doch nicht hatte verbannen können.

»Würde mich ehrlich überraschen, wenn dir das aufgefallen wäre. Du warst schließlich beschäftigt!«, entgegnete ich.

Okay, aus meiner Stimme hatte sich die Zicke wohl auch reinschleichen können.

Gott, ich hasste das. So wollte ich doch gar nicht sein!

»Ich war nicht beschäftigt. Wenn du zu mir gekommen wärst, hättest du sehen können, wie mir die Ohren bluteten, und mich retten können«, erwiderte Kai mit einem seltsam zufriedenen Grinsen.

»Retten? Du hättest dich ja auch einfach woanders hinsetzen können, wenn es dich so genervt hat ...«, erwiderte ich, deutlich versöhnlicher.

Es stimmte ja. Das war keine Einbahnstraße. Ich hätte ja auch zu Kai gehen können.

»So, Leute. Kommt schon. Koffer einsammeln und Zimmer beziehen. Irgendwelche Belegungswünsche?«

»Ich teile das Zimmer ausschließlich mit Kai!«, antwortete Louis lautstark auf die Frage unserer Lehrerin und warf Kai ein breites Grinsen zu, was dieser mit einem Stirnrunzeln quittierte.

»Wenn du nochmal probierst mich wachzuküssen, trete ich dir in die Eier!«, warnte dieser.

»Nimm doch einfach meine Liebe an«, erwiderte Louis und formte vor der Brust mit den Händen ein Herz, was Kai letztlich doch amüsierte, obwohl er eindeutig versuchte Louis nicht lustig zu finden. Sinnloses Unterfangen, wie ich fand. Ich selbst konnte bei ihren Kabbeleien nur schwer ein Lächeln unterdrücken.

»Wow. Wirklich wie einem Heimatfilm entsprungen«, kommentierte Leo den Bauernhof.

»Ich erwarte irgendwie, dass Roy Black um die nächste Ecke biegt und ein Lied singt.«

»Wer?«, fragte Tessa, was ihr einen ungläubigen Blick von Leo einbrachte.

»Ich merke wieder einmal, dass dir Filmnachmittage bei Oma erspart geblieben sind.«

»Klar. Die eine wohnt schließlich in Schweden und die andere ist gestorben, bevor ich auf der Welt war«, antwortete Tessa verwirrt, da sie Leos Gedankengang offensichtlich nicht folgen konnte.

Aber mit dem Bauernhof hatte er schon recht. Wobei mir dieses Ländliche gut gefiel.

Es führte nur ein geteerter Weg zu dem dreistöckigen Gebäude. Ansonsten war das Haus von Wiesen umgeben. Der oberste Stock hatte eine komplett hölzerne Außenverkleidung, während die beiden unteren Stockwerke weiß verputzt waren. Ein hölzerner Balkon zog sich auf Höhe des zweiten Stocks einmal komplett um das Gebäude und war mit Blumenkästen voller gelber und violetter Veilchengewächse behangen. An jedem Fenster hingen Fensterläden aus Holz, in die ein Herz in der Mitte geschnitzt worden war. Wie niedlich.

Ich folgte den anderen zum Eingang, aber viel mehr gab es nicht zu sehen. Hinter dem großen Haus stand eine hölzerne Scheune, die allerdings wirkte, als würde sie schon länger nicht mehr genutzt werden, und auf der Wiese vor dem Haus stand ein Schaukelgerüst. Ansonsten waren noch vereinzelte Bäume, Rosenbüsche und sonstige Gewächse angepflanzt worden.

»Ah, da seid ihr ja!«, rief Herr Morino erfreut und trat komplett aus der Eingangstür.

Ich hatte mich schon gefragt, ob er bei diesem Wochenende gar nicht dabei sein würde, da ich ihn zuletzt bei unserer gestrigen, recht gut gelungenen Generalprobe gesehen hatte. Bei der heutigen Busfahrt hatte er durch Abwesenheit geglänzt.

Er winkte uns hindurch und das Gebäudeinnere wirkte nicht weniger ländlich und rustikal. Von den weißen Wänden einmal abgesehen schien der Rest nur aus Holz zu bestehen. Dunkler Holzboden und hellbraune Schränke, Garderobe, Tische und auch sämtliche Sitzgelegenheiten waren aus Holz. Die sahen schön aus, wirkten allerdings nicht sonderlich bequem.

Frau Griffuni führte uns die nächste Treppe nach oben und verteilte uns dort paarweise auf die Zimmer. Sie waren nicht sonderlich groß und sahen aus wie unten. Dominiert durch das Holz. Ein Tisch, zwei Stühle, ein Schrank und ein Stockbett.

»Ich schlafe oben, okay?«, verkündete Tessa prompt und stellte ihren Koffer neben dem Bett ab.

»In Ordnung«, antwortete ich abwesend, während ich aus dem Fenster schaute. Der Ausblick von hier zeigte Bäume ohne Ende.

»Eigentlich auch nicht anders wie auf Klassenfahrt ... «, kommentierte Tessa, während sie die Sprossen nach oben stieg und sich auf ihr Bett fallen ließ.

»Ist ja schon auch so etwas in der Richtung«, antwortete ich und ließ mich jetzt ebenfalls auf meine Matratze sinken. Diese fühlte sich aber zumindest wunderbar bequem an.

»Blöd. Ich befürchte nämlich, dass uns dieser pädagogische Teil nicht erspart bleiben wird.«

***

Tessa behielt natürlich auch noch recht. Nachdem uns der Gemeinschaftsraum und andere Teile des Hauses gezeigt worden waren, drückte Herr Morino jedem von uns eine Decke in die Hand und schickte uns in die Wildnis. Also nicht wirklich in die Wildnis. Aber wir sollten uns auf dem Gelände um den Bauernhof verteilen und jeder eine komplette Stunde für sich allein die Natur genießen.

Meditieren, zur Ruhe kommen, unseren Gedanken nachhängen und unsere innere Mitte finden …, so zumindest die Worte unseres Lehrers.

Was nichts anderes hieß wie, als dass ich nun unter einem Nadelbaum am Waldrand hockte, während ich auf weite Wiesen starrte und nichts mit mir anzufangen wusste.

Unsere Telefone hatten wir nicht mitnehmen dürfen und selbst wenn wir sie behalten hätten, war damit ohne jeglichen Empfang ohnehin nichts anzufangen.

Laut Herrn Morino sollten wir diese Chance nutzen, der Hektik unseres Alltags zu entkommen, aber die Wahrheit war, dass ich mich schon nach zehn Minuten furchtbar langweilte.

»Gefunden«, ertönte Kais Stimme hinter mir und vor Schreck zuckte ich kurz zusammen.

Er ließ seine Decke ins Gras fallen, kniete sich auf meine, ehe er die Position wechselte und sich so hinter mich positionierte, dass er seine Arme um mich legen konnte und seine Beine rechts und links von meinem Körper ausstreckte. Ich war mehr über die Selbstverständlichkeit, die er an den Tag legte, überrascht als über die Geste selbst.

Aber dagegen hatte ich nichts, lehnte mich sogar etwas zurück, bis mein Rücken an seiner Brust ruhte.

»Was hat dein Onkel jetzt eigentlich wegen der verrückten Nonne unternommen?«, fragte er an meinen Haaren, als er das Gesicht gegen meinen Kopf drückte.

»Marie ist keine Nonne. Sie hat nur eine Zeit lang Urlaub in einem Kloster gemacht«, berichtigte ich ihn.

»Und Onkel André hat jetzt ein Kontaktverbot erwirkt. Sie darf sich ihm und seiner Familie auf so und so viel Meter nicht mehr nähern. Muss ja auch Vorteile haben, wenn die eigene Schwester und ihr Mann Anwälte sind.«

»Ob sie sich daran halten wird?«, fragte Kai, worauf ich mit einem Schulterzucken antwortete. Wir würden sehen.

Marie hatte an dem Abend, an dem Kai bei mir übernachtet hatte, noch mehrere Stunden vor unserem Haus rumgelungert, letztendlich aber tatsächlich aufgegeben. Netterweise ohne zu versuchen unser Haus abzubrennen oder ähnliches.

Der darauffolgende Frieden war allerdings nur von kurzer Dauer. Denn zwei Tage später hatte sie meinem Onkel und meiner Tante erneut aufgelauert und sie auf offener Straße wüst beschimpft und Tante Clarice sogar geschlagen.

Es war für Umstehende zumindest Grund genug gewesen, die Polizei einzuschalten und für meinen Onkel, sich an einen Anwalt, beziehungsweise seine Schwester zu wenden.

Ob sich Marie nun an das Verbot halten würde, war abzuwarten.

Eine Weile blieben wir einfach so schweigend sitzen. Aber weniger, weil es nichts gab, worüber wir reden konnten, als vielmehr, weil ich nicht wusste, wie ich am besten in Worte fassen konnte, was ich eigentlich ansprechen wollte.

Dabei war das doch sicher gar nicht so schwer ..., einfach fragen, ob wir offiziell ein Paar waren. Beziehungsweise eines werden wollten.

Aber allein, wenn ich darüber nachdachte, ihn das zu fragen, kam ich mir unglaublich blöd vor.

»Als ich ... dir damals den Brief überreichen sollte ... «, begann ich langsam, nachdem ich mir letztlich ein Herz gefasst hatte. Egal wie blöd oder albern es war, ich musste ihn fragen, sonst würde es mich auf Dauer einfach kirre machen.

» ... fand ich ja am niedlichsten, dass darin stand ..., ob du mir ihr gehen willst. Mit Ja, Nein oder Vielleicht zum Ankreuzen ... «, fuhr ich möglichst subtil fort.

»Ach so? Ich habe den Brief ja nie gelesen.«

»Ja ... ich hab ihn danach auch aus Wut dann zerrissen ... «, gestand ich. Worüber meine damalige Freundin nicht gerade glücklich gewesen war.

»Warum hast du das eigentlich gemacht?«, fragte Kai, woraufhin ich den Kopf drehte, damit er meine ungläubige Miene sehen konnte.

»Weil du ein arroganter Arsch warst und ich wütend!«, antwortete ich, was ihm seltsamerweise ein lautes Lachen entlockte.

»Nicht, warum du ihn zerrissen hast. Warum du mir von jemand anderem einen Liebesbrief überreichen wolltest. Warum hat deine Freundin ihn nicht selber gebracht?«

»Weil sie sich nicht getraut und mich gebeten hat.«

Kai studierte eingehend mein Gesicht und mir gefiel das sanfte Lächeln, das dabei seine Mundwinkel umspielte.

»Du tust alles, wenn dich deine Freunde darum bitten, oder?«

»Nicht alles. Aber sofern es mir möglich ist. Daran ist doch nichts schlimm, oder?«

Kai hob die Hand und strich mir eine meiner dunkelbraunen Strähnen hinters Ohr.

»Nein. Ich mag diesen Charakterzug an dir«, erwiderte er, ehe er mich küsste.

Zuerst sanft, dann drängender und mit jeder Sekunde, mit der unser Kuss intensiver wurde, vergaß ich meine eigentliche Frage, bis Kai seine Lippen löste und mich wieder zu Atem kommen ließ.

»Würde ich jetzt fragen ... was würdest du ankreuzen?«, flüsterte ich noch immer etwas atemlos.

Überrascht hob er die Augenbrauen.

»Fragst du mich gerade, ob ich mit dir gehen will?«, fragte er belustigt, was meine Wangen warm werden ließ. Also klang die ausgesprochene Frage wohl genauso blöd wie ich befürchtet hatte.

»Ah, ihr haltet euch also auch nicht an *einsam und allein Natur genießen*«, ertönte Louis Stimme und mit dem Knacken von ein paar zertretenen Ästen trat er aus dem Wald und kam zu uns. Gefolgt von Tessa, Leo und Annabelle.

Sie breiteten noch zwei Decken neben uns aus und setzten sich dann alle.

»Nichts gegen Natur genießen, aber ich bin für Ruhe und Einsamkeit einfach nicht geschaffen!«, sagte Louis.

Damit verfielen wir in lustige, aber eher belanglose Gespräche und erst als die Stunde fast schon wieder vorbei war, wurde mir bewusst, dass Kai mich losgelassen und sich anders hingesetzt hatte, als unsere Freunde aufgetaucht waren.

Eine Feststellung, die ein seltsames Gefühl von Unbehagen in mir auslöste.

***

Ich bekam auch bis zum Sonntag keine Antwort von Kai auf meine Frage. Was aber auch zumeist daran lag, dass wir keinen Augenblick mehr allein miteinander verbrachten. Bei den Mahlzeiten, Wanderungen, Spielen, wie beispielsweise einer doch recht amüsanten Schnitzeljagd, und bei dem, was wir sonst noch so unternahmen, waren wir ausschließlich in Gruppen unterwegs.

Es war wirklich lustig, bis auf die Tatsache, dass Vanessa an Kai haftete wie eine Zecke.

Ich konnte nicht einmal behaupten, dass ihre Annäherungen billig wirkten. Es war eher dieses ... sich ganz nah an ihn stellen, sich ständig von ihm helfen lassen, weil sie es nicht schaffte, über einen winzigen Baumstamm oder ähnliches zu steigen, ihm nicht existente Fussel von der Jacke streichen ... solche Dinge. Sie nervten mich so sehr, aber ich traute mich nicht etwas deswegen zu sagen, noch ganz offiziell meine Krallen in Kai zu schlagen, wie ich es scherzhaft Annabelle gegenüber angekündigt hatte. Was mich zusätzlich noch nervös stimmte, war, dass Kai zwar nicht auf Vanessa einging, er aber auch keine Anstalten machte, etwas in Bezug auf mich zu unternehmen. Er ergriff nie meine Hand, küsste mich nicht vor anderen und machte auch sonst keine Annäherungen, wenn wir nicht unbeobachtet waren. Obwohl ich mich bei Kai inzwischen schon so wohlgefühlt hatte, als wenn ich mich gedanklich in meine Träumereien zurückzog ... fühlte es sich jetzt eher an, als befand ich mich in einem Bereich zwischen Albtraum und Wirklichkeit. Definitiv kein Ort mehr, an dem ich mich wohlfühlte.

Auch wenn diese unterschwellige Eifersucht und Unsicherheit meine Stimmung deutlich trübte, erlebte ich während des Wochenendes trotzdem eine schöne Zeit.

Was ich nicht erwartet hätte so ohne Handy, Internet, Fernsehen ...

Ich entwickelte sogar eine kindliche Freude daran mich am Sonntagabend noch auf die Schaukel vor dem Haus zu setzen und zu testen, wie hoch ich schaukeln konnte.

Es hatte wirklich etwas Befreiendes. Der Wind, der über mein Gesicht und durch meine Haare wehte, während ich den klaren Sternenhimmel betrachtete. So hell und deutlich konnte ich die Sterne in der Stadt nie sehen. Es war ein so schöner Anblick, der dabei half, die Sache mit Kai, als auch die Sorge darüber, dass wir schon morgen um die Zeit unsere erste Aufführung spielen würden, einfach auszublenden.

Dies gelang mir allerdings nur, bis ich aus den Augenwinkeln Kai erkannte, der, mit den Händen in seinen Jeanstaschen vergraben, langsam zu mir kam.

Ich stellte meine Bewegungen ein, mein Schaukeln wurde langsamer und stoppte schließlich gänzlich, während Kai neben mir stehen blieb.

Die Lampen neben der Haustür warfen alles in ein dämmriges Licht, aber ich konnte erkennen, dass seine Haare leicht feucht schimmerten. Er war wohl kurz vorher der Dusche entstiegen.

»Was machst du denn allein hier draußen?«, fragte er.

»Schaukeln«, erläuterte ich das Offensichtliche, was ihn zu amüsieren schien. Lächelnd umrundete er die Schaukel, bis er direkt vor mir stand.

Seine Hände strichen langsam über die Ketten nach unten bis sich seine Finger auf meine legten.

»Also ... «, begann er leise und seine Stimme bekam einen verführerischen Klang, während er sich leicht nach vorne beugte, bis unsere Gesichter auf einer Höhe waren.

» ... bevor ich duschen ging, hat Louis mit den anderen eine Runde Monopoly begonnen. Wir können uns dazugesellen, allerdings hat Anni deinem Kumpel gerade damit gedroht, dass er sie nie wieder anfassen darf, wenn er noch einen Bahnhof kauft ... und es gibt gewisse Bereiche in Bezug auf meine Schwester, zu denen ich keine Bilder im Kopf haben möchte, daher ... könnten wir auch nach oben gehen. Nur wir Zwei.«

Ich wurde bei seinen Worten von einem seltsamen Gefühlscocktail überschwemmt. Freude, Aufregung, Glück, Ärger, Angst ... der Wunsch Nein zu sagen, weil er so abweisend wurde, wenn andere dabei waren ... der Wunsch Ja zu sagen, weil ich alleine mit ihm sein wollte ...

Erst als Kai sich nach vorne beugte und seine Lippen ganz sanft auf meine drückte, antwortete ich mit einem Nicken.

***

»Wir werden aber keinen Sex haben!«, sprach ich den ersten Gedanken laut aus, der mir in den Sinn kam, nachdem ich Kai auf sein Zimmer gefolgt war und die Tür hinter uns geschlossen hatte.

Kai drehte sich zu mir um und seine Miene wirkte ehrlich perplex.

Dann biss er sich auf die Lippen und ich zog peinlich berührt das Genick ein, als mir klar wurde, dass er sich gerade alle Mühe gab nicht loszulachen.

So abwegig war mein Gedankengang nun auch wieder nicht gewesen, oder?!

»Was ist denn daran so lustig?«, fragte ich missmutig, woraufhin Kai so nahe zu mir trat, bis ich sich mein Rücken gegen die Tür presste und uns kaum noch zwei Zentimeter trennten.

Ich blickte ihm unverwandt ins Gesicht, sah aber aus dem Augenwinkel, wie er seine Hand seitlich an meinem Körper vorbeischob und den Schlüssel im Schloss drehte.

»Nicht lustig, wie du vielleicht meinst. Ich würde nur manchmal gern in deinen Kopf hineinsehen, um deinen Gedankengängen folgen zu können«, antwortete Kai, legte seine Hände auf meine Hüften und beugte sich nach unten, um mich erneut zu küssen.

»Ich werde gar nichts tun, was du nicht willst. Keine Angst«, flüsterte er zwischen zwei Küssen und ich glaubte ihm.

Es dauerte ein wenig, bis ich mich entspannte, aber dann legte ich meine Arme um seinen Nacken und presste mich an ihn.

Es lag wohl daran, wie überempfindlich ich mich fühlte, so spürte ich deutlich, wie anders Kai doch im Vergleich zu mir gebaut war. Ich fühlte seine Muskeln, die Wärme seiner Haut, roch den Duft seines Shampoos, genoss die Weichheit seiner Haare, als ich meine Finger hindurchgleiten ließ und hatte mit jeder Sekunde, die verging, das Gefühl, ihm gar nicht nah genug sein zu können.

Daher ließ ich mich auch widerstandlos von Kai zum Bett führen und protestierte auch nicht, als er mich in die Matratze drückte und sein Körper halb auf mir ruhte, während wir uns pausenlos weiter küssten.

Mein Herz donnerte förmlich in meiner Brust, aber ich fühlte mich gut. Alles fühlte sich aufregend und schön an.

Er löste seine Lippen von meinem Mund, um mich sanft meinen Hals entlang zu küssen. Ich fuhr testweise mit der Zunge über meine Lippen. Sie fühlten sich geschwollen an und waren wahrscheinlich leuchtend rot. Aber das war mir egal.

Weniger egal war mir jedoch Kais Hand, die seitlich über meine Taille streichelte, höher wanderte und erst nur kurz, dann jedoch deutlicher über meine Brust strich.

Überraschenderweise schien Kai ebenso sensibel auf mich zu reagieren wie ich auf ihn, denn in dem Augenblick, in dem ich mich nur kurz anspannte, hielt er sofort inne, hob den Blick und sah mir fragend ins Gesicht.

Seine Hand lag weiterhin auf meiner Brust, aber er bewegte sie keinen Zentimeter mehr.

»Ist okay …«, flüsterte ich mit einem scheuen Lächeln. Denn das war es. Der Kontakt seiner Handfläche mit dem leicht angerauten Stoff meines Oberteils fühlte sich gut an. Kai fuhr damit fort mein Schlüsselbein zu küssen, während seine Hände über meinen Oberkörper streichelten.

Ich löste meine Finger von seinen Schultern und strich mit meinen Fingerspitzen seinen Rücken hinunter. Was ich wollte, war Kai besser kennenlernen. In so vielen Bereichen. Also auch körperlich. Denn es fühlte sich gut an. Es fühlte sich wirklich schön an. Vielleicht verspürte ich deshalb jetzt auch keine Scham. Vielleicht, weil in meinem Kopf gerade keinerlei Platz für einen Gedanken daran war, was alles peinlich sein könnte. Meine Hände glitten weiter nach unten, erfühlten seine schmale Taille und hielten erst inne, als ich sein T-Shirt etwas nach oben zog, um die nackte Haut darunter zu erfühlen. Kai hob erneut den Kopf, um mir ins Gesicht sehen zu können, als ich meine Finger nicht weiterbewegte.

»Ist okay …«, wiederholte er lächelnd meine eigenen Worte, ehe er seine Lippen bis zu meinem Ohr führte und leise flüstert:

»Streichle mich.«

Es waren nur zwei Worte, aber so eindringlich an meinem Ohr geflüstert reichten sie dafür aus, dass meine Wangen die Farbe eines Feuerwehrautos annahmen. Gut, so ganz ausgeschaltet war mein Schamgefühl dann wohl doch noch nicht.

Dennoch schob ich meine Hände nun gänzlich unter sein T-Shirt, um die warme Haut darunter zu fühlen, hielt jedoch erneut inne, als ich spürte, wie sich Kai nun leicht verkrampfte.

»Kalte Hände«, erklärt er.

Ich biss mir auf die Lippen und murmelte ein leises Entschuldigung, was ihn zum Lachen brachte.

»Nicht schlimm«, versicherte er, woraufhin ich sein Lachen erwiderte, bis er mich erneut küsste. Ich strich mit meinen Fingern weiter über seine Haut und es dauerte gar nicht lange, bis sich meine Finger seiner Körpertemperatur anpassten.

Jetzt fühlte ich mich wieder wie in einen Traum versetzt und verkrampfte auch nicht, als sich Kais Hände nun unter mein Oberteil schoben und dort über meinen Bauch und danach über meinen BH streichelten.

Wie geschickt er jedoch den Verschluss meines BHs öffnete, überraschte mich dann wieder. Das waren doch ziemlich erfahrene Handgriffe. Oder ein Handgriff. Denn gebraucht hatte er nur zwei Finger.

Ich verdrängte den Gedanken an seine Erfahrung und ließ mich weiter streicheln, während unsere Atemzüge schwerer wurden.

»Warte kurz«, keuchte ich und legte ihm die Handfläche auf die Brust, woraufhin Kai auch sofort innehielt. Ich spürte seinen Herzschlag, der ebenso schnell schlug wie meiner und dieses Wissen es gefiel mir ausgesprochen gut.

»Alles okay?«, fragte Kai, als ich gegen seine Brust drückte, damit er sich etwas aufrichtete und ich mich ebenfalls etwas aufsetzen konnte.

»Ja, nur …«

Durch das Bewegen unserer Körper war mein offener BH soweit verrutscht, dass die Träger irgendwo auf Höhe meiner Achseln ruhten und sich mit den Ärmeln des T-Shirts verheddert hatten, was sich unangenehm anfühlte.

Ich kaute etwas unsicher auf meiner Unterlippe, ehe ich eilig, wie als wolle ich ein Pflaster abreißen, mein T-Shirt über den Kopf zog und den losen BH ebenfalls abstreifte.

Kais Augen weiteten sich überrascht, während ich mir nur allzu bewusst war, welchen Anblick ich ihm jetzt gewährte.

Ich spürte, dass ich jetzt so ziemlich am Limit angelangt war von dem, wozu ich heute bereit sein würde zu gehen, aber diese eine Erfahrung wollte ich jetzt noch machen.

Ich wollte noch das Gefühl von Haut an Haut kennenlernen.

Also warf ich Kai wortlos einen auffordernden Blick zu, welchen er verstand. Denn er richtete sich etwas weiter auf und zog sich dann ebenfalls das T-Shirt über den Kopf. Ich bewunderte den Anblick seines Oberkörpers fast gleichermaßen, wie seine Augen, die intensiv leuchteten, als sein Blick auffallend langsam über mich glitt, als wolle er sich jeden Zentimeter einprägen. Ich beugte mich nach vorne, damit sich unsere Lippen erneut zu einem Kuss treffen konnten, als ein lautes Klopfen bei mir das Gefühl hervorrief, als würde ich von Eiswasser übergossen.

Wir drehten unsere Köpfe zeitgleich zur Tür, warteten schweigend, aber schon wiederholte sich das Klopfen.

»Scheiße!«, fluchte Kai, erhob sich aus dem Bett, fischte sein T-Shirt vom Boden und ging zur Tür, während er es sich überzog.

Ich wies ihn nicht darauf hin, dass er es sich verkehrtherum angezogen hatte, da ich zu sehr damit beschäftigt war, mir mein eigenes T-Shirt wieder überzuziehen.

»Ja?«, fragte Kai, ohne die Tür zu öffnen.

»Ich bin's«, drang eine Stimme gedämpft durch das Holz und es dauerte einen Moment, bis ich sie Vanessa zugeordnet hatte.

Das war jetzt nicht wirklich ihr Ernst?!

»Was ist?«, fragte Kai genervt durch die geschlossene Tür.

»Ich habe etwas für dich. Als Entschuldigung, weil ich dich wegen deiner Schwester so hängengelassen habe. Mach schon auf. Bitte! Es wird dir gefallen.«

Ihre letzten Worte waren nur noch ein Säuseln, dennoch konnte ich sie verstehen.

Kai fuhr sich unruhig durch die Haare, schloss dann kurz die Augen, murmelte etwas Unverständliches und als seine Lider sich wieder hoben, richtete sich sein Blick auf mich.

»Bitte versteck dich kurz«, flüsterte er und ich dachte einen Augenblick mich verhört zu haben. Doch er ging tatsächlich zum Schrank und öffnete die Schranktür.

WAS?! War mein einziger Gedanke.

»Was?«, war auch das Einzige, was ich aussprach.

Das war jetzt nicht sein Ernst, oder?!

»Bitte!«, wiederholte er eindringlich und schaffte es, mich ohne Widerstand in den Schrank zu schieben, weil ich absolut fassungslos darüber war, dass er dies von mir verlangte.

Er schloss die Tür nicht gänzlich und so konnte ich durch einen Spalt zurück ins Zimmer spähen.

Kai drehte gerade den Schlüssel und öffnete die Tür.

Davor stand Vanessa. Auffallend perfekt geschminkt und gestylt und mit nichts weiter bekleidet als einem großen Handtuch.

»Ähm …«, war alles, was Kai rausbrachte, denn damit hatte er wohl auch nicht gerechnet.

»Es tut mir so wahnsinnig leid, dass ich mein Wort nicht gehalten habe. Ich merke ja immer noch, wie sehr ich dich damit verärgert habe. Daher … dachte ich, solange unten alle beschäftigt sind, nutze ich die Chance … und mache es wieder gut!«

Damit neigte sie leicht den Kopf, schenkte ihm einen atemberaubenden Augenaufschlag und zog ihr Handtuch auseinander.

Darunter war sie nackt. Sehr, sehr nackt! Und als ob sich das nicht schon schlimm genug anfühlte, war Vanessa auch noch wahnsinnig gut gebaut.

Kai rieb sich über die Stirn, als bekäme er Kopfschmerzen.

»Ich dachte, du bist wieder mit deinem Ex zusammen? Er war doch der Grund, warum du mir kurzfristig abgesagt hast«, murmelte Kai.

Vanessa verzog die Lippen zu einem Schmollen und schloss das Handtuch wieder vor ihrer Brust. Sie hatte wohl auf eine andere Reaktion seitens Kai gehofft.

»Er ist ein Idiot. Er wollte mich nur wieder für eine schnelle Nummer. Danach war es schon wieder vorbei mit dem Gerede vom Neuanfang. Ich habe es ja schon fast vermutet …, schließlich war es bei den letzten vier Malen ja genauso … «, antwortete Vanessa, hielt dann aber inne, als ihr klar wurde, dass sie von Kai kein Mitgefühl zu erwarten hatte.

Eher genau das Gegenteil, wie ich an Kais Miene ablas, die vom Licht des Flurs erhellt wurde. Wenn ich inzwischen etwas von Kai wusste, dann wie viel ihm seine jüngste Schwester bedeutete und wie er es hasste, wenn er sich auf jemanden nicht verlassen konnte. Ihm jetzt den genauen Grund genannt zu haben, warum sie Kai hatte hängen lassen, war nicht Vanessas klügste Entscheidung. Das erkannte sie wohl auch.

Denn sie versuchte es wieder mit einem verführerischen Lächeln und strich mit ihrem Zeigefinger einmal über Kais Brust nach unten.

Ich war kein gewalttätiger Mensch, aber plötzlich verspürte ich just das Bedürfnis, ihr den Finger zu brechen.

»Aber Schnee von gestern. Heute und auch in Zukunft werde ich ganz dir gehören.«

Kai ergriff ihre Hand und schob sie sanft, aber bestimmt von sich.

»Danke für das Angebot. Aber ich verzichte.«

»Was?«, entgegnete nun Vanessa fassungslos. Fing sich aber sogleich wieder.

»Bist du sicher? Wir müssen auch nicht allein bleiben. Ich kann

Julia rufen. Ich weiß, dass sie dich heiß findet und ... sie ist experimentierfreudig!«

Was?! Hatte sie ihm jetzt ernsthaft einen Dreier angeboten?!

Machte man das heutzutage so?! Leo hatte mal gewitzelt, dass jede Nonne mehr Erfahrung hätte als ich. Gut, konnte sein. Aber war es inzwischen normal, dass man einfach so zu Dreiern einlud?!

»Ähm ...«, war erneut Kais einzige Erwiderung.

Offensichtlich bekam er solche Angebote doch nicht alle Tage, denn er wirkte leicht überfordert.

» ... also ... nicht hier ... ich meine ... «, antwortete er zusammenhanglos.

Moment! Was hieß *nicht hier*?! Wo bitte dann?!

Ich hatte das Gefühl, ich stand im Wald. Gut, der Schrank war zwar ebenfalls aus Holz, aber das war nicht ganz, was ich meinte.

Kai hatte doch jetzt nicht wirklich mit *nicht hier* geantwortet, oder?!

»Okay! In dem Zimmer von Julia und mir gibt es ein Doppelbett. Das ist eh besser als diese Stockbetten!«, erwiderte Vanessa, prompt Feuer und Flamme, und zog Kai aus dem Zimmer. Und was eindeutig noch schlimmer war ..., er folgte ihr.

Ich blieb noch einen Augenblick lang wie angewurzelt im Schrank stehen, aber er kam nicht zurück und der einzige Gedanke, der gerade in Dauerschleife durch meinen Kopf ging, war:

Das passierte doch gerade nicht wirklich, oder?!

***

Ich fühlte mich seltsam betäubt, bekam aber unbewusst doch mit, dass ich den Schrank verließ, zur Tür ging, innehielt, mich wieder umdrehte, neben dem Bett meinen BH auflas und diesen schützend gegen meine Brust drückte, ehe ich letztlich das Zimmer verließ.

Kai und Vanessa standen nicht draußen und das fühlte sich an, als hätte mir jemand geradewegs ein Messer in den Bauch gerammt.

Ohne meine Umgebung wirklich wahrzunehmen, schaffte ich es zu meinem Zimmer.

Ich hatte gerade die Tür hinter mir ins Schloss fallen lassen, als es einmal klopfte und die Tür ohne ein Herein abzuwarten wieder geöffnet wurde.

»Hier bist du«, sagte Kai und schaffte es mit diesen drei Worten, meine Taubheit in brodelnde Wut zu verwandeln.

»Das ging ja schnell! Das spricht aber nicht gerade für dich. Oder bist du hier, weil Julia doch keinen Bock hat?! Falls ihr eine Nummer drei braucht, bist du hier aber an der vollkommen falschen Adresse!«, fauchte ich und verschränkte die Arme vor der Brust, um dem Drang zu widerstehen, ihm meine Fingernägel einmal übers Gesicht zu ziehen.

»Was? Quatsch. Ich wollte sie nur möglichst weit weg von meinem Zimmer haben«, antwortete Kai und ich konnte sehen, dass er nicht verstand, warum ich wütend war.

»Ach, und das ließ sich nicht einfach deutlich an der Tür sagen?!«, erwiderte ich keinesfalls beruhigt.

»Ich gebe zu, ich war etwas überfordert. Damit hat mich Vanessa ziemlich unvorbereitet erwischt«, gestand er und jetzt huschte zumindest ein Anflug von Reue über sein Gesicht.

»Wie gesagt, ich wollte nur, dass sie möglichst schnell einen Abflug macht, bevor ... «

»Bevor WAS? Bevor sie mich entdeckt? Bin ich dir so peinlich?«, fragte ich und wusste, dass ich damit langsam den Kern erreichte von dem, was mich die letzten Tage wirklich beschäftigt hatte.

»Was? Wie kommst du denn darauf?«, fragte Kai, jetzt wieder deutlich überrascht.

»Weil du, seit du bei mir übernachtet hast und wir uns deutlich näher sind ..., sehr penibel darauf achtest, dass keiner sieht, wie wir uns küssen. Keine Umarmungen, nicht mal Händchenhalten, wenn irgendeiner unserer Bekannten es mitbekommen könnte! Dass du mich auch nie gefragt hast, ob ich mit dir zusammen sein will, so richtig offiziell, ist eine Sache. Aber dass es dir schon peinlich sein könnte, wenn sich rumspricht, dass ich eines der Mädels bin, mit denen du rumgemacht hast ... «

Ich stockte, denn jetzt bildete sich ein Kloß in meinem Hals.

Bisher hatte ich nur wütend Dampf abgelassen, aber jetzt spürte ich Tränen in mir aufsteigen. Denn ich bekam plötzlich ein gefühlsmäßiges Déjà-vu.

Dieses Gefühl von Demütigung, als ich ihm den Brief hatte aushändigen wollen und er mich vor allen umstehenden verspottet hatte. Die Unsicherheit, die ich immer verspürt hatte, als meine Statur am freundlichsten mit knabenhaft hatte beschrieben werden können.

Wut auf Kai und auf mich selbst, weil ich mich ihm halbnackt und verletzlich gezeigt hatte.

Alles prasselte jetzt auf mich ein und ich fühlte mich grauenhaft deswegen.

»Das ... Nein. Das stimmt so nicht.«

Er trat einen Schritt nach vorne und breitete die Arme aus, als wolle er mich umarmen.

Ich hatte das Gefühl, ihn mit meinem BH erdrosseln zu müssen, wenn er es auch nur wagte, seine Fingerspitze auf mich zu legen.

Offensichtlich interpretierte er meinen Gesichtsausdruck richtig, denn er blieb sofort stehen und fuhr sich erneut durch die Haare.

Jetzt wirkte er aufgewühlt und genervt.

»Ich kann auch nicht alles richtig machen!«, erwiderte er unwirsch.

»Das verlangt ja auch keiner! Aber das Mädchen, mit dem man gerade noch rumgemacht hat, im Schrank zu verstecken, damit sie keiner sieht, und mit einem nackten Mädchen zu verschwinden, die einen auf einen Dreier eingeladen hat, ist so weit weg von richtig wie … «

Ich war so wütend, dass ich den Satz nicht einmal zu Ende brachte.

Ich überbrückte die paar Meter zur Tür, riss sie auf und schob Kai mit so viel Druck nach draußen, dass er nach hinten stolperte, da er damit nicht gerechnet hatte.

»Siehst du!«, stieß ich erneut fauchend aus.

»So kann man auch jemanden rausschmeißen, wenn man mit ihm nicht länger in einem Raum sein möchte!«

»Sasha …«, setzte er an, aber da hatte ich ihm bereits die Tür vor der Nase zugeschlagen, den Schlüssel im Schloss gedreht und rutschte mit dem Rücken am Holz nach unten, die Arme fest um meine Knie geschlungen und meine Stirn darauf abgelegt, um den Tränen endlich freien Lauf zu lassen.

Der Schleier fällt

»Du siehst wirklich gar nicht gut aus.«

Vielen Dank! Es machte es wirklich besser, das zum gefühlt millionsten Mal gesagt zu bekommen. Als ob ich nicht selber wusste, wie rot und geschwollen meine Augen und wie fleckig mein Gesicht aussah. Ich hatte heute früh durchaus einen Blick in den Spiegel geworfen, bevor wir nach Hause gefahren waren und das hatte mich selbst zu Tode erschreckt.

Da ich nur selten Make-up trug, hatte ich mir zum Wochenende auch nichts dergleichen eingepackt und mich letztlich darauf beschränkt meine Haare offen zu lassen, damit sie einen Großteil meines Gesichts verbargen. Trotz der sommerlichen Temperaturen, trug ich nun eine Kapuzenjacke, um mir so einen weiteren Schutz vor den Blicken der anderen zu schaffen. Ich hatte das Frühstück ausfallen lassen, war als erste in den Bus gestiegen und hatte mich in die letzte Reihe ans Fenster gesetzt und die schlimmste Busfahrt meines Lebens hinter mich gebracht. Denn natürlich merkten die anderen, dass mit mir etwas nicht stimmte.

Tessa und Leo hatten im Wechsel ständig gefragt, was los sei, dann Junes, Noah, unsere Lehrerin und sogar Annabelle. Wir hatten ungefähr die Hälfte der Strecke hinter uns gebracht, bis die anderen endlich eingesehen hatten, dass ich nicht reden wollte.

Kai hatte ich bis zum Aussteigen keines einzigen Blickes gewürdigt, daher wusste ich nicht, was er die Heimfahrt über gemacht oder wie er reagiert hatte.

Ich hatte nur einmal einen Blick auf Vanessa geworfen und einen Funken Zufriedenheit verspürt, als ich in ihre säuerlich wirkende Miene gespäht hatte.

Der letzte Abend hatte sie offensichtlich wirklich nicht zufrieden gestellt. Auch wenn das nur ein schwacher Trost war, verschaffte es einem Teil meinem aufgewühlten, verletzten Innern doch etwas Linderung.

Zuhause hatte ich zum Glück keinen angetroffen. Nicht einmal Oma.

Also hatte ich mich noch ein paar weitere Stunden im Selbstmitleid suhlen können, bis ich zurück zur Schule musste, um mich aufs Musical vorzubereiten. Leider konnte ich aktuell nicht behaupten noch sonderlich viel Freude zu verspüren, wenn ich an den Auftritt dachte. Genau genommen fühlte ich mich einfach nur grauenhaft, weil sich zu meiner depressiven Stimmung nun auch das stetig wachsende Lampenfieber gesellte. Ich versuchte mir immer wieder ins Gedächtnis zu rufen, wie sehr ich diese Rolle hatte spielen wollen. Wie sehr ich dieses Musical liebte. Wie viel Spaß die Proben gemacht hatten. Ich rief mir jedes einzelne der tollen Kleider ins Gedächtnis, aber nichts half wirklich, meine Stimmung aus dem Tief zu holen und das deprimierte mich noch zusätzlich.

Aber zumindest blieb mir durch das Musical in dieser Woche der Unterricht erspart.

Jetzt saß ich niedergeschlagen neben Leo und Tessa in der Schulcafeteria und reagierte überhaupt nicht auf Leos Bemerkung, dass ich nicht gut aussah.

»Du machst mir langsam echt Sorgen, Süße. Möchtest du einen Saft? Ich hol dir einen Saft!«, damit stand Leo abrupt auf und verschwand.

Eigentlich war das wirklich lieb von ihm und auch irgendwie süß, wie er so überfordert keine Witzeleien zustande brachte, aber ich fühlte mich wirklich zu deprimiert, um mit meinen Freunden über meine Verfassung zu reden.

»Sasha ... ich ... ich kann ja verstehen, wenn du nicht reden möchtest. Also ich versuche es zumindest. Aber du machst mir wirklich Sorgen«, setzte Tessa an und rieb mir freundschaftlich über den Unterarm.

Ich starrte, ohne wirklich etwas zu sehen, auf die Gabel in meiner Hand, die ich noch nicht ein einziges Mal zu dem Teller mit Spaghetti geführt hatte. Wahrscheinlich waren diese schon ganz kalt.

Vielleicht sollte ich mit Tessa darüber reden? Vielleicht würde es ja doch helfen?

Aber ich wollte die ganze Sache nicht nochmal laut aussprechen. Ich fühlte mich auch so schon grauenhaft. Wenn dieses Gefühl, innerlich zerfressen zu werden, Liebeskummer war, würde ich zukünftig auf alles, was das Thema Liebe betraf, dankend verzichten.

Ein Stuhlrücken zwang mich den Kopf zu heben und überrascht blickte ich zu Lucas, der sich mir gegenüber niederließ.

»Wie hat er es geschafft, das wieder zu versauen?«, fragte er direkt, ohne sich mit Begrüßungen aufzuhalten.

»Was?«, war das erste Wort, das ich an diesem Tag von mir gab und ich erschrak, wie rau und kratzig meine Stimme klang. Ich hoffte, das lag nur daran, dass ich sie heute beinahe gar nicht genutzt hatte. Sonst würde mein Auftritt schlimmer werden, als ich bisher befürchtet hatte.

»Was hat Kai gemacht, um es zu vermasseln?! Der ist am Freitag gut gelaunt hier weg und kommt heute mit so einer Scheißlaune zurück, dass man kein Wort mit ihm reden kann. Du siehst ... offen gestanden ... scheiße aus ..., also was war?! Er hat sich doch echt mal Mühe gegeben!«

»Mühe? Bei was?«

Lucas rollte genervt mit den hübschen grünen Augen, ehe er sich die Brille wieder etwas nach oben schob.

»Okay. Also ich bin bei sowas nicht der Typ für so ewiges Drumherum. Ich bin einfach dafür Klartext zu reden. Da ihr das wohl nicht könnt ... «, begann Lucas und klang dabei über deutlich genervt. Als ob er mit seiner Zeit wirklich etwas Besseres anzufangen wusste.

»Kai ist ... ich behaupte jetzt einfach mal ... verknallt. In dich. Keine Ahnung seit wann genau, aber schon eine Weile. Also, zumindest weiß ich, dass du ihm schon seit einer Weile gut gefällst. Verliebt ist er auf jeden Fall, seit du an dem Abend da warst als wir für Nicole gespielt haben.«

Ich öffnete den Mund, schloss ihn dann aber gleich wieder, da mir keine wirkliche Erwiderung einfiel. Außer, dass ich ihm nicht glaubte, aber das schien Lucas auch so an meinem Gesicht ablesen zu können.

»Glaub es mir einfach. Wir verbringen genug Zeit miteinander, dass ich so Veränderungen mitbekomme. Abgesehen davon ... du bist sein Hintergrundbild auf dem Handy«, machte Lucas weiter, als wäre damit alles gesagt.

»Dass es nicht von Anfang an auf Gegenseitigkeit beruht hat, konnte man ja sehen. Aber ich hatte echt das Gefühl, dass das doch besser wurde. Also, wie konnte er es vermasseln?!«

»Ich ... ich glaube nicht, dass das stimmt. Ich glaube ... ich bin ihm peinlich. Dass er nicht mit mir zusammen gesehen werden möchte, in ... dieser Beziehung«, antwortete ich leise.

»Was?«, kam es von Lucas und Tessa unisono und beide hatten den gleichen ungläubigen Gesichtsausdruck.

»Quatsch! Glaubst du echt, Kai macht aus einem anderen Grund, als weil du dabei bist, beim Schulmusical mit?«, erwiderte Lucas, wurde aber jäh von Tessa unterbrochen.

»Klappe!«, warf sie unwirsch ein und hatte einen bei ihr noch nie gehörten autoritären Tonfall, der ihr gleichermaßen verwunderte Blicke von Lucas und mir einbrachte.

»Tu das nicht, Sasha! Nicht wieder in irgendwelche Gedanken verrennen, die so nicht stimmen und dann nicht verzeihen können. Egal was war ..., sei diesmal einfach nicht nachtragend! Bitte! Kai mag dich! Da bin ich echt sicher. Das konnte man einfach sehen, bei den Proben und so. Ich bin mir auch sicher, dass du ihm nicht peinlich bist. Rede dir das nicht ein. Geh einfach hin und rede mit ihm. Du willst ihn doch, oder? Dann zeig auch mal Mumm!«

»Ähm ...«, unterbrach ich sie kurz, um daran zu erinnern, von wem dieser Ratschlag kam.

»Ja, ich weiß es selber! Also schön. Wenn ich Mumm zeige, tust du es auch?«, antwortete sie und schluckte schwer. Ihre Miene gefiel mir gar nicht. Sie sah aus, als hätte sie jetzt wirklich den Entschluss gefasst, von der nächsten Brücke, oder vielleicht naheliegender, aus dem nächsten Fenster zu springen.

»Teddy!«, rief sie laut und stand dabei so ruckartig auf, dass das Geschirr auf dem Tisch gefährlich ins Wackeln geriet.

Teddy, der mit Louis ein paar Tische weiter saß und gerade herzhaft in sein Brötchen gebissen hatte, drehte sich mit verwunderter Miene zu ihr um.

Und nicht nur er. Die Gesichter sämtlicher Schüler in der Cafeteria wandten sich in Tessas Richtung. Die Aufmerksamkeit war ihr sichtlich unangenehm, denn sie begann am ganzen Leib zu zittern. Dennoch klang ihre Stimme relativ fest.

»Möchtest du mit mir ausgehen? Ein richtiges Date?«, fragte sie laut.

Bei der eintretenden Stille hätte man eine Stecknadel fallen hören können.

Nicht nur mein Blick ging zwischen Tessa und Teddy hin und her. Vor allem weil Teddy keine Anstalten machte, sich zu rühren. Seine einzige Reaktion bestand darin, einige Male schnell hintereinander zu blinzeln, während das Brötchen noch immer zwischen seinen Lippen steckte.

Ich war drauf und dran selber durch die Cafeteria zu brüllen, er solle endlich etwas tun, als ich spürte, wie sich Tessas Zittern verstärkte und ihre Gesichtsfarbe zwischen Rot und leicht grünlich schimmernd wechselte. Ich befürchtete, sie würden jeden Augenblick in Tränen ausbrechen oder in Ohnmacht fallen.

Teddy schaffte es indessen, endlich vollends von seinem Brötchen abzubeißen, erhob sich dann kauend von seinem Stuhl und ging gemächlich auf Tessa zu.

Wenn mich diese Ruhe schon wahnsinnig machte, wollte ich nicht wissen, wie sich Tessa jetzt fühlen musste. Vor allem, weil auch schon einige Schüler begonnen hatten, verhalten zu kichern und zu tuscheln.

Teddy stoppte neben Tessa, schluckte seinen letzten Bissen herunter und lächelte.

»Klar!«, war das einzige, was er antwortete und doch sorgte dieses eine Wort dafür, dass sämtliche Kraft Tessa verließ.

Ihr schossen Tränen in die Augen und ihr Körper sackte wie ein nasser Sack auf dem Stuhl zusammen.

»Hey, nicht weinen! Ich verabrede mich wirklich gerne mit dir! Sorry, aber ich musste doch erstmal kauen«, fügte Teddy hastig hinzu, während er sich einen Stuhl heranzog.

Dass Tessa weinte, schien ihn zu verunsichern und das war durchaus niedlich anzusehen.

»Ich glaube, das sind Tränen der Erleichterung. Und sie freut sich«, versuchte ich zu helfen, weil Tessa kein Wort mehr rausbrachte.

Ich strich ihr beruhigend über die Haare und sie nickte zustimmend.

Natürlich hatte sie es auch für sich getan, aber doch war Tessa soeben auch für mich weit, wirklich sehr weit, über ihren Schatten gesprungen.

Also war wohl oder übel ich nun an der Reihe, oder?!

***

Mir blieb allerdings noch ein Weilchen Bedenkzeit. Denn in den darauffolgenden Stunden war ich keine Sekunde allein mit Kai und einen Auftritt, wie Tessas vor unseren Mitschülern, wollte ich nun wirklich nicht hinlegen. Während sich alle Schüler, die nachher auf der Bühne spielen würden, in den beiden Klassenzimmern, welche zum Umkleiden umfunktioniert worden waren, tummelten, waren die anderen aus den oberen Jahrgängen den Nachmittag über mit dem Aufbau beschäftigt. Stühle aufbauen sowie Tische, an denen später Getränke und Brezel und solche Dinge verkauft wurden.

Die meisten Darsteller frisierten und schminken sich gegenseitig, allerdings waren auch von verschiedenen Leuten Mütter da, welche ebenfalls mithalfen.

Meiner hatte sich erneut Tosca angenommen, wobei ich ihre Hilfe eher als Sorge um die Kleider einschätzte.

Für die ersten Szenen hielt sich der Aufwand noch relativ klein. Ich hatte nur das himmelblaue Kleid anzuziehen und meine Haare blieben offen. Nur zwei Haarsträhnen wurden nach hinten zusammengebunden.

Interessant würde es später werden, wenn ich mich für die weiteren Szenen umziehen und ich die Frisur wechseln musste. Ich hoffte sehr, es würde so gut klappen wie in den Proben. Denn Perücken besaßen wir selbstverständlich nicht. Außerdem hatten die Erwachsenen einstimmig beschlossen, dass es Quatsch war, bei meinen Haaren eine Perücke zu benutzen. Sie waren lang, voll und dunkelbraun. Ich hatte also in gewisser Weise schon Sissi-Haare. Man hatte sich nur darauf geeinigt, dass ich im Verlauf des Stückes eben nur eine Flechtfrisur bekommen sollte, die so ziemlich bis zum Ende bleiben würde.

»Ihr könnt sagen, was ihr wollt«, verkündete Leo und trat neben mich vor den Spiegel.

»Ich kann einfach alles tragen!«

Er grinste und ich stimmte ihm zu. Leos Kostüm war am einfachsten gehalten. Eine schwarze Stoffhose mit Hosenträgern, welche er über ein schwarz-weiß gestreiftes Sweatshirt gezogen hatte. Es stand ihm gar nicht schlecht, aber hatte ihm auch einige Witze bezüglich Knast-Outfit eingebracht.

»Wie geht es Tessa?«, fragte Leo und spähte über mich hinweg, um sie zu suchen.

»Gut, denke ich«, erwiderte ich und folgte seinem Blick. Es dauerte etwas, bis wir sie ausgemacht hatten. Sie saß fertig kostümiert in der hintersten Ecke des Raumes, hatte die Finger vor ihren Lippen verschränkt und wirkte, als würde sie zu jeder Gottheit dieses Planeten beten.

»Ich hatte gehofft, sie würde den Abend einfach auf Wolke Sieben durchschweben«, sagte Leo enttäuscht. Ich musste zugeben, dass ich mir das gleiche erhofft hatte. Immerhin hatte Teddy am Ende noch ihre Hand gehalten und mit ihr geredet, bis Tessa, wie wir anderen, zum Umziehen musste. Man konnte also schon behaupten, dass die Chancen nicht schlecht standen, dass aus den beiden vielleicht mehr werden würde.

Aber Tessas Lampenfieber war wohl einfach nicht zu unterschätzen.

»Das wird schon! Sie hat das bei den Proben spitze gemacht!«, erwiderte ich fest überzeugt. Denn das stimmte. Die größte Entwicklung hatte eindeutig Tessa durchlaufen, was das Gesangliche und alles andere betraf.

Außerdem sah sie hübsch aus in dem Kostüm. Ihre Haare waren zu einer, wie nannte man das, *Banane*? hochgesteckt, sie war dezent geschminkt und hatte ein mitternachtsblaues Kleid mit Reifrock an, was ihr eine beneidenswert schmale Taille verlieh.

Da ich, wie auch fast alle anderen, fertig war, machte ich Anstalten, zu Tessa zu gehen, um ihr noch etwas gut zuzureden, als Herr Morino eintrat.

»Meine Lieben, es geht gleich los!«, verkündete er freudig aufgeregt und wies uns an einen Kreis um ihn zu bilden.

In diesem Moment wurde mir klar, dass sich der Vorhang in ein paar Minuten heben würde, und ich fühlte die Aufregung in mir emporsteigen. Dadurch nahm ich alles Weitere eher wie durch einen dicken Vorhang auf.

Zu Herrn Morino gesellte sich noch Frau Griffuni, während Herr Linus sich mit dem Orchester bereitmachte und beide hielten noch eine kleine Rede, an deren Inhalt ich mich schon kurz darauf kaum zu erinnern vermochte.

Danach folgte eine Runde, bei der wir seltsame Laute ausstoßen und alle mitmachen sollten, um die Anspannung zu lösen. Wobei wir eher lachen mussten, wodurch diese Übung wohl auch ihren Sinn erfüllte.

Die Lehrer wünschten uns viel Erfolg und kurz darauf befand ich mich seitlich der Bühne, während die anderen hinter dem Vorhang ihre Positionen einnahmen.

Herr Morino hielt seine übliche Begrüßungsrede an die Zuschauer, in der er den Bürgermeister und irgendeinen Landrat, welcher mir komplett unbekannt war, nochmal explizit hervorhob, den Zuschauern ein paar Hintergrundinfos zum Musical gab und sich bei Helfern, wie dem Hausmeister oder bei seinen Lehrerkollegen bedankte. Ich hörte nur mit halbem Ohr zu, da ich damit beschäftigt war, seitlich der Bühne in den Zuschauerraum zu spähen. Die Halle war bis zum letzten Sitz gefüllt. In der ersten Reihe der rechten Seite erkannte ich Oma, meine Schwestern und Cansu. Daneben noch Onkel André und Tante Clarice. In meinem Inneren gab es einen freudigen Sprung als ich so meine Familie da entdeckte, allerdings erhöhte ihr Anblick auch meine Aufregung. Ich wollte meine Sache unbedingt gut machen. Genauso fantastisch sein wie Toni damals. Meine Familie sollte stolz auf mich sein. Ich hoffte inständig, dass es mir gelingen würde.

Ich spähte weiter und entdeckte noch die Familien von Leo und Tessa, aber auch Kais Mutter, seine Schwester Nicole und eine attraktive ältere Version von Kai, von der ich vermutete, dass es sein Vater war.

Herr Morino beendete seine Rede und verließ unter Applaus die Bühne, um sich in seiner Funktion als Dirigent vor das Orchester zu stellen.

Bevor das Licht gedimmt wurde, warf ich einen letzten Blick auf Kanade und die anderen Mitglieder der Alchemy, sowie Lucas, Teddy und Herrn Linus.

Sie saßen hinter ihren verschiedenen Instrumenten im etwas abgesenkten Bereich vor der Bühne. Einen richtigen Orchestergraben hatten wir nicht, aber das machte auch nichts. Sie versperrten trotzdem niemandem die Sicht.

Während sie nochmal ihre Notenblätter richteten, stellte sich Herr Morino vor das Orchester. Er fungierte allerdings nicht nur als Dirigent, sondern übernahm auch die Sprechrolle des unsichtbaren Richters, vor dem sich Luigi Lucheni verantworten muss.

Der Saal verstummte und Herr Morino setzte mit lauter Stimme an:

»Aber warum, Lucheni?

Warum haben Sie die Kaiserin Elisabeth ermordet?«

Ich spürte einen Luftzug als Leo an mir vorbei bis zur Mitte der Bühne stürzte.

»Alla malora!«, rief er laut und genervt.

»Antworten Sie, Luigi Lucheni!«, fuhr Herr Morino fort.

»Warum, warum …

Nacht für Nacht dieselbe Frage
Seit hundert Jahren!
Was soll die Fragerei?
Merda. Ich bin tot!«, entgegnete Leo.

Es war dieses seltsame Gefühl von Stolz, was mich lächeln ließ, während ich ihn beobachtete. Er machte das wirklich gut und gab mir sofort wieder das Gefühl, dass wir auch in diesem Jahr eine tolle Aufführung abliefern würden.

»Das gemeine Attentat auf die Kaiserin von Österreich ... «, fuhr Herr Morino als Richter fort, worauf Leo spöttisch antwortete:

»Va a farti fottere!«

»Nennen Sie endlich die Hintergründe!«, ließ Herr Morino seine Stimme nun schärfer klingen.

»Die Hintergründe?
Ich habe sie ermordet, weil sie es wollte«, antwortete Leo.

»Reden Sie keinen Unsinn!«, widersprach unser Lehrer unwirsch, als fehlte ihm die Geduld, sich mit diesem Unsinn zu befassen.

»Sie wollte es!
Dafür gibt es ehrenwerte Zeugen!«, entgegnete Leo.

»Was für Zeugen sollen das sein?«, fragte Herr Morino, ehe er sein Blatt zur Seite legte und nach seinem Dirigentenstab griff.

»Ihre Zeitgenossen, bitte sehr!
Kommen alle nicht zur Ruhe ...
Und reden immer noch von ... Elisabeth!«

Damit endete der Austausch zwischen Herrn Morino und Leo, der Vorhang hob sich für das Stück, zeigte *Das Reich der Toten* und die Musik setzte ein.

Ich bekam augenblicklich eine Gänsehaut. Wie ich dieses Musical einfach liebte. Die Musik! Die düstere Stimmung.

Es war einfach toll, wie sich unsere Schule auch immer wieder die Mühe machte, die Originale möglichst perfekt umzusetzen.

Es war zu dunkel, um etwas genau zu erkennen, aber ich wusste, dass unser Hausmeister auf der anderen Seite der Bühne die Maschine anwarf, um leichten Nebel über die Bühne wabern zu lassen. Grünliche Lampen gaben allem einen etwas gruseligen Touch, während sich die Schüler am Boden entlang kriechend, langsam über die Bühne nach vorne bewegten und im Chor sangen:

♫♪♫♪♫♪♫♪♫♪♫♪♫♪

Versunken ist die alte Welt;
Verfault das Fleisch, verblasst der Glanz.
Doch wo sich Geist zu Geist gesellt,
da tanzt man noch den Totentanz ...

Lust, Leid – Wahnsinn, der uns treibt.
Not, Neid – Pflicht, die uns erdrückt.
Traum, Tran – alles, was uns bleibt:
Wunsch, Wahn, der die Welt verrückt.

Elisabeth, Elisabeth,
selbst hier bist du von uns getrennt.
Ein Rätsel, das kein Geist errät.
Ein Zeichen, das kein Mensch erkennt.

Scheu, schwach – glücklich und verflucht.
Wild, wach – einsam und begehrt.
Arm, reich – was hast du gesucht?
Hart, weich – was hat dich zerstört?

♫♪♫♪♫♪♫♪♫♪♫♪♫♪

Während der Chor sang, trat Leo über eine mächtige Wendeltreppe zur Linken der Bühne nach oben auf die zweite Ebene, auf der per Gerüst eine Schräge erbaut worden war, die ganz der hydraulisch-beweglichen Schräge des Originalbühnenbildes nachempfunden war.

Herr Morino hatte sich für die Hauptbühne für einen festen Aufbau entschieden, der mit drei Durchgängen und verschiedenen Nischen Platz bot für die Darstellung der verschiedenen Handlungsorte. Kulissen von großen Musicals wenigstens halbwegs gut nachzubilden, war alles andere als einfach, aber im Laufe der Jahre hatte unsere Schule viele Erfahrungen gesammelt, um es für eine Laienaufführung erstaunlich gut wirken zu lassen.

Für Elisabeth verwendeten wir Rollladen, Vorhänge und Projektionsfläche, um das Bühnenbild zu verändern, und ich hoffte, es würde alles einwandfrei funktionieren. Denn während den Proben hatte das leider nicht immer reibungslos geklappt.

Leo trat in die Mitte der Schräge und ich erwartet gespannt seinen Gesangspart.

♫♪♫♪♫♪♫♪♫♪♫♪♫♪

Niemand war so stolz wie sie.

Sie verachtete euch.

Sie hat gelacht über euch.

♫♪♫♪♫♪♫♪♫♪♫♪♫♪

»Also dafür, dass er immer wegen des vielen Textes so gejammert hat, scheint dein Kumpel schon Spaß an der Rolle zu haben«, flüsterte jemand neben mir.

Ich drehte mich zur Seite und erkannte Jana, die, kostümiert mit weißem Hemd, echter bayrischer Lederhose und falschem Bart, meinen Vater, Herzog Max spielte und mit der ich bei der nächsten Szene auf der Bühne war.

Ich antwortete ihr mit einem Lächeln.

Ja, Leo hatte zu Anfang der Proben viel gejammert, aber jetzt war sehr deutlich, dass es ihm Spaß machte. Er stand einfach darauf, im Mittelpunkt zu stehen.

♫♪♫♪♫♪♫♪♫♪♫♪♫♪
Niemand hat sie jemals ganz verstanden,
nie gab sie die Freiheit auf.
Sie wollte in das Dunkel blicken.
♫♪♫♪♫♪♫♪♫♪♫♪♫♪

Sang Leo zu den Gestalten am Boden, die sich inzwischen mit zombieähnlichen Bewegungen aufgerichtet hatten und nach Choreografie tanzten und sangen:

♫♪♫♪♫♪♫♪♫♪♫♪♫♪
Verwöhnt! Bedroht!
Sie hat ersehnt, was wir verfluchten.
Was uns erschrak hat sie geliebt.

Alle tanzten mit dem Tod,
doch niemand wie Elisabeth.
Alle tanzten mit dem Tod,
doch niemand wie Elisabeth.
…
♫♪♫♪♫♪♫♪♫♪♫♪♫♪

Leo eilte die Treppe wieder nach unten, wobei er mehr über das Geländer rutschte als wirklich zu laufen, und ich musste nicht einmal hinsehen, um zu wissen, dass Herr Morino dabei erblasste. Aber Leo kam heil unten an, wobei er eher stolpernd die Bühnenmitte erreichte.

»Attenzione! Seine Majestät der Tod!«, rief Leo laut ins Publikum und unwillkürlich hielt ich den Atem an.

Ich konnte gar nicht anders.

Ich hatte ihn natürlich während der Proben schon im Kostüm gesehen und auch vorhin einen heimlichen Blick auf ihn geworfen, dennoch fühlte ich mich, als würde ich Kai jetzt seit Ewigkeiten erstmals wieder zu Gesicht bekommen, als er, gehüllt in den pechschwarzen Mantel, über die andere Seite der Schräge auf die Bühne kam.

Er war hübsch, er war sexy und ich bekam Herzklopfen. Ich konnte gerade noch verhindern, wie ein wandelndes Klischee sehnsuchtsvoll aufzuseufzen, als Kais Stimme erklang:

♫♪♫♪♫♪♫♪♫♪♫♪♫♪

Was hat es zu bedeuten, dies alte Lied,
das mir seit jenen Zeiten die Brust durchglüht?
Engel nennen's Freude, Teufel nennen's Pein,
Menschen meinen, es muss Liebe sein.

Mein Auftrag heißt zerstören. Ich tu es kalt.
Ich hol, die mir gehören, jung oder alt.
Weiß nicht, wie gescheh'n kann, was es gar nicht gibt.
Doch es stimmt: Ich habe sie geliebt.

♫♪♫♪♫♪♫♪♫♪♫♪♫♪

Damit verstummte Kai und Herr Morino übernahm stimmlich wieder die Rolle des Richters.

»Sie weichen aus, Lucheni!

Liebe, Tod ... Erzählen Sie keine Märchen!«

»Aber wenn ich es Ihnen doch sage. Sie liebte den Tod! Und er liebte sie!««, erwiderte Leo und richtete den letzten Satz direkt an Kai, beziehungsweise den Tod.

»Zum letzten Mal, Lucheni:

Wer waren Ihre Hintermänner?«, fuhr Herr Morino ungeduldig fort.

»Der Tod! Nur der Tod … «

»Das Motiv, Lucheni!«

»Die Liebe. Un grande amore … «

Leo beendete seine Worte mit einem Lachen, das absolut irre und dreckig klang.

Ja, egal, was Leo behauptete, er hatte Spaß!

»Los geht's!«, flüsterte Jana und klopfte mir auf die Schulter.

Der Chor brachte *Alle tanzen mit dem Tod* zu Ende und einmal tief Luft holend, folgte ich Jana auf die Bühne.

***

Meine erste Szene auf der Bühne mit Jana verlief reibungslos. Das Lied *Wie du* dauerte allerdings auch nicht lange. Es wird in dem Zusammenhang gesungen, als Elisabeths Vater, Herzog Max, versucht sich wegzuschleichen, um nicht der Verwandtschaft zu begegnen, welche seine Frau eingeladen hat. Elisabeth möchte dasselbe, und fragt ihn, warum sie ihren Vater nicht begleiten darf. Sie haben schließlich dieselben Interessen und sie möchte einmal genau sein wie ihr Vater.

Doch Herzog Max erlaubt es ihr nicht, mit ihm zu kommen.

Sie ist beleidigt und frustriert.

Ich hoffte sehr, dass ich das gut genug rübergebracht hatte …

Nach einer darauffolgenden Auseinandersetzung mit ihrer Gouvernante, bei der Elisabeth bockig äußert, sie wolle keine Prinzessin sein, kommt es letztlich am Ende dieser Szene zu ihrem fast tödlichen Sturz und da trifft sie dann erstmalig den Tod.

Davor erscheint aber erstmal wieder Lucheni, um das Publikum weiter durch die Geschichte zu führen. Er stellt die nun auf der Bühne erschienenen Verwandten von Elisabeth vor und erläutert den Anlass für das Treffen:

»Elisabeths Heimat!

Molto romantico, eh? Ecco

Questa bellezza, die liebliche Helene.

Elisabeths ältere Schwester.

Und das ist die stolze Mutter Ludovika.

Sie hat einen Brief aus Wien erhalten.

Von ihrer Schwester Sophie.

Der Mutter des Kaisers von Österreich.

Und darum musste die ganze Verwandtschaft antanzen!«

Leo begegnete meinem Blick und grinste. Ich war bei meiner ersten Szene auf der Bühne vor Aufregung beinahe gestorben. Er hingegen wirkte bei seiner zweiten Szene schon so entspannt, als hätte er ein verlängertes Wochenende in einem Spa hinter sich. Eva, welche die Ludovika spielte, trat mit weit geöffneten Armen in die Mitte. Sie wirkte auch auffallend entspannt. War allerdings auch Mitglied im Chor und vielleicht doch mehr daran gewöhnt, vor Publikum zu singen.

Sie eröffnete das Lied *Schön euch alle zu sehen* und erzählte den Verwandten von ihrer Unterredung mit ihrer Schwester, Erzherzogin Sofie, die dazu führte, dass sie nun darauf spekulierte, dass ihre Tochter Helene Kaiser Franz-Josef heiraten und somit Kaiserin von Österreich werden würde, woraufhin sämtliche Verwandte ungläubig reagierten.

Als sie noch sang, spürte ich Wärme in meinem Rücken und ein angenehmer Duft mit einem Hauch Cocos hüllte mich ein. Ich musste mich nicht umdrehen, um zu wissen, wer hinter mir stand.

»Alles klar?«, fragte Kai und ich nickte.

Am Ende dieser Szene würde Elisabeth, wie geschildert, *abstürzen* und ihre erste Begegnung mit dem Tod haben. Daher war vorgesehen, dass mich Kai gleich über die Bühne tragen würde.

Ich musste lächeln, als ich daran dachte, wie ich mich anfangs bei den Proben dagegen gesträubt hatte aus Angst zu schwer zu sein. Der Peinlichkeit, dass Kai mich nicht halten könnte, hatte ich mich nicht aussetzen wollen.

Sichtlich genervt hatte er mich letztlich geschnappt, einmal komplett über die Bühne getragen und dann unsanft auf das improvisierte Bett, seitlich der Bühne, geschmissen.

Damit war das Thema auch erledigt gewesen.

Mit der Zeit hatte ich es irgendwie gemocht, von seinen Armen gehalten zu werden, und auch jetzt verspürte ich keinen Widerwillen, wenn ich daran dachte.

Lucas Worte hatten doch einiges in mir bewirkt. Ob Kai wusste, dass sein bester Freund mit mir geredet hatte?

Die jetzt laufende Szene endete mit lautem Geschrei, als Elisabeth fiel. Zum Glück musste ich dazu nicht physisch auf der Bühne stehen, beziehungsweise wirklich fallen. Wir hielten uns hier an das Original-Bühnenstück, indem nur ein Schatten gezeigt würde, der mittels Projektor nach unten stürzte. Ich drehte mich zu Kai und sah ihm erstmals seit dem letzten Abend im Zimmer wieder ins Gesicht. Ich konnte seinen Blick nicht deuten, aber es lag so viel Unausgesprochenes zwischen uns.

Doch dafür blieb jetzt keine Zeit. Ich legte ihm den Arm über die Schulter, er legte gleichzeitig seinen Arm auf meinen Rücken und schob den anderen unter meine Kniekehlen. Mit einem Ruck hob er mich hoch und trug mich wieder auf die Bühne bis zur Seite auf der die Bettkulisse aufgebaut war.

Meine Augen blieben geschlossen, aber dadurch nahm ich alles andere überdeutlich war. Kai hielt mich fester und enger an sich gedrückt als notwendig. Sein Atem streichelte mein Gesicht. Unendlich sanft legte er mich auf dem Bett ab und seine Fingerspitzen strichen über meine Wade, als er mich losließ. Das hatte er während keiner Probe je getan und es verursachte mir eine Gänsehaut. Mir war, als ob er mich einfach möglichst viel berühren wollte. Wenn Lucas` Worte wahr waren, vielleicht hatte er mich vermisst? Auch wenn es nur ein Tag war, seit wir uns nicht gesehen hatten. Ich konnte nicht behaupten, dass mir der Gedanke nicht gefiel.

Seine Hand wanderte in meinen Nacken und der Duft von Pfefferminz strich mir um die Nase, als sein Atem erneut über mein Gesicht streichelte. Kai hob mich an und brachte mein Gesicht nah vor seines. Am liebsten hätte ich die Augen weiter geschlossen gehalten und mich einfach von ihm küssen lassen, aber das sah die Szene leider nicht vor.

Daher öffnete ich langsam meine Augen und blickte in seine faszinierend goldbraunen.

♫♪♫♪♫♪♫♪♫♪♫♪♫♪

Elisabeth,
was für ein Zauber
hält mich ab,
dich fort zu zieh'n
wie all die andern?

♫♪♫♪♫♪♫♪♫♪♫♪♫♪

Kai lächelte mich an, als er mich wieder losließ und wandte sich dann ab. Ich setzte mich auf die Knie und griff nach vorne, um seine Hand zu erwischen.

Mir gefiel es viel besser, dass sich Frau Griffuni und die anderen hier für *Kein Kommen ohne Gehen* entschieden hatten, statt für die ursprüngliche Fassung, in der nur Elisabeth sang. Ich mochte dieses Duett und es brachte mich wieder viel näher mit Kai zusammen.

Er schüttelte gespielt meine Hand ab, trat vor das Bett und umgriff mit seinen Fingern das metallene Bettgestell. Dann beugte er sich etwas nach vorne und mir fiel auf, wie groß Kai eigentlich war, als er jetzt so vor mir aufragte und fortfuhr zu singen.

♫♪♫♪♫♪♫♪♫♪♫♪♫♪

Kein Kommen ohne Geh'n,
kein Leuchten ohne Nacht.

Ohne Enttäuschung kein Verstehen.
Schatten die sich dreh'n
– durch unsichtbare Macht.
Ewiges Werden und Vergehen.

Aber seit dem Augenblick
als dein Blick mich verstand,
ist in der Sehnsucht plötzlich Klarheit.

In dem einen Augenblick
als dein Gefühl mich fand,
wurde aus Ahnung plötzlich Wahrheit.
♫♪♫♪♫♪♫♪♫♪♫♪♫♪

Kai hob die Hand und strich mir eine Haarsträhne aus dem Gesicht. Dabei berührten seine Finger kaum meine Haut und dieses Gefühl, eben fast nichts zu spüren, machte mich fast wahnsinnig. Ich wusste, dass ich ihn anschmachtete, aber das machte nichts. Die Zuschauer würden mich nur für eine bessere Schauspielerin halten, als ich war.

♫♪♫♪♫♪♫♪♫♪♫♪♫♪
Statt dich zu führen
und dich zu überwinden,
will ich geliebt sein
und deine Hoffnung an mich binden.

Denn ich will,
dass du mich willst
und dich zu mir bekennst
um deinen Traum
in mir zu finden.
♫♪♫♪♫♪♫♪♫♪♫♪♫♪

Ich richtete mich leicht auf, um seinem Gesicht mit meinem näherzukommen und verkniff mir ein Lächeln, als ich erkannte, dass er eher widerwillig vor mir zurückwich und begann:

♫♪♫♪♫♪♫♪♫♪♫♪♫♪
Ich erkenn' dich, schwarzer Prinz,
und fürcht' mich nicht vor dir.
Du bist nicht,
wie sie dich beschreiben.
Du durchschaust mich, schwarzer Prinz
und spiegelst dich in mir.
Lass mich in deiner Nähe bleiben.
♫♪♫♪♫♪♫♪♫♪♫♪♫♪

Meine Finger ruhten direkt neben seinen auf der Metallstange und ich spürte ein Kribbeln in ihnen, weil ich ihn nicht anfassen durfte. Dabei hätte ich jetzt nichts lieber getan, als ihn zu berühren. Mich etwas weiter aufgerichtet, um meine Lippen auf seine zu drücken. Sein Gesicht schwebte so nah über meinem. Kaum zwei Zentimeter trennten uns.

Lucas hatte gesagt, dass Kai in mich verliebt war. Verliebt! Und das nicht erst seit gestern. So langsam sickerte wirklich in mein Bewusstsein, was das hieß.

Ich konnte Kai haben. Ich würde ihn an keine Vanessa oder sonst wen verlieren.

Ich musste ihm nur diesmal genau sagen, was ich wollte.

In dem Moment, als Kai sich zurückzog, fasste ich auch genau diesen Entschluss. Ich würde heute noch mit ihm darüber reden. Komme, was wolle!

♫♪♫♪♫♪♫♪♫♪♫♪♫♪
Statt meinen Auftrag

schweigend auszuführen,
will ich geliebt sein
und deine Wärme in mir spüren.

Denn ich will,
dass du mich willst
und dich zu mir bekennst.
Bis dahin warte ich –
♫♪♫♪♫♪♫♪♫♪♫♪♫♪

Hier würde keiner mehr sonderlich lange warten. Das ging nur schief.

Ich konnte nicht beschreiben, was sich in mir verändert hatte, aber ich hatte irgendeine Erkenntnis erlangt, durch die ich mich besser und sicherer fühlte. Ich wusste, was ich wollte und das war genau der Junge, der sich gerade langsam rückwärtsgehend von mir wegbewegte.

Am liebsten hätte ich ihm jetzt alles, was ich fühlte zugerufen, aber so romantisch diese Vorstellung in meinem Kopf auch ablief ... Herr Morino würde mich erwürgen. Also blieb ich brav bei meinem Text während ich mich langsam nach hinten ins Kissen sinken ließ.

♫♪♫♪♫♪♫♪♫♪♫♪♫♪
Kein Leben ohne Tod, kein Träumen ohne Schlaf und kein Versinken ohne Schweben.
Seit dem einen Augenblick, in dem dein Blick mich traf ...

Bis du wagst dich zu ergeben ...

... **Hab ich den Wunsch in dir zu leben.**
♫♪♫♪♫♪♫♪♫♪♫♪♫♪

***

»Wir schreiben das Jahr 1853

In Wien regiert nun der junge Kaiser Franz ... «

Leo starrte auffordernd ins Publikum, bis er tatsächlich eine Antwort und verhaltenes Grinsen erntete.

»Joseph!«

Damit hob er den Daumen und schaffte es letztlich doch, einem Teil der Zuschauer ein Lachen zu entlocken. Ich hätte ja gern behauptet, dass alles abgesprochen war, aber das stimmte nicht. Leo improvisierte und hatte eine diebische Freude dabei.

»Seine Herrschaft beruht auf einem stehenden Heer von Soldaten, einem sitzenden Heer von Beamten;

einem knienden Heer von Priestern und einem schleichenden Heer von Denunzianten!

Und – auf den Ratschlägen seiner Mutter, von der man sagt,

sie sei der einzige Mann bei Hofe.«

Wieder Gelächter, während Leo von der Bühne verschwand und sich der Vorhang hob, der Noah, Annabelle und die anderen Schüler in dieser Szene präsentierte.

Ein Lied folgte dem nächsten und schon war mein erstes Duett mit Noah dran. Beziehungsweise das erste Duett zwischen Elisabeth und dem Kaiser Franz-Josef, kurz vor deren Trauung.

Noah und ich harmonierten stimmlich nicht ganz so gut wie Kai und ich. Das hatte ich schon bei den Proben gehört. Aber Noah hatte auch nicht Kais gesangliches Talent. Wobei seine Stimme trotzdem schön war und ich fand, wir klangen auf jeden Fall passabel.

Dennoch verspürte ich bei keiner Strophe Herzklopfen oder diese kribbelige Aufregung.

Wäre allerdings auch seltsam gewesen, wenn doch.

***

Wir sangen unser Duett zu Ende und ließen uns dann auf den Rücken sinken. *Nichts ist schwer* gehörte nicht zu meinen Lieblingsliedern des Musicals. Vor allem, weil es für mich schon sehr deutlich machte, dass die beiden nicht füreinander gemacht waren. Ich mochte auch die Figur des Franz-Josef nicht wirklich. Wobei Noah seine Sache wirklich toll machte und ihn mochte ich. Dennoch war ich froh, dass ich mit ihm keine Kuss-Szene in diesem Musical hatte. Ich hatte das Gefühl, es wäre wie seinen Bruder zu küssen und das tat ich inzwischen auch schon nicht mehr bei Leo, weil es sich zu seltsam anfühlte.

Eben jener ging jetzt zur Mitte der Schräge und grinste zu uns herunter. Er hielt in jeder Hand einen Stoffballen.

»Augustinerkirche, halb sieben Uhr abends.

Merkwürdige Zeit für eine Trauung, aber passend;

An diesem 24. April 1854.

Sehr passend, porca miseria!«

Damit schmiss er die Stoffballen nach unten und mir genau ins Gesicht.

Autsch! Ganz mies gezielt, Leo.

Ich hob die Hand, zog mir den Stoff unauffällig vom Gesicht und erhaschte kurz einen Blick auf seine entschuldigende Miene.

Währenddessen setzte wieder Musik ein und zwei der *Todesengel* zogen den Stoff von uns, um ihn auszubreiten. Es handelte sich dabei um weiße Überwürfe, die die Hochzeitskleidung symbolisieren sollten. Der Chor setzte ein und ich sah zu, dass ich wieder auf die Beine kam.

Der Überwurf wurde mir über die Schultern gelegt und ich versuchte ihn vor meiner Brust rasch zu schließen. Aber es gelang mir nicht. Wunderbar! Dabei lief bisher alles doch so reibungslos. Meine Finger wurden fahriger, aber ich bekam den Verschluss einfach nicht zu. Ruhige Hände schoben meine Finger zur Seite und überrascht blinzelte ich zu Noah, der mit einem sanften Lächeln den Verschluss schloss. Na ja, das war zwar so nicht vorgesehen, aber es konnte ja bekanntlich nicht alles wie geplant klappen. Nun ging ich langsam in die Knie für die Trauung von Elisabeth mit Franz-Josef und ich schloss die Augen, um im Folgenden einfach mal die Musik auf mich wirken zu lassen …

***

Ich eilte hinter die Bühne, wo Tosca schon auf mich wartete. Rasch zog ich das hellblaue Kleid aus und schlüpfte in das atemberaubende schwarz-weiße Hochzeitskleid. Frau Griffuni nutze die Zeit und flocht meine Haare zu einem dicken Zopf, während Tosca ein Diadem in meinen Haaren feststeckte. Die letzten Klänge von *Sie passt nicht* erklangen und ich musste zurück zur Bühne.

Penibel darauf achtend, dass ich mit dem Kleid nirgends hängen blieb, stellte ich mich neben Noah. Sein Franz-Josef-Kostüm war eines der wenigen, die komplett neu für ihn genäht worden waren. Daher passte es auch buchstäblich, wie auf den Leib geschneidert. Ich betrachtete die weiße Jacke, die seine Schultern breiter und die Hüften schmaler wirken ließ, und die weiß-rote Schärpe, die er trug sowie die Abzeichen, den Gürtel, ja, das hatte etwas.

»Wie heiß findet Junes dich darin?«, fragte ich grinsend.

Noah warf mir ein vielsagendes Lächeln zu und wackelte kurz mit den Augenbrauen, was mich zum Lachen brachte.

Ich ergriff seine Hand und ließ mich Walzer tanzend von ihm zurück auf die Bühne führen.

Wenn Kai etwas noch mehr Herzen der Zuschauerinnen einbrachte, dann war es *Der letzte Tanz*, der nun folgte.

Er sang das Lied mit so viel Leidenschaft und Sexappeal, dass mein rasender Puls nicht nur daran lag, dass ich so verschossen in ihn war.

Ein weiterer Grund war allerdings sicher auch, dass ich bei diesem Lied recht heftig über die Bühne gewirbelt wurde.

♫♪♫♪♫♪♫♪♫♪♫♪♫♪

Die Zeit wird alt und müde, der Wein wird schal.

Die Luft ist schwül und stickig im Spiegelsaal.
Unsichtbare Augen seh'n uns beiden zu.
Alle warten auf das Rendezvous.
♫♪♫♪♫♪♫♪♫♪♫♪♫♪

Kai ergriff meine Hand und zog mich fort von Noah. Er drehte mich, drückte mich an sich, strich über meinen Oberkörper und ließ mich wieder los, damit ich zu Boden ging.

♫♪♫♪♫♪♫♪♫♪♫♪♫♪
Der letzte Tanz, der letzte Tanz
gehört allein nur mir!
Den letzten Tanz, den letzten Tanz
Tanz ich nur mit dir!
♫♪♫♪♫♪♫♪♫♪♫♪♫♪

Damit ging er schwungvoll in die Knie, rutschte ein Stück über den Boden und stoppte mehr oder minder zwischen meinen Beinen. Seine Hände griffen in den Rock und wie jedes Mal bekam ich leichte Sorgen, dass er Stoff vielleicht einreißen könnte. Diese Gedanken schmälerten leider immer etwas das aufregende Kribbeln, das ich verspürte, wenn Kai den Stoff raffte, um mich näher zu sich zu dirigieren.

♫♪♫♪♫♪♫♪♫♪♫♪♫♪
Und so wart' ich im Dunkeln
und schau zu dir hin
als der große Verlierer.
Doch ich weiß, ich gewinn'!

Der letzte Tanz, der letzte Tanz
gehört allein nur mir! …
♫♪♫♪♫♪♫♪♫♪♫♪♫♪

***

Danach ließ ich mich wie, bei den Proben, von Annabelle und den Mädels für *Eine Kaiserin muss glänzen* über die Bühne jagen und lieferte danach ein fehlerfreies und stimmlich beinah perfektes *Ich gehör nur mir* ab. Worauf ich wirklich stolz war.

Es war beinahe erschreckend wie schnell wir bis fast zum Ende des ersten Aktes kamen.

Lächelnd lauschte ich dem Chor, mit Leo als Hauptstimme, wie er *Milch* sang. In diesem Lied wiegelte Luigi Lucheni die Bürger gegen die Kaiserin auf, weil diese die ganze Milch zum Baden und für ihre Schönheitspflege verwendet habe. Ich konnte in Leos Stimme richtig die Schadenfreude raushören, die in Lucheni ist, wenn er die Wut der Bürger gegen Elisabeth weiter anheizt.

Herr Morino hätte die Rolle wirklich nicht besser besetzen können.

♫♪♫♪♫♪♫♪♫♪♫♪♫♪

Wollt ihr hören, was die Kaiserin quält?

Sag, was?

Wenn sie in ihrem Kamm die Haare zählt …

Wie das?

…weint sie vor Kummer,

denn sie trauert um …

Um was?

… ihr Haar!

Was?

Ja!

♫♪♫♪♫♪♫♪♫♪♫♪♫♪

Inzwischen trug ich mein Kleid mit den vielen Strass-Steinchen und Tosca, wie auch Frau Griffuni werkelten eilig an mir herum. Meine Lehrerin schminkte mich, während Tosca meine Haare aufwendig flocht und hübsche Strass besetzte Sterne darin befestigte.

Bevor ich wieder auf die Bühne musste, würden nach *Milch* noch zwei weitere Lieder gespielt werden, daher hätten sich beide Frauen gar nicht so beeilen müssen. Dennoch war ich dankbar für ihre schnelle Arbeit, denn so konnte ich Tessas Auftritt bei *Uns're Kaiserin soll sich wiegen* seitlich von der Bühne aus live mitverfolgen.

In ihrer Rolle als Elisabeths Hofdame, Gräfin Esterhazy, scheuchte sie nun die Zofen über die Bühne, welche die verschiedenen Utensilien für die Schönheitspflege der Kaiserin brachten.

♫♪♫♪♫♪♫♪♫♪♫♪♫♪
Die Kaiserin ist schon im Bad.
Senkt euren Blick, wenn ihr euch naht!
Und gießt behutsam und gemach
heiße Milch nach und nach in die Wanne.

Sind ihre Tücher parfümiert?
♫♪♫♪♫♪♫♪♫♪♫♪♫♪

Wie schon bei Leo fühlte ich eine seltsame Art von Stolz, während ich Tessa zuhörte und sie beobachtete. Ich nahm das leichte Zittern ihrer Hände wahr, die sie in den Stoff ihres Rocks gekrallt hatte, aber ihre Stimme klang stark und ruhig. Sogar besser als bei den Proben.

♫♪♫♪♫♪♫♪♫♪♫♪♫♪
Und gekreppt!
♫♪♫♪♫♪♫♪♫♪♫♪♫♪

Antwortete das erste der Chormädchen, beziehungsweise die Zofe, woraufhin sich Tessa der nächsten zuwandte.

♫♪♫♪♫♪♫♪♫♪♫♪♫♪
Ist das Shampoo schon angerührt?
♫♪♫♪♫♪♫♪♫♪♫♪♫♪

♫♪♫♪♫♪♫♪♫♪♫♪♫♪
Nach Rezept:
Zuerst den Cognac,
dann das Ei,
auf jedes Glas jeweils drei.
♫♪♫♪♫♪♫♪♫♪♫♪♫♪

Antwortete die nächste Zofe, woraufhin Tessa sie mit einer Handbewegung weiterschickte, ehe sie nach einem kleinen Handspiegel griff, den eine andere Zofe auf ihrem kleinen silbernen Tablett trug.

Tessa hielt ihn vor sich in die Höhe und richtete ihre Haare, während sie ihren Text weitersang:

♫♪♫♪♫♪♫♪♫♪♫♪♫♪
So verlangt sie es!
Unsre Kais'rin soll sich wiegen,
kämmen, pflegen und erfrischen,
statt sich in die Staatsintrigen einzumischen.
♫♪♫♪♫♪♫♪♫♪♫♪♫♪

»Auch die Erzherzogin findet das sehr vernünftig ... «, fuhr Tessa sprechend hinzu und ich war mir bewusst, dass ich grinsen musste wie ein Honigkuchenpferd. Aber ich freute mich so sehr darüber, dass ihr alles so gut gelang.

»Wow!«, erklang Kais Stimme neben mir und lenkte mich von dem Geschehen auf der Bühne ab. Sein Blick ging mehrmals an mir rauf und runter und mir wurde klar, dass er mich zwar schon in diesem Kostüm, aber noch nie komplett fertig gestylt gesehen hatte.

Mit Make-up und Frisur. Das hatten wir für die Proben nie gemacht, sondern nur separat ausprobiert.

»Wie eine Märchenprinzessin, was?«, erwiderte ich grinsend und versuchte zu überspielen, dass ich mich geschmeichelt darüber fühlte, wie er mich ansah.

»Einfach wunderschön«, erwiderte er und sein Blick bekam etwas Sehnsüchtiges.

Noah betrat für sein Solo die Bühne und Kai richtete seinen Blick von mir fort zu ihm hin. Etwas, was ich absolut nicht wollte. Woraufhin meine Lippen schneller handelten als mein Gehirn.

»Ich bin verliebt in dich!«, sprudelte es einfach aus mir heraus.

Das hatte ich so zwar nicht geplant, aber es verschaffte mir umgehend wieder Kais ungeteilte Aufmerksamkeit. So schnell, wie er seinen Kopf erneut in meine Richtung wandte, hoffte ich nur, er hatte sich nicht den Nacken verdreht.

»Deshalb ... also ... «, fuhr ich deutlich verunsichert fort, weil Kai nichts sagte, sondern mich einfach nur anstarrte.

» ... könntest du dir vorstellen ... mit mir zusammen zu sein? Ganz offiziell ... ein richtiges Paar ... Freund und Freundin und jeder weiß davon ... «, meine Stimme wurde mit jedem Wort leiser und ich fühlte die Hitze in mein Gesicht steigen.

Unsicher knetete ich die Hände und starrte zu Boden.

Kai reagierte gar nicht. Er schaute mich einfach nur schweigend an und langsam machte sich die Angst in mir breit, dass Lucas sich vielleicht einfach geirrt hatte.

» ... du kannst dir das natürlich noch in Ruhe überlegen. Ich kann auch verstehen, wenn du nicht willst. Ich bin ... «

Kai überbrückte den Abstand zwischen uns mit zwei Schritten, umfasste mit den Händen mein Gesicht und erstickte meine Worte, indem er seinen Mund fest auf meinen presste. Nachdem die Überraschung abgeklungen war, schloss ich automatisch meine Augen und erwiderte seinen Kuss genauso drängend.

»Seid ihr wahnsinnig?!«, drang eine schrille Stimme an mein Ohr, die kläglich bei dem Versuch scheiterte, noch halbwegs gedämpft zu klingen.

Erschrocken stoben Kai und ich auseinander.

Frau Griffuni drängte sich zwischen uns und sah aus, als wollte sie uns am liebsten erwürgen, könnte sich aber nicht entscheiden, mit wem sie anfangen sollte.

»Ihr müsst gleich auf die Bühne und ruiniert dein Make-up?!«

Damit funkelte sie mich wütend an, zog ein Taschentuch aus ihrer Tasche und wischte mir über den Mund.

Daran hatte ich gar nicht mehr gedacht.

»Macht das ja nicht nochmal! Hebt euch das fürs Finale auf oder sonst wann. Aber nicht jetzt ... meine Güte!«, schimpfte sie, zog nun einen Lippenstift aus der Tasche und fuhr damit wieder leicht über meine Lippen, ehe sie meine Frisur einer intensiven Musterung unterzog. Zum Glück hatte Kai seine Finger darin wohl nicht vergraben, denn mit einem kurzen Nicken wandte sie ihre Aufmerksamkeit nun Kai zu.

Sie ergriff mit Daumen und Zeigefinger seine Wangen, was ihm einen Fischmund aufzwang und zog ihn leicht zu sich nach vorne.

Kai war über diese Geste eindeutig so perplex, dass er unserer Lehrerin stillschweigend erlaubte, seinen Mund mit ihrem Taschentuch sauber zu wischen, als wäre er ein fünfjähriger Junge und sie seine Mutter.

Nachdem sie alle Lippenstiftspuren beseitigt hatte, ließ sie Kais Gesicht wieder los.

»Haltet euch bereit. Ihr seid gleich wieder dran.«

Damit musterte sie uns nochmal scharf, ehe sie wieder zur Bühne spähte.

Ich hätte zwar viel lieber mein ... wenn auch etwas einseitiges ... Gespräch mit Kai zu Ende gebracht, aber Frau Griffuni hatte leider recht.

Noah war, in seiner Rolle als Franz-Josef, inzwischen auf der Bühne und sang seinen Solopart von der Reprise zu *Ich gehör nur mir,* in dem der Kaiser auf die Forderungen seiner Frau nach mehr Eigenständigkeit und weniger Einflussnahme ihrer Schwiegermutter eingeht, damit Elisabeth ihn nicht verlässt. Er war beinahe am Ende angelangt und damit musste ich mich auf der Bühne positionieren.

♫♪♫♪♫♪♫♪♫♪♫♪♫♪
Sie steht nicht mehr zwischen dir und mir,
denn ich gehör nur dir.

Ich herrsche und lenke,
bezwing das Gefühl.
Gefühl ist verboten für mich.
Doch wenn ich an dich denke,
schweigt jedes Kalkül.
Ich werde mir untreu für dich!
♫♪♫♪♫♪♫♪♫♪♫♪♫♪

Noah beendete seinen Part und ich hörte beeindruckt, wie es ihm gelang, das letzte Wort in die Länge zu ziehen. Hier war ihm sonst während den Proben des Öfteren die Stimme gebrochen.

Dies war im Musical eine meiner Lieblingsszenen. Wenn der Scheinwerfer auf Elisabeth fiel, die in dem Rahmen stand, der dem berühmten Gemälde der Kaiserin nachempfundenen worden war. Wenn das Kleid, der Haarschmuck und alles im Licht funkelten, sah es einfach wunderschön aus. Den gleichen Anblick der Kaiserin wie auf dem Gemälde würde ich wahrscheinlich nicht bieten können, aber das machte nichts. Ich stellte mich in Pose und genoss meinen absoluten *Elisabeth*-Moment im Musical, auch wenn das Licht des Scheinwerfers mich blendete. Meine Augen hefteten sich auf Noah dessen Miene sich bei meinem Anblick deutlich aufhellte. Er lächelte freundlich und zwinkerte mir kurz zu. Ich versuchte nicht allzu auffällig zurückzulächeln. Schließlich war nun mein Gesangspart an der Reihe:

♫♪♫♪♫♪♫♪♫♪♫♪♫♪
Soll ich dich verstehen,
will ich auch verstanden sein.
Ich will mit dir gehen,
doch sperr mich nicht länger ein.
Ich bin nicht das Eigentum von dir.
Denn ich gehör nur mir
♫♪♫♪♫♪♫♪♫♪♫♪♫♪

Vorsichtig stieg ich aus dem Rahmen und die drei Stufen nach unten. Das letzte, was ich wollte, war in dieser Szene, in diesem Kleid, vor aller Augen auf die Schnauze zu fliegen. Dankbar für die flachen Schuhe erreichte ich ohne Probleme den Boden und schritt dann bis zur Mitte der Bühne. Auch ohne zurückzusehen wusste ich, dass Kai nun meinen Platz einnahm, da seine Strophe gleichzeitig zu meiner einsetzte. Ich schloss die Augen und versuchte mich zu konzentrieren, denn es fiel mir immer noch schwer, wenn er gleichzeitig einen anderen Text sang als ich.

♫♪♫♪♫♪♫♪♫♪♫♪♫♪
Du kannst mich gewinnen,
doch nur wenn auch ich gewinn.
Willst du neu beginnen
dann nimm mich, wie ich auch bin.

Was heut das Auge sieht,
ist morgen schon Vergangenheit.

Wohin dein Blick auch flieht,
auf meiner Seite ist die Zeit.
♫♪♫♪♫♪♫♪♫♪♫♪♫♪

Erleichtert, die Strophe nicht verhauen zu haben, wandte ich mich wieder in Noahs Richtung und hob den Arm in abwehrender Haltung, als er auf mich zutrat.

♫♪♫♪♫♪♫♪♫♪♫♪♫♪
Du musst mir nichts geben,
nur lass mir mein Leben!
Denn ich gehör …

Du gehörst …

… nur mir!
♫♪♫♪♫♪♫♪♫♪♫♪♫♪

Während Noah einmal langgezogen *Elisabeth* sang, schmetterte ich in voller Lautstärke *Ich gehör nur mir!* durch den Saal und schlug, wie es die Szene vorsah, meinen Fächer vors Gesicht, ehe das Licht ausging, sich der Vorhang unter Beifall schloss und damit der erste Akt endete.

***

»Mein Schatz, du bist fantastisch! Ich bin so stolz auf dich!«

Oma warf sich zu Beginn der Pause regelrecht auf mich und ich hatte Mühe das Gleichgewicht zu halten.

»Dankeschön«, antwortete ich und erwiderte ihre Umarmung.

Ich dachte, es würde mich mehr stören meine Eltern nicht im Publikum zu sehen. Aber es kümmerte mich tatsächlich kaum. Meine Familie war ja dennoch hier. Alle, die letztlich zählten.

»Ich habe leider nicht so lange Zeit, weil ich mich gleich wieder umziehen muss«, erklärte ich und ließ meinen Blick über die Massen schweifen.

Wahnsinn, wie viele Menschen gekommen waren, nur um unser Schulmusical zu besuchen.

Der Großteil tummelte sich jetzt draußen und redete mit seinen Kindern oder stand an der Schlange, um sich etwas zu trinken oder zu essen zu holen.

»Ihr macht das wirklich alle toll«, lobte Toni und strich bewundernd über den Stoff meines Kleides.

»Danke«, antwortete ich lächelnd.

Von Toni war das ein großes Kompliment. Immerhin hatte sie in drei Schulmusicals ja selbst die Hauptrolle gespielt und das absolut fantastisch. Was ja schließlich jetzt dazu geführt hatte, dass sie eine Karriere als richtige Musicaldarstellerin anstrebte.

»Ja, ich finde auch ... geht es dir nicht gut, Tante Clarice?«, fragte Max und alle unsere Augen richteten sich auf unsere Tante.

Sie sah wirklich ziemlich bleich aus und Schweißperlen standen ihr auf der Stirn. Es war zwar auch am Abend noch sommerlich warm, aber heute wirklich nicht heiß.

»Schatz?«, fragte mein Onkel seine Frau besorgt, als sie nicht gleich antwortete.

»Ehrlich gesagt ... nicht besonders«, presste sie mühsam heraus.

Onkel André fasste sie besorgt am Ellenbogen, als es ein Platsch-Geräusch gab und wir alle unwillkürlich den Blick auf den Boden zwischen ihre Beine richteten.

Flüssigkeit rann in die Ritzen der Pflastersteine und färbte die graue Fläche dunkler.

»Hat deine Tante in die Hosen gemacht?«, flüsterte Cansu peinlich berührt Max ins Ohr, aber ich konnte sie dennoch verstehen.

»Quatsch! Ihre Fruchtblase ist geplatzt!«, erwiderte Max unwirsch und überbrückte eilig den Abstand zu Tante Clarice, um sie ebenfalls zu stützen.

»Au! So eine Scheiße! Es soll doch ... erst nächste Woche soweit sein ... «, keuchte meine Tante und verzog schmerzerfüllt das Gesicht.

»Sieht das Baby wohl anders! Los, wir müssen dich zum Tor bringen. Toni, hol schon mal das Auto«, wies Oma meine Schwester an, die sich sofort ihren Weg durch die Umstehenden bahnte.

Rechts und links von Max und Onkel André gestützt, ging Tante Clarice in kleinen Schritten zum großen Platz vor der Schule, zu dem es Toni möglich war das Auto zu bringen.

Ich machte Anstalten zu folgen, wurde aber durch zwei Hände, die sich um meinen Unterarm schlossen, aufgehalten.

»Wo willst du hin?«, fragte Tessa, als ich mich zu ihr drehte.

»Frau Griffuni wollte, dass ich dich suche. Du musst dich umziehen kommen!«

Oh, stimmte. Wir hatten ja noch eine ganze Hälfte vor uns.

»Aber ... Tante Clarice bekommt ihr Baby«, erklärte ich und deutete auf die Rücken meiner Familienmitglieder.

»Oh ... ich dachte, sie hat erst nächste Woche ihren Termin? Aber Sasha ... es gibt keine Zweitbesetzung ... «, erinnerte Tessa mich.

»Richtig ...«, antwortete ich verdrossen und folgte Tessa zurück ins Gebäude.

Vielleicht würde sich meine Cousine oder mein Cousin ja Zeit lassen bis nach dem Musical.

***

»Buh!«

Erschrocken sprang eine der Zuschauerinnen fast von ihrem Stuhl, als Leo, der den dunklen Saal durch einen Seiteneingang betrat, ihr diesen Ausruf über die Schulter zuflüsterte.

Nach dem ersten Schrecken lachte die Frau und mit einem breiten Grinsen ging Leo weiter zur Bühne, um den zweiten Akt mit dem Lied *Kitsch* einzuläuten. Es gehörte ebenfalls zu den musikalischen Highlights des Musicals. Einerseits nahm Lucheni den ganzen Sissi-Kult, der durch die Filme, welche jedes Jahr Weihnachten liefen und das Leben der Kaiserin kitschig romantisiert verklärt hatten, aufs Korn und hielt dem Publikum somit einen Spiegel vor.

Andererseits sorgte er aber durch seine zynische Erzählweise auch dafür, dass das Musical nicht zu düster wurde.

♫♪♫♪♫♪♫♪♫♪♫♪♫♪

Kommen Sie her, meine Damen und Herren!
Während da drin in der Kathedrale an diesem denkwürdigen 8. Juni 1867, der Kaiser von Österreich und die überirdisch schöne Elisabeth ... König und Königin von Ungarn werden, haben Sie die einmalige Gelegenheit, ein wertvolles Erinnerungsstück zu erwerben.
Alles sehr billig.
Bitte, treten Sie näher!

♫♪♫♪♫♪♫♪♫♪♫♪♫♪

»Ich hätte vielleicht doch für Lucheni vorsingen sollen. Seine Rolle scheint mehr Spaß zu machen«, flüsterte Louis, als er neben mich trat, während ich an meinem grün-roten Kostüm rumzupfte.

Ich konnte verstehen, dass er sich als Rudolf etwas langweilte. Seine Rolle kam erst im späteren Verlauf des 2. Akts an die Reihe. Bis dahin blieb Louis nichts anderes übrig, als das Geschehen vom Seitenrand der Bühne zu verfolgen, was nicht so schön war wie bei den Proben. Denn da hatten wir uns in den Zuschauerbereich setzen können, wenn wir nicht auf der Bühne sein mussten, und einen viel besseren Blick auf das Geschehen gehabt.

Ich folgte seinem Blick zur Bühne, wo Leo sich mit seinem Bauchladen gerade in der Mitte vor dem Vorhang positionierte.

♫♪♫♪♫♪♫♪♫♪♫♪♫♪

Wie wär's mit diesem Bild:
Elisabeth als Mutter mit Rudolf ihrem Sohn.
Oder hier: ist das nicht nett?
Die Kaisers feiern Weihnacht` im festlichen Salon.
Auf diesem Glas sehen wir
das hohe Paar, in Liebe zugeneigt.
Einen Teller hab' ich auch,
der Elisabeth beim Beten in der Hofkapelle zeigt.

♫♪♫♪♫♪♫♪♫♪♫♪♫♪

»Glaub mir, du hättest wahrscheinlich nicht halb so viel Spaß wie er«, antwortete ich grinsend. Leo ging wirklich in dieser Rolle auf. Und das Publikum mit kleiner, eingepackter Schokolade zu bewerfen, war für ihn jetzt wahrscheinlich noch ein Bonus.

♫♪♫♪♫♪♫♪♫♪♫♪♫♪

Nehmt ein hübsches Souvenir mit
aus der kaiserlichen Welt!
Alles innig, lieb und sinnig, so wie es euch gefällt:
Kitsch!

♫♪♫♪♫♪♫♪♫♪♫♪♫♪

»Außerdem, steht dir dieses Kostüm viel besser«, fuhr ich fort und deutete an Louis, meinem Bühnensohn, einmal auf und ab. Wie für Noah, war auch sein Kostüm extra neu genäht worden. Der Schnitt war derselbe, nur war Louis` Jacke hellblau. Bei Louis war es auch tatsächlich so, dass er alles tragen konnte. Er war ein so hübscher Junge, dass er in allem gut aussah.

Ich sprach es zwar nicht aus, aber ich ging wirklich davon aus, dass er auch in meinem Kostüm besser aussehen würde als ich.

»Ich weiß«, gab er unumwunden und frech grinsend zu.

»Uniformen haben einfach was. Wobei ich normalerweise mehr draufstehe, wenn andere sie tragen.«

Er zwinkerte und fuhr sich über die dunkelbraunen Haare, um zu prüfen, ob sie noch immer fest zusammengebunden waren.

»Aber dein Kumpel sieht wirklich gut aus … echt süß mit den Hosenträgern … «, fuhr Louis fort und schaute zurück zu Leo.

Ich antwortete nicht, da ich unsicher war, welche Richtung dieses Gespräch sonst nehmen würde. Außerdem sagte Louis ja dauernd irgendwelche Dinge, die man nicht ernst nehmen sollte. Währenddessen sang Leo weiter:

♫♪♫♪♫♪♫♪♫♪♫♪♫♪

Verzieht nicht das Gesicht!
Tut bloß nicht so, als wärt ihr an der Wahrheit interessiert.
Die Wahrheit gibt's geschenkt,
aber keiner will sie haben, weil sie doch nur deprimiert.
Elisabeth ist »in«,
man spricht von ihr seit über hundert Jahr'n.
Doch wie sie wirklich war,
das werdet ihr aus keinem Buch
und keinem Film erfahr'n.

♫♪♫♪♫♪♫♪♫♪♫♪♫♪

Leo sang noch die nächste Strophe zu Ende, legte den Bauchladen wieder ab, setzte sich dann mit ausgestreckten Beinen auf den Boden und trommelte einmal mit den Handflächen darauf herum. Ja, das notwendige komödiantische Talent für die Darstellung des Lucheni brachte er zweifellos mit.

Fingerspitzen ertasteten sanft meinen Nacken und strichen dort langsam auf und ab, was mir ein wohliges Schaudern verursachte. Kurz schloss ich die Augen, genoss das Gefühl, ehe ich mein Gesicht in Kais Richtung drehte. Seine Augen funkelten so intensiv, dass ich

Schwierigkeiten hatte, mich an Frau Griffunis Anweisungen zu halten.

Allerdings erinnerte ich mich wieder daran, dass mir ja noch immer seine offizielle Antwort fehlte.

»Bekomme ich später noch deine Antwort?«, flüsterte ich, da ich nicht schon wieder etwas Unausgesprochenes wollte, in das ich letztlich nur wieder etwas hineininterpretieren würde.

Kai lächelte und beugte sich nach vorne, um seine Lippen ganz nah an mein Ohr zu bringen.

»Ja«, flüsterte er und drückte seine Lippen kurz auf die Stelle zwischen Ohrläppchen und Wange.

Leo brachte währenddessen das Lied zum Abschluss und sein Gesang endete unter Applaus. Kai trat von mir weg, um Noah Platz zu machen, mit dem ich gleich während des Lieds *Èljen* einmal über die Bühne schreiten musste, ehe ich mit Kai zum Stück *Wenn ich tanzen will* übergehen würde.

***

Es stimmte mich zwar ein wenig traurig, aus dem Augenwinkel die leeren Sitze zu sehen, auf denen vorher meine Familie gesessen hatte, andererseits beruhigte es mich auch zu wissen, dass sie nicht Zeuge wurden, wie Kais Hände sich auf meine legten und er, definitiv langsamer als bei den Proben, über meinen Oberkörper strich.

Kai sorgte während des Duetts eindeutig für auffällig viel körperliche Nähe und als er noch einen kleinen zarten Kuss auf meinen Nacken hauchte, kribbelte alles in mir.

Wie sollte man denn da konzentriert bleiben?!

Es fiel mir wirklich zusehends schwer und mit jedem Lied, das erklang, während die Handlung des Musicals voranschritt, war ich dankbar für die Szenen, die ich ohne Kai hatte.

Ich beendete sie mit *Gar nichts*, dem letzten Solo meiner Rolle, und hoffte die Traurigkeit und Verzweiflung gut genug rübergebracht zu haben. In dieser Szene besucht die Kaiserin Patienten in einer Nervenklinik und gibt zu, lieber selbst dort Patientin sein zu wollen als die Kaiserin von Österreich. Das Lied schilderte recht deutlich, wie labil Elisabeth ist, wie gescheitert und krank sie sich fühlt und sich letztlich nur in ihre Einsamkeit flüchten kann.

Es stimmte schon. Das Musical war wirklich düster. Ich konnte gar nicht genau benennen, was mir daran so gefiel. Vielleicht, dass alles sehr ehrlich erzählt wird und man trotzdem Mitgefühl für Elisabeth empfindet, auch wenn sie gerade im zweiten Akt nicht mehr unbedingt eine Sympathieträgerin ist.

Das Klatschen des Beifalls im Ohr verließ ich die Bühne, um Leo, Annabelle und den anderen Platz zu machen, die gleich, kostümiert als Pferde, die nächste Szene spielen. In der Originalaufführung fand ich diese Szene immer etwas albern und bei uns wurde es auch nicht besser. Aber Annabelle und die anderen spielten die Szene *Wir oder sie* prima. Obwohl auch Gelächter aus dem Publikum vereinzelt zu hören war, wie sie mit den Pappmaché-Pferden behangen über die Bühne sprangen. Sicher kannten nicht alle das Original-Stück und fanden den Anblick daher eher befremdlich.

Natürlich hatten die Kostüme aber auch einen Sinn. Die Bühne wurde mittels Projektors als ein Schachbrett dargestellt. Elisabeths Gegner, in diesem Fall ihre Schweigermutter samt deren Gefolge, machen sich für ihren nächsten Zug gegen die Kaiserin bereit.

Die Pferde symbolisierten also die Figur des Springers in einem Schachspiel.

Ebenso dienten sie dem gesamten Bühnenbild, da in dieser Szene ja ebenso ein Ausritt dargestellt wurde bei dem die Erzherzogin Sofie und ihre Männer sich beratschlagten.

Da die Erzherzogin ihren Einfluss auf Franz-Josef schwinden sieht, setzt sie alles daran, Elisabeths Macht am Hof wieder zu verringern.

Zu diesem Zweck trägt sie ihrem Gefolgsmann Graf Grünne auf, ihrem Sohn, Franz-Josef, eine Prostituierte aus dem Salon der Madame Wolf zu besorgen, welche den Kaiser von seiner Frau ablenken und vor Augen führen soll, dass es durchaus noch andere schöne Frauen neben der Kaiserin gibt.

»So, mal schauen, wie viele Eltern hiernach wieder auf die Barrikaden gehen werden«, sagte Noah leise, als die Szene nun wechselte.

Ich wusste, was er meinte. Nach dem Aushecken der Intrige, wechselte Spielort nun zu eben jenem Bordell der Madame Wolf.

Da wir das Musical ja möglichst originalgetreu versuchten wiederzugeben, hatten die Lehrer auch diese Szene beibehalten. Daher ging es für Leo und Ronja, welche ja die Bordellbesitzerin Frau Wolf spielte, auf die Bühne. Zusammen mit sieben Schülerinnen, die eben dem Aussehen nach der Szene entsprechend sexy und sehr knapp bekleidet waren.

Ich wusste, dass es bei der Schulaufführung von *Aida* damals schon einen großen Aufschrei mancher Eltern gegeben hatte, weil die Prinzessin und ihre Dienerinnen in einer Szene nur mit Handtüchern bekleidet aufgetreten waren.

Jetzt trugen die Schülerinnen Reizwäsche und Negligés, für die sie sich im Übrigen selber entschieden hatten, wofür es aber mit Sicherheit trotzdem Kritik hageln würde.

Ronja wedelte seitlich der Bühne kurz mit ihrer feuerroten Federboa, ehe sie komplett aus dem Schatten trat und den Part der Madame Wolf sang:

♫♪♫♪♫♪♫♪♫♪♫♪♫♪

Nur kein Genieren! Warum sich zieren
in diesem Etablissement?
Raus mit den Kröten und nicht erröten!
Wir sorgen für's Amüsement!

In Frau Wolfs Salon
sagt man nie Pardon.
Wenn der Drang sie übermannt ...

...werden sie hier fulminant entspannt.
♫♪♫♪♫♪♫♪♫♪♫♪♫♪

Ronja lächelte Leo aufreizend zu, welcher nun seinerseits seinen Liedtext direkt ans Publikum richtete, um weiter durch die Geschichte zu führen:

♫♪♫♪♫♪♫♪♫♪♫♪♫♪
So viele nette Damen
in einem netten Rahmen ...
♫♪♫♪♫♪♫♪♫♪♫♪♫♪

Die Schülerin, welche Graf Grünne spielte, betrat die Bühne und Ronja, in ihrer Rolle als Bordellbesitzerin, präsentierte ihr ihre Mädchen zur Auswahl:

♫♪♫♪♫♪♫♪♫♪♫♪♫♪
Hier finden Sie, wovon man träumen kann.
Marie ist dumm und drollig,
Helen ist rund und mollig,
Tatjana fängt im Bett zu fluchen an.
Für Herrn, die gerne schmusen,
Grit mit dem weichen Busen.
Und hier Madeleine empfehl ich jedem Mann ...
♫♪♫♪♫♪♫♪♫♪♫♪♫♪

Graf Grünne trat interessiert zur letztgenannten, während Leo sich wieder direkt ans Publikum wandte:

♫♪♫♪♫♪♫♪♫♪♫♪♫♪

...den die Gefahr noch fasziniert.
Die Kleine hat sich infiziert!

♫♪♫♪♫♪♫♪♫♪♫♪♫♪

Damit folgte erneut der Refrain des Lieds und Graf Grünne zog mit *Madeleine von der Bühne.*

Ich wandte mich von Leo und Ronjas Duett und den lasziv tanzenden Mädels ab, da ich in der nächsten Szene wieder auf die Bühne musste, um mir von Kai mitteilen zu lassen, dass mein Mann mich betrog und mit Syphilis angesteckt hatte. Man konnte wohl wirklich nicht behaupten, dass die beiden eine glückliche Ehe geführt hatten.

***

Noah stürmte, nach seiner gespielten Auseinandersetzung mit Annabelle, beziehungsweise seiner Mutter, Erzherzogin Sofie von der Bühne und blieb dann neben mir stehen, um Annabelle bei ihrer letzten Szene in diesem Musical zu beobachten.

Gramgebeugt stand sie fast in kompletter Dunkelheit, nachdem ihr Sohn sie aufgefordert hatte, endlich mit ihren Intrigen aufzuhören. Er würde seine Frau nur noch mehr lieben, nachdem er andere Frauen getroffen hatte, und egal was Elisabeth nun auch tat, er würde zu ihr stehen.

Als Zuschauer war einem natürlich nur allzu bewusst, dass diese Einsicht in Bezug auf seine Ehe viel zu spät gekommen war.

Elisabeth hatte ihn mehr oder minder verlassen und reiste nun ruhelos von Ort zu Ort.

Ein Verhalten, durch das Sofie deutlich den Untergang der Monarchie und des Habsburger Hofs voraussah.

Bei den traurigen Klängen ihres letzten Liedes wurde die Erzherzogin nochmal von einer anderen Seite beleuchtet. Nämlich als

Mutter, die es doch eigentlich nur gut gemeint hatte und nur das Beste für ihre Familie gewollt hatte.

♫♪♫♪♫♪♫♪♫♪♫♪♫♪
Ist das jetzt mein Lohn,
undankbarer Sohn?
Mir allein verdankst du Krone, Macht und Thron.
Hart zu sein und streng,
war nicht leicht für mich.
Ich hab mich gezwungen, stark zu sein für dich.
Wer die Pflicht vergisst,
muss zugrunde geh'n.
Erst wenn es zu spät ist, wirst du es versteh'n.
Mich versteh'n.
♫♪♫♪♫♪♫♪♫♪♫♪♫♪

Das spärliche Licht wurde noch weiter gedämmt und hüllte Kaisermutter letztlich in vollkommene Dunkelheit. Die Stimmung war drückend, aber gerade das machte die Szene so gut. Annabelle hätte auch fantastisch als Elisabeth geklungen, das musste ich einfach zugeben.

Ich klatschte ebenfalls Beifall, als sie von der Bühne in die Schwärze huschte, zu Leo ging und ihm, glücklich lächelnd, einen Kuss aufdrückte. Sie hatte es für heute geschafft.

Der Rest von uns allerdings noch nicht, denn einige Lieder hatte das Stück noch.

***

♫♪♫♪♫♪♫♪♫♪♫♪♫♪
Zeit, dass wir uns endlich sprechen.
Zeit, das Schweigen zu durchbrechen.
...
♫♪♫♪♫♪♫♪♫♪♫♪♫♪

Kais Stimme drang kraftvoll durch den Raum. Es war durchaus interessant zu beobachten, wie viele Schülerinnen sich jetzt seitlich am Rand der Bühne tummelten, um Kais und Louis Duett von *Die Schatten werden länger* verfolgen zu können. Nicht, dass es der Großteil nicht schon während den Proben oft genug gesehen hatte, aber da einfach alle bei der heutigen Aufführung nochmal eine Schippe drauflegten, schien sich das keiner entgehen lassen zu wollen. Ich allerdings auch nicht, wie ich zugeben musste. Es war eines meiner Lieblingslieder und die beiden waren sehr gute Sänger.

Der inzwischen achtundzwanzigjährige Kronprinz Rudolf, welcher seiner Mutter Elisabeth charakterlich sehr ähnlich war, fühlt sich ebenfalls in den Zwängen des Habsburger Hofs und der Monarchie gefangen. Er möchte etwas in seinem Land und in seinem Leben verändern, bekommt aber einfach nicht die Gelegenheit und die notwendige Macht dazu.

Mit der Frau, die er liebt, darf er nicht zusammen sein, da sie nicht seinem Stand entspricht und weil er bereits verheiratet ist.

Dadurch verfällt Rudolf zunehmend in Verzweiflung, was den Tod wieder auf den Plan ruft.

Dieser lockt, verführt und versucht Rudolf mit sich zu ziehen.

Es war ein kraftvolles Duett und außerdem boten Louis und Kai auch noch einen hübschen Anblick. Und einen amüsanten, wenn man das Insiderwissen beachtete. Denn, wenn man bedachte, wie oft Louis Kai im Scherz einen Kuss abluchsen wollte oder ihn ansprang oder sonst irgendwie reizte, war es witzig anzusehen, wie Kai nun als Tod die Nähe von Kronprinz Rudolf suchte und Louis sich in seiner Rolle versuchte fernzuhalten.

Kai beugte sich leicht vor und Louis riss den Kopf zur Seite, um Kais Kuss auszuweichen, ehe er zu seinem ersten Gesangspart ansetzte.

Ich lauschte dem Lied fast schon hingerissen. Die beiden klangen toll zusammen und ich verstand, warum so viele Mädels ihre Band anhimmelten.

Kai drückte Louis nach hinten und beugte sich über ihn, im erneuten Versuch ihn zu küssen, woraufhin ich ein paar Mädchen im Publikum tatsächlich aufgeregt und laut quieken hörte. Die zwei Jungs fanden die Situation wohl ebenfalls komisch, denn von meiner Position aus konnte ich in die Gesichter beider sehen und erkannte, wie sich ihre Mundwinkel zu einem Grinsen hoben. Leider würde die Hoffnung der Mädels unerfüllt bleiben, denn Louis wich Kais Lippen aus, richtete sich für seine nächste Strophe wieder auf und rutschte etwas von Kai fort.

♫♪♫♪♫♪♫♪♫♪♫♪♫♪
Zeit, den Riss der Welt zu sehen.
Könnt' ich nur das Steuer drehen!
Doch ich muss daneben stehen.
Man bindet mir die Hände.
♫♪♫♪♫♪♫♪♫♪♫♪♫♪

Zur Unterstreichung seines Textes starrte Louis auf seine nach oben gerichteten Handflächen und ließ seine Hände leicht zittern.

Kai rutschte indessen erneut näher an Louis und drehte dessen Körper wieder in seine Richtung.

♫♪♫♪♫♪♫♪♫♪♫♪♫♪
Nichts ist schlimmer, als zu wissen,
wie das Unheil sich entwickelt
und in Ohnmacht zuseh'n müssen.
♫♪♫♪♫♪♫♪♫♪♫♪♫♪

Kai sang seine Strophe verführend in Louis Ohr und ich konnte mir lebhaft vorstellen, wie Kais Atem über Louis Haut streichelte.

Sie machten das so gut. Wäre ich nicht so gefesselt von der Kraft in ihren Stimmen, ihrer Gesten, von Kais durchdringendem Blick … hätte ich vielleicht so etwas wie Eifersucht empfunden.

Aber beide begeisterten mich so sehr, dass ich sie nur ganz fasziniert beobachten konnte.

Kai riss Louis bei dessen nächster Strophe nach oben und führte ihn über die Bühne. Er hielt ihn bei den Schultern gepackt und kontrollierte dessen Bewegungen. Währenddessen hob sich hinter ihnen ein Vorhang und, gehüllt in Nebel, erschienen die schattenhaften Figuren des Chors, die mit Greifbewegungen ihre Arme nach Louis ausstreckten.

♫♪♫♪♫♪♫♪♫♪♫♪♫♪
Die Schatten werden länger,
und die Lieder werden kalt und schrill.
Der Teufelskreis wird enger,
doch man glaubt nur was man glauben will.
Die Schatten werden länger.
Es ist fünf vor zwölf!
Warum hält jeder still?
♫♪♫♪♫♪♫♪♫♪♫♪♫♪

Kai wirbelte Louis erneut herum und drückte ihn jetzt in einer engen Umarmung an seinen Körper gepresst. Das funktionierte wahrscheinlich auch nur so gut, weil Louis etwas kleiner und viel zierlicher in der Statur war als Kai. Denn dieser hatte Louis sogar leicht angehoben, um ihn mit sich um die eigene Achse zu drehen.

Kai gab seiner Stimme bei jeder weiteren Strophe diesen einen ganz sinnlichen Klang, der mich wieder ganz hibbelig machte und gleichzeitig begeisterte. Ich war so in diese Stimme … in seine ganze Person verliebt. Er faszinierte mich mit jeder Bewegung, jeder Mimik und jedem Blick.

»Du hast Herzchen in den Augen«, flüsterte Leo mir ins Ohr und ich musste mich nicht zu ihm umdrehen, um das Grinsen in seinem Gesicht zu sehen.

»Ja, habe ich!«, gab ich zu und als ich doch kurz zu Leo spähte, sah ich ehrliche Überraschung über sein Gesicht huschen.

Ja, ich hatte es zugegeben! Und diese Gefühle würde ich auch weiter offen zeigen. Ich wollte keine Heimlichkeiten vor Kai haben, also würde auch ich in Zukunft nichts verleugnen oder runterspielen.

Das Lied endete und es folgte tosender Applaus. Auch, weil nicht nur das Publikum, sondern auch der Großteil der Leute hinter der Bühne Beifall klatschten.

Kai verließ die Bühne, ehe er ein paar Lieder später, inklusive seiner Todesengel, wieder mit Louis auf der Bühne stand.

Zuvor lieferte Louis jedoch noch ein sagenhaftes *Wenn ich dein Spiegel wär* ab, indem er als Rudolf seine Mutter Elisabeth in einer für ihn ausweglosen Situation um Hilfe bittet. Doch die Kaiserin, inzwischen verbittert und nur darauf bedacht, ihre erkämpfte Freiheit zu bewahren, lehnt die Bitten ihres Sohnes, mit dem Kaiser seinetwegen zu reden, ab.

Verzweifelt fährt Rudolf nach Mayerling, wo der Tod auf ihn wartet. Im Musical heißt diese Szene *Mayerling-Walzer.*

Es gab hier nur ein instrumentales Stück zu dem Selbstmord von Kronprinz Rudolf.

Louis jagte der Pistole hinterher, welche sich die Todesengel gegenseitig zuwarfen, ehe er als letztes bei Kai, beziehungsweise dem Tod, ankam.

Louis umgriff die Waffe und Kai führte dessen Hand bis zu Louis` Schläfe.

Dann senkte er den Kopf und in dem Moment, als Kai seine Lippen auf die von Louis drückte, wurde das Schussgeräusch in die plötzlich einsetzende Stille eingespielt.

Ich sah zu einem kleinen Mädchen in der ersten Reihe, das sich an seine Mutter kuschelte. Es wirkte leicht verstört und ich hoffte nur, unsere Schule müsste nicht im nächsten Jahr Benjamin Blümchen oder so aufführen, weil sich nach dem diesjährigen Musical vielleicht zu viele Eltern beschwert hätten.

Kai ließ Louis lieblos zu Boden fallen und zwei Todesengel zogen den von der Bühne.

***

Nach dem Selbstmord des Kronprinzen Rudolf folgte die *Totenklage,* in der Elisabeth am Sarg ihres Sohnes um Vergebung fleht, weil sie ihn im Stich gelassen hatte.

Des Lebens nun komplett überdrüssig bittet sie den Tod nun, sie doch endlich mit sich zu nehmen, aber jetzt lässt sich der Tod bitten.

Geschichtlich erfolgt der Tod der Kaiserin auch erst ein ganzes Jahrzehnt später

Im Musical war das natürlich etwas gerafft.

Noah und ich sangen unser zweites Duett *Boote in der Nacht,* in dem der Kaiser seine Frau bittet zu ihm zurückzukehren, da er sie noch immer liebt. Elisabeth lehnt jedoch ab, da sie und Franz-Josef einfach nicht zusammenpassen und sie sich in ihrer Ehe schon zu weit entfremdet haben.

Wir verließen die Bühne und machten Platz für Leo, der als Lucheni weiter durch die Geschichte führte und dem Publikum ein paar Hintergrund-Infos und geschichtliche Personen vorstellte, welche deutlich machen sollten, wie viel Leid und Trauer die Kaiserin in ihrem Leben noch durchgemacht hatte:

»Ecco – die Welt ist ein Schiff. Und das Schiff geht – unter!
Darf ich vorstellen? Maximilian von Habsburg:
Elisabeths Schwager, Kaiser von Mexico –
Von Revolutionären erschossen

Uno, due, Feuer!«

Währenddessen checkte ich erneut kurz mein Handy. Toni hatte geschrieben, dass Tante Clarice nun in den Wehen lag und es nicht mehr so lange dauern würde, bis das Kind kommen würde Sie hätte zwar unbeschreibliche Schmerzen, fluche am laufenden Band, fragte lauthals, welches Arschloch es sich ausgedacht hätte, dass Frauen die Kinder bekamen, und hätte Onkel Andrés Rücken blutig gekratzt, aber ansonsten ginge es ihr gut. Na denn ...

»Maria von Wittelsbach:
Elisabeths Schwester, Königin von Neapel –
Verrückt geworden«

Leo eilte im Kreis weiter und stellte dem Publikum die letzten beiden Personen vor, ehe die Musik und der Gesang zur Reprise von *Alle Fragen sind gestellt* einsetzte.

In dieser Szene bekam Lucheni dann vom Tod die Feile überreicht, mit denen er Elisabeth erstechen würde.

»König Ludwig von Bayern:
Elisabeths Cousin, dem Wahnsinn verfallen und ertrunken
Die Herzogin von Alençon:
Elisabeths Schwester, vom Feuer erfasst und verbrannt
Asche zu Asche!«

Es folgte das letzte Lied vor dem Finale und ich machte mich bereit mich nun von Leo erstechen zu lassen.

Gefolgt von Tessa schritt ich über die Bühne, woraufhin Leo auf mich zu rannte und so tat, als würde er mir einen Pfeil in die Brust rammen.

Ich stolperte, ging leicht in die Knie und hielt mir die Hände an die Brust.

»Majestät! Oh! Hilfe! O Gott!«, rief Tessa erschrocken.

Ich wusste, dass ihr erschrockenes Geschrei, das sie spielen musste, ihr peinlich war. Aber sie machte es gut. Besser jedoch hätte ich gefunden, wenn sie mir nicht direkt ins Ohr gebrüllt hätte.

Ich stolperte nach vorne und ließ mich dann komplett zu Boden fallen.

»Ein Arzt! Schnell! Ein Arzt! Die Kaiserin, sie stirbt!«

Damit rannte Tessa von der Bühne und ich blieb erst einmal liegen, bis die Musik einsetzte und Kai die Bühne betrat und sang:

♫♪♫♪♫♪♫♪♫♪♫♪♫♪
Der Schleier fällt.
Verlass die Schatten!
Ich hab' mich so
nach dir gesehnt.
Lass mich nicht warten.
♫♪♫♪♫♪♫♪♫♪♫♪♫♪

Ich richtete mich wieder auf, knöpfte den schwarzen Mantel auf, unter dem ich ein weißes seidenes Nachthemd trug. auch ein Hochzeitsüberbleibsel von Toscas Schwester ... wie mir berichtet wurde ... und löste den Knoten meiner Haare, woraufhin die Strähnen in Wellen über meinen Rücken bis zur Taille fielen.

Dann richtete ich meinen Blick auf Kai, um ihm gesanglich zu antworten:

♫♪♫♪♫♪♫♪♫♪♫♪♫♪
Mach die Nacht zum Morgen.
Lass mich befreit sein und geborgen.
Lösch die Erinn'rung in mir aus.
Gib' meiner Seele ein Zuhaus'!
♫♪♫♪♫♪♫♪♫♪♫♪♫♪

♫♪♫♪♫♪♫♪♫♪♫♪♫♪
Lass die Welt versinken!
♫♪♫♪♫♪♫♪♫♪♫♪♫♪

Sang Kai, ehe wir die weitere Strophe im Duett vortrugen:

♫♪♫♪♫♪♫♪♫♪♫♪♫♪
Ich will mit dir im Nichts ertrinken,
mit dir als Feuer aufersteh'n
und in der Ewigkeit vergeh'n!
♫♪♫♪♫♪♫♪♫♪♫♪♫♪

Ich stand auf, ging langsam auf Kai zu und schloss dann meine Arme um seine muskulöse Brust. Der Stoff des Mantels fühlte sich angenehm weich an.

Ich hob die Hand und strich über seine Wange. Er legte die Fingerspitzen auf meinen Handrücken und folgte der Bewegung, eher er meine Hand zu seinen Lippen führte und einen Kuss in meine Handfläche drückte.

Ich schenkte ihm ein aufrichtiges Lächeln, während ich meine nächste Strophe sang:

♫♪♫♪♫♪♫♪♫♪♫♪♫♪
Ich weinte, ich lachte,
war mutlos und hoffte neu.
Doch was ich auch machte,
mir selbst blieb ich immer treu.
♫♪♫♪♫♪♫♪♫♪♫♪♫♪

Kai drehte meine Hand und hauchte einen weiteren Kuss auf meine Fingerknöchel, ehe er meine Handfläche gegen seine Brust drückte.

Darunter konnte ich seinen Herzschlag spüren und er ging

schnell. Seine Hand umfasste meine Taille, zog mich näher, während die andere sich in meinen Nacken legte und leicht in meine Haare grub.

♫♪♫♪♫♪♫♪♫♪♫♪♫♪

Die Welt sucht vergebens ...

... den Sinn meines Lebens.

... den Sinn deines Lebens.

Denn ich gehör ...

Du gehörst ...

... nur mir!

♫♪♫♪♫♪♫♪♫♪♫♪♫♪

Damit zog Kai mich an sich und küsste mich. Ich fühlte mich, als wäre es unser erster Kuss und es fühlte sich unheimlich intensiv an.

Seine Hand schob sich unter meine Kniekehlen und er hob mich auf die Arme.

Ich war dankbar, dass dies ohne Probleme klappte, schmiegte mich an ihn und wir küssten uns eindeutig länger als vorgesehen. Aber das war mir egal.

Wir hatten die Premiere geschafft! Ich spürte solche Zuneigung in Kais Kuss, der sämtliche Schmetterlinge in meinem Bauch aufjagte und mich in reine Hochstimmung versetzte. In mir wirbelten Dankbarkeit, Erleichterung, Liebe, Freude, Aufregung gleichermaßen wild durcheinander und am liebsten hätte ich noch ewig so verweilt.

Aber letztlich löste ich, wenn auch widerwillig, meine Lippen von Kais und ließ mich so leblos wie möglich nach hinten sinken.

Kai trug mich fort, in den erneut geschaffenen Nebel, und unter lautem Applaus wurde das Licht gelöscht, um das Ende des Musicals anzuzeigen.

Willst du mit mir gehen?

»Geschafft! Es ist geschafft!«, flüsterte ich überschwänglich, als Kai mich wieder absetzte, mich aber weiter in seinen Armen behielt.

Ich strahlte ihn an und ignorierte dabei die Tatsache, dass wir noch weitere sechs Abende vor uns hatten.

Die Musik setzte wieder ein und die Schüler, welche getanzt beziehungsweise im Chor gesungen hatten, eilten in kleinen Gruppen auf die Bühne und verneigten sich, während das Publikum rhythmisch applaudierte.

Ich verfolgte das Geschehen nicht, da Kai wieder dazu übergegangen war, mich zu küssen und an sich zu drücken und ich seine Geste nur zu gern erwiderte.

Unser Moment wurde ohnehin schon wieder zu bald gestört, als jeder Hauptdarsteller einzeln auf die Bühne musste, um sich zu verbeugen.

Ich folgte direkt nach Kai, als letzte, und mein Herz drohte zu platzen, weil ich in diesem Augenblick nichts als pure Glückseligkeit verspürte.

Das Publikum applaudierte, pfiff und wir bekamen sogar Standing Ovations. Es war ein unglaubliches Gefühl und als wir uns in eine Reihe stellten, an den Händen fassten und uns ein letztes Mal verbeugten, gab Kai mir erneut einen sanften Handkuss.

Es folgten noch die üblichen Dankesreden, Verteilung von Blumensträußen an Frauen wie Tosca, die uns unterstützt hatten, die Vorstellung des Orchesters, wie Herr Morino es jedes Jahr machte, und letztlich eine kurze lustige Vorstellung, beziehungsweise der Dank an Herrn Morino durch Leo, womit auch unserer Lehrer seinen Beifall erhielt.

Mit einer letzten Verbeugung aller Beteiligten ging die Premiere unseres Schulmusicals zu Ende.

***

»Also, du kommst sicher nach?«, fragte Leo zum gefühlt tausendsten Mal, obwohl es sicher nur fünf Mal gewesen war, aber ich antwortete dennoch leicht genervt.

»Ja, ich will nur erst im Krankenhaus vorbeischauen.«, versicherte ich.

Eigentlich wollte ich vorher aber nichts lieber, als mit Kai reden, aber seit wir von der Bühne gegangen waren, um uns umzuziehen, hatte ich ihn nicht mehr entdeckt.

»Soll ich dich begleiten?«, fragte Tessa, worauf ich den Kopf schüttelte. Es war lieb von ihr, aber Teddy wartete schon auf sie und ich wusste, dass sie jede mögliche Minute mit ihm auf der kleinen Premierenparty, die bei Annabelle und Kai zuhause jetzt stattfinden würde, verbringen wollte.

»Nein, schon in Ordnung. Wir sehen uns später«, verabschiedete ich mich und verließ das Klassenzimmer.

»Hey Schwesterchen! Tolle Leistung!«, rief mir Max entgegen.

Überrascht wandte ich mich um und blieb stehen, bis sie zu mir aufgeholt hatte.

»Du bist hier?«, fragte ich verwundert.

»Ja, kurz vorm Finale war ich wieder hier, weil ich dich direkt danach abholen wollte. Tut mir leid, dass wir den zweiten Akt verpasst haben.«

»Schon in Ordnung. Wie geht es Tante Clarice?«, fragte ich, verließ mit meiner Schwester das Schulgebäude und ging mit ihr zum Auto.

»Als ich weg bin, war der Muttermund wohl gerade weit genug geöffnet, damit sie anfangen konnte zu pressen oder so. Wäre also möglich, dass das Baby inzwischen schon geschlüpft ist. Ich weiß es leider nicht genau, weil ich mein Handy bei Cansu in der Tasche vergessen habe.«

»Tja, das kommt davon, wenn man keine eigene Handtasche besitzt«, neckte ich meine Schwester.

»Meine Freundin trägt grundsätzlich solch eine mit sich herum, in der ein Baby-Wal bequem Platz hätte. Wozu sollte ich wegen meinem Geldbeutel und Telefon dann auch noch eine mit mir schleppen?!«, erwiderte Max verständnislos, startete den Wagen und fuhr uns zum Krankenhaus.

***

Als wir den Krankenhausflur betraten, trafen wir direkt auf einen stolz lächelnden Onkel André, umringt von Oma, Toni und Cansu.

»Und? Ist es da?«, fragte Max sofort, worauf André nickte.

»Alle gesund? Was ist es?«, fragte ich und umarmte meinen Onkel fest.

»Ein Mädchen. Ihr Name ist Sophia und Kind und Mutter sind wohlauf!«

Ich umarmte ihn gleich nochmal, ehe Max mich ablöste und ihn ebenfalls beglückwünschte.

»Kommt mit. Ihr könnt die Kleine gleich selbst bewundern«, sagte André, worauf mein Magen lauthals knurrte.

Peinlich berührt sah ich nach unten. Ich hatte den gesamten Tag noch nichts gegessen. Heute früh war ich zu deprimiert dazu gewesen, heute Nachmittag dann zu aufgeregt. Inzwischen war die Anspannung von mir abgefallen und wenn ich an Kai dachte, fühlte ich alles andere als Traurigkeit. Dieses Update hatte wohl auch inzwischen mein Magen erreicht.

»Ich komme gleich nach. Ich muss mir nur vorher einen Schokoriegel oder sowas besorgen«, entschuldigte ich mich und machte kehrt, um mittels Fahrstuhls zum Kiosk im Eingangsbereich zurückzukehren.

Die Türen schoben auseinander und mein Blick heftete sich direkt auf die sichtbaren Auslagen im Kiosk, sodass ich Kai, welcher durch die Eingangstür des Krankenhauses kam, erst bemerkte, als ich den Kiosk schon fast erreicht hatte.

»Kai?«

Ich gab mir keine Mühe, meine Verwunderung zu verbergen.

»Deine Freunde meinten, du bist ins Krankenhaus, weil deine Tante ihr Baby bekommt«, antwortete er und kam langsam, die Hände in seinen Jackentaschen vergraben, auf mich zu.

Kai hatte sich ebenfalls umgezogen und trug jetzt wieder eine einfache dunkle Jeans, ein rotes Shirt und darüber eine dünne schwarze Jacke, die ihm bis zu den Knien reichte.

Es war ganz normale Kleidung und dennoch bekam ich genauso Herzklopfen, wie bei seinem Anblick im langen schwarzen Mantel, der seine Figur so perfekt betont hatte.

»Sie hat es schon bekommen«, antwortete ich, als er zwei Schritte von mir entfernt stehen blieb.

»Und?«

»Ein Mädchen. Ob es der Anti-Christ wird, wissen wir noch nicht, aber alle sind gesund und munter«, antwortete ich und brachte Kai damit zum Lachen.

Er ließ seinen Blick durch den Eingangsbereich schweifen und sein Lächeln schraubte sich zurück.

»Kann nicht behaupten diesen Ort sonderlich zu mögen. Hab mir hier zu oft Sorgen wegen Nicole gemacht ... «, sagte er leise.

»Trotzdem bist du hier ... «, entgegnete ich, woraufhin er seine Augen wieder auf mein Gesicht richtete.

»Es tut mir leid«, erwiderte er dann ohne Vorwarnung, was mich gleichermaßen überraschte und verunsicherte.

»Was?«

»Dass ich es nicht gleich richtig gemacht habe. Gestern … und auch davor. Ich … bin ehrlich gesagt davon ausgegangen, wir wären ein Paar. Seit dem Abend, an dem ich bei euch übernachtet habe. Ich dachte wirklich nicht …, dass du darauf warten könntest, dass ich dich extra noch frage. Als du mich auf dieser Wiese so seltsam darauf angesprochen hast, dachte ich, du machst einen Witz … Dann kam noch die Sache mit Vanessa … und es tut mir wirklich leid, wie das alles gelaufen ist. Daher … «

Kai zog eine kleine Karte aus seiner Tasche und hielt sie mir hin.

Auf der Vorderseite war ein leicht verzerrtes, flammendes Herz auf einem gelb-rot-orangen Hintergrund abgebildet. Ansonsten stand nichts auf der Karte.

Ich klappte sie auf und stieß und unwillkürlich ein leichtes Lachen aus.

Viel stand da nicht. Nur ein Satz und drei Worte waren handschriftlich darauf notiert, von denen die beiden unteren schon durchgestrichen waren.

Willst du mit mir gehen?

Ja

~~Nein~~

~~Vielleicht~~

Ich biss mir auf die Unterlippe, konnte aber einfach nicht aufhören zu lächeln.

»Du bist mir nicht peinlich. Bist du nie gewesen«, fuhr Kai fort.

»Es war nur … so cool es auch ist, von sich behaupten zu können weibliche Fans und so zu haben …, ist es auch ziemlich anstrengend und mitunter echt nervig. Außerdem kennen manche Mädels auch echt keine Schmerzgrenze. Ich dachte einfach, wenn ich mich zu offensichtlich verhalte, zeige, dass du meine Freundin bist … müsstest du dich bald mit lauter Zickereien herumschlagen und … offen gestanden hatte ich Schiss, du könntest beschließen, dass die Sache mit uns … den ganzen Stress nicht wert wäre und es beenden.«

Ich brauchte einen Moment, um seine Worte sacken zu lassen und richtig zu verinnerlichen, ehe sich ein warmes Gefühl in mir ausbreitete.

Noch immer, wahrscheinlich schrecklich dümmlich, aber einfach glücklich lächelnd, schaute ich Kai wieder ins Gesicht.

»Also … ist die Karte jetzt meine Antwort? Oder deine Frage und du hast dir meine Antwort schon rausgesucht?«

»Sowohl als auch«, antwortete Kai, überbrückte er den letzten Abstand zwischen und zog mich liebevoll lächelnd in seine Arme.

Ich musste den Kopf in den Nacken legen, um ihm noch ins Gesicht sehen zu können, aber ich genoss jede Sekunde, in der seine Wärme mich einhüllte.

»Ich bin wirklich verliebt in dich, Sasha. Und wenn notwendig, nehme ich an jedem Musical unserer Schule teil, wenn ich es dadurch schaffe, dass du mit mir zusammen bist!«

Ich lächelte, genau genommen hatte ich nicht einmal damit aufgehört in den letzten Minuten, und stellte mich auf die Zehenspitzen, um meine Lippen auf Kais zu pressen.

»Ich denke, das wird gar nicht nötig sein«, flüsterte ich, nur Millimeter von seinem Mund entfernt.

»Ah gut. Herr Morino hat nämlich vorhin verkündet, dass er nächstes Jahr *Romeo und Julia* spielen möchte. Wusste gar nicht, dass es das als Musical gibt … aber darauf hab ich ehrlich gesagt so gar keine … «

»*Romeo und Julia?*«, unterbrach ich ihn aufgeregt und stellte mich wieder richtig hin, woraufhin Kai meinem Mund einen enttäuschten Blick zuwarf.

»Das ist aber auch toll. Es ist ein schönes Musical, das … «

Weiter kam ich nicht, denn Kai hob mich sofort wieder etwas an, um meinen Redefluss mit seinem Mund zu unterbrechen.

Ich lächelte an seinen Lippen und schlang die Arme um seinen Nacken.

Was soll's. Vielleicht mussten wir noch üben. Aber wir hatten ein Fundament, auf dem wir aufbauen konnten.

Man wurde eben doch nicht über Nacht zu einem Traumpaar, bei dem alles perfekt lief. An einer Beziehung musste man arbeiten. Aber wenn ich schon mal Eines gegenüber gestern gelernt hatte, dann, dass es besser war, ehrlich miteinander zu reden. So sah einfach die Wirklichkeit aus.

Kai presste mich enger an sich und ich öffnete die Lippen, um seine Zunge zu fühlen.

Aber nun ... dieser Kuss ... Kai ... hier bei ihm zu sein ... in seinen Armen zu liegen, seinen Körper an meinem zu spüren ... es war real und doch ... wie ein Traum und der Ort, an dem ich bleiben wollte. Zwischen Traum und Wirklichkeit.

ENDE

Tauch ein in
romantische Geschichten.
Hol dir
Bittersüsse
Stimmung
auf deinen
e-Reader!
E-Books von impress hier:
carlsen.de/impress
im.
pre
ss
impress ist das digitale Label des Carlsen Verlags für gefühlvolle
und mitreissende Geschichten aus der geheimnisvollen Welt der Fantasy.

Impress
Tauch ein in romantische Geschichten

Impress
Ein Imprint der CARLSEN Verlag GmbH
Juli 2019

Lektorat: Gabriele Schönheit
Umschlagbild: shutterstock.com / © Cookie Studio / © Martial Red / © TairA / © 9comeback
Umschlaggestaltung: formlabor
Satz und Umsetzung: readbox publishing, Dortmund
Druck und Bindung: CPI Books GmbH, Birkach
ISBN 978-3-551-30188-8
Printed in Germany
www.carlsen.de/impress

Alle Bücher im Internet: www.carlsen.de